마 인정전

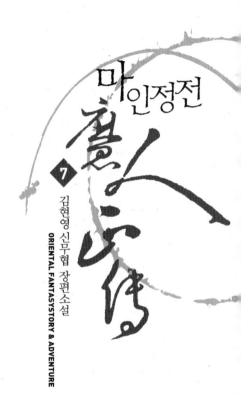

7

김현영 신무협 장편소설

ORIENTAL FANTASYSTORY & ADVENTURE

dream
books
드림북스

마인정전 7 (완결) 고금제일마

초판 1쇄 인쇄 / 2014년 12월 31일
초판 1쇄 발행 / 2015년 1월 12일

지은이 / 김현영

발행인 / 오영배
책임편집 / 편집부
펴낸 곳 / (주)삼양출판사 · 드림북스

주소 / 서울특별시 강북구 솔샘로67길 92
대표 전화 / 02-980-2112 팩스 / 02-983-0660
편집부 전화 / 02-980-2116 팩스 / 02-983-8201
블로그 / blog.naver.com/dreambookss

등록번호 / 제9-00046호
등록일자 / 1999년 3월 11일

ⓒ 김현영, 2014

값 8,000원

ISBN 978-89-542-5516-5 (04810) / 978-89-542-4388-9 (세트)

* 지은이와 협의하에 인지는 생략합니다.
* 잘못된 책은 구입한 곳에서 바꾸어 드립니다.

이 도서의 국립중앙도서관 출판시도서목록(CIP)은 서지정보유통지원시스홈페이지
(http://seoji.nl.go.kr)와 국가자료공동목록시스템(http://www.nl.go.kr/kolisnet)에서
이용하실 수 있습니다. (CIP제어번호: 2014038366)

마인정전

7

고금제일마

김현영 신무협 장편소설

ORIENTAL FANTASY STORY & ADVENTURE

dream books
드림북스

劇人傳 마인정전

목차

제1장
내면의 천라지망

　돼지가 폭풍처럼 동굴 속을 내달렸다. 꿀꿀거리는 소리는 나지 않았다. 네 발로 달리는 것도 아니다. 두 발로 날듯이 움직이는 모습은 쾌속하기 이를 데 없어 돼지가 아닌 날다람쥐를 연상케 했다.

　동굴은 끝이 없을 만큼 이어졌고, 중간중간 여러 갈래의 갈림길이 선택을 강요했다. 흑암처럼 어둡기까지 했지만 돼지, 대공자 등평은 머뭇거림 없이 길을 찾아 나아갔다.

　어느 순간 등평이 우뚝 멈췄다.

　인공적인 석실이었다.

　그곳은 더 이상 어둡지 않았다. 천장에 박힌 일곱 개의 야명주가 밝히고 있는 석실은 벽면이 심하게 훼손되어 있었고, 훼손된 중간중간 글귀들이 음각으로 새겨져 있었다.

'이번이 마흔아홉 번째…….'

등평이 내심 중얼거리며 좌측 석벽으로 다가갔다.

매번 이곳에 올 때마다 읽고 또 읽은 글귀들은 이미 암기했을 뿐 아니라 획의 모양새까지 외울 정도였다. 그래도 미련이 남는다. 습관처럼, 당연한 절차처럼 그 앞에서 글을 읽어나가게 된다. 그래야 마음이 편안해졌다. 이렇게라도 해야 천외천의 경지에 가까이 있음을 느끼게 된다.

최근에는 선잠을 겨우 취할 뿐이며 조만간 불안함에 잠식당할지도 모른다는 생각이 든다.

　　나는 동해삼선의 후인으로 세 분의 사부님을 모시고…….

석벽 제일 윗부분의 기록은 거기에서 훼손되었다.

동해삼선의 공동전인이 남긴 글.

그 뒷부분은 허리 높이까지 뜯겨 나갔다가 다시 글귀가 이어졌다.

　　……심마였다. 내면의 함정에 빠졌다. 더 많은 걸 더욱 빠르게 성취코자 하는 그 부질없음에 함락되어,

결국 무너졌다. 급기야 사부님들을 공격하기에 이르러……

등평은 시선을 내렸다.

……사부님들은 떠나셨지만 또 떠나시지 않았다. 나는 용서를 구하고 못다 한 감사의 말을 전하고 싶다. 단 한 번의 기회가 내게……

……기회를 잃었다. 이제 눈앞에 두고도 만나 뵐 수 없다. 파괴될 것이기에…… 어떤 능력도 소용이……

어려운 일이다. 오직 기회는 단 한 차례. 잘못된 선택은 죽음. 나는 겨우 목숨을 부지했으나 그것은 말 그대로 살아남은 것일 뿐이며 생명이 경각에 달하여 죽어 가고 있다……

그저 바라는 바는 그대가 징표를……

등평은 징표라는 대목에서 눈이 한동안 고정되었다. 격정이 절로 일어 크게 숨을 들이쉬고 시선을 내렸다.

나타난 문들 중 나의 선택은 오른쪽이었다. 그대는 둘 중의 하나를……

부디 사부님들과 그대가 닿기를…… 그대가 내 마음을 전해 주길 간절히 바라노라.

마지막으로 그대의 성취를 위해 맞은편…… 남겨 두노라.

등평이 '남겨 두노라'에 손을 가져갔다.

남겨 놓았다고 했으나 그것은 훼손되었다.

우측 석벽은 온전히 뜯겨 나가 벽 아래 돌조각과 돌가루가 수북할 뿐이었다. 그것은 공동전인의 무공이었을 수도 있고, 혹은 징표에 관한 단서일지도 모른다.

등평은 고개를 가로젓고 석실의 정면 벽 앞에 섰다.

안광이 번뜩하는 순간 기의 파장이 일며 주변 공기가 물결쳤다.

동시에 등평이 그 자리에서 사라졌다. 아니, 뒤룩뒤룩 살찐 중년 돼지의 모습이 온데간데없어지고 그 대신 이십 대 중반쯤의 절세 미남으로 돌변했다.

혈류마공(血流魔功)!

등평은 무엇이 본래의 자신인지 모를 정도로 혈류마공에

온전히 도달한 상태였다. 본연의 외모를 갖추는 순간 강렬하게 차오르는 기운을 느끼는 감각은 언제나 만족스러웠다.

등평이 검결지를 맺어 벽 앞 허공에 다섯 지점을 찍었다.

석벽은 위로 올라가거나 갈라지지 않고 원래의 모습 그대로였다.

등평이 석벽을 향해 걸음을 옮겼다. 발이 석벽 속으로 사라지는 것을 시작으로 그의 몸이 벽을 관통했다.

*　　　*　　　*

깊은 산속.

울창한 나무들 속에서 고루법왕과 목령선자는 두 번째로 정신이 돌아왔다. 하지만 정신이 돌아왔기에 정신이 나가 있었다. 방금 전까지 격정적으로 서로 물고 빨았던 지나온 기억들이 쏟아지듯 몰려든 것이다.

경악하거나 서글퍼하거나 머리를 붙들고 절규하는 일은 없었다. 옷을 찾아 입으려고도, 잎사귀로 몸을 가리려고도 하지 않았다.

어차피 또 정신을 놔 버릴 테니까!

어차피 또 '해 버리고' 말 테니까!

기억이 회복된 지점은 당연히 아미파 여승들과의 대접전 이후부터였다.

아미산 이후 향한 곳은 믿을 수 없게도 공동파였다. 그곳을 온통 헤집어 놓고 사천당가에서 독과 암기와 싸웠으며, 청성파의 매서운 검림을 뚫고 여기에 이르렀다.

공동파 장문인 유유자의 목소리가 귓가에 아른거렸다.

"방심은 금물이다. 온갖 추잡질을 해도 천하십대고수라는 사실에는 변함이 없다. 공동의 어느 누구도 다치는 걸 용납지 않겠다. 저런 연놈들에게 당해서는 안 된다. 그냥 쫓아내기만 해라. 아미파도 그렇게 했다고 한다."

이어 사천당가는,

"되도록 생포하라! 놓치면 안 된다. 어떻게 저럴 수 있는지 철저히 해부할 것이다."

가주 당용은 아미나 공동과 달리 호기로웠다. 실험 대상으로 삼으려고 눈에 불을 켜고 달려들었다.

그 결과 복령선자가 '하면서' 내지른 장력에 옆구리가 피범벅이 되고서야 온갖 쌍욕을 퍼붓고 돌아갔다.

도가의 성지인 청성파에서는 사흘 밤낮을 보냈다.

닷새째가 되자 침착하게 응수하던 장문인도 눈과 귀가 썩어 가고 지칠 대로 지쳤는지 결국 이성을 잃고 말았다.

"적당히 좀 하고 꺼지란 말이다, 이 시발 것들아! 왜
온 천하를 싸돌며 진상 짓이냐! 그 고맙다는 능운백에
게나 가란 말이다!"

참담한 기억을 곱씹으며 고루법왕이 천천히 고개를 들었
다.

나무들 사이로 햇살이 눈부시게 부서져 내리고 있었다.

솔 향은 코를 간지럽힌다.

바람은 잔잔하게 뺨을 스치고 지나간다.

너무도 평화로운 광경이어서 도리어 잔인하다고 느껴졌다.

"그래······."

고루법왕이 나직이 중얼거렸다.

들릴 듯 말 듯한 목소리에는 심장을 쥐어짜내는 듯한 처연
함이 묻어났다. 허공을 응시하는 두 눈에 절망이 가득했다.

"이제······."

삶이란 한 치 앞을 내다볼 수 없다는 걸 알고 있다.

그럼에도 또 삶이란 끝이 없을 것 같은 사막을 지난 다음
결국엔 푸른 초원을 만나는 것이 아니던가. 그렇게 수많은
역경을 넘어 자신이 원하는 것을 거머쥐고 득의양양해하며
천하십대고수라는 자리까지 왔다.

하지만 이번 사막은 격이 달랐다. 끝이 없었다. 걷고 또 걸어도 여전히 사막이어서 그저 계속해서 걷기만 한다. 이지를 상실한 채 부끄러움도 없이 끊임없이 수많은 이들 앞에서 '한다'.

그래서, 살아야 할 이유 같은 건 없었다.

죽어도, 세인들은 이렇게 비웃을 것이다.

'이럴 바에야 진작 죽을 것이지. 할 것 다 하고 죽네, 개놈들.'

그동안 살아오면서 삶의 마지막이 자결일 것이라고는 꿈에서조차 생각해 본 적이 없었건만 이제 다른 선택지는 없었다.

"그만 끝내자……."

고루법왕이 우수를 들어 올려 망설임 없이 장력을 뻗었다.

"무슨 짓이냐!"

목령선자가 화들짝 놀라 신형을 튕기며 소리쳤다.

퍽!

으깨지는 소리에 목령선자가 발악했다.

"미친놈아, 죽으려면 혼자 죽지 왜 날 죽이려 드느냐!"

죽는다던 고루법왕이 목령선자를 향해 장력을 날린 것이다. 빗겨 나간 자리에 있던 암석이 부서져 나갈 만큼 맹렬한 장력이었다.

"씨불거리는 게 이상하다 했더니 감히 내게 살수를 펼쳐!"

고루법왕이 고개를 저었다.

"너를 죽인 후 나도 죽을 것이다. 너 혼자 남아 욕을 보느니 내 손에 죽어라. 이대로 죽는 날까지 능운백에게 감사하다가 죽을 수는 없지 않느냐."

"아, 네. 그냥 혼자 뒈지세요. 내 인생인데 왜 네놈이 죽어라 마라야. 와아, 시발! 나한테 죽어 나간 놈들도 이렇게 억울한 심정이었을까. 갑자기 이해되면서 미안해지네. 아, 그리고 아무리 약물에 취했다 해도 네놈하고 나하고는 서로 물고 빨고 막 신음 소리 내고 다 한 사이인데 어찌 그리 매정할 수 있느냐!"

"닥쳐라!"

고루법왕이 장력을 날렸다.

목령선자가 신형을 솟구쳐 나뭇가지 위로 올라섰다. 그녀가 올라선 가느다란 나뭇가지는 날파리 한 마리가 앉은 것처럼 전혀 흔들림이 없었다.

고루법왕이 소맷자락을 쓸어 올렸다.

쏴아아—

흙 알갱이들 수천수만 개가 경력이 실린 채 그물처럼 목령선자를 덮쳐 갔다.

목령선자가 나뭇가지를 굴려 위로 튕겨 올라갔다.

발 아래로 쏟아진 흙 알갱이들은 나무며, 가지, 잎사귀까지 알알이 관통해, 이내 그 범위의 모든 것이 먼지처럼 스러져 내렸다.

이쯤 되자 목령선자도 눈이 돌아갔다.

"고루고루, 이놈! 내가 네놈 것을 물고 빨았다는 게 믿을 수 없구나. 대체 내가 왜 그랬는지 모르겠다. 맞다, 능운백 그놈 때문이었지. 어쨌든 소원이라면 네놈을 죽여 주마!"

목령선자가 반격에 나섰다.

죽처럼 흐물거리는 목령선자의 할미 젖이 좌우로 엄청나게 흔들렸다.

이내 강대한 장력이 난무하니 주변은 삽시간에 초토화되어 가고, 충격에 의해 땅이 울리고 온갖 욕설이 난무하는 상황에 새들과 산짐승들이 산불이라도 난 것처럼 여기저기서 튀어나와 도망치기 바빴다.

심지어 멀리 떨어져 있던 세 명의 약초꾼들까지 와서 구경하기에 이르렀는데 그들은 먼발치에서 이 광경을 보며 경악을 금치 못했다.

"무, 무림고수……."

"어, 엄청나군……."

"놀랍군. 어찌 사람의 형상이 보이지도 않을 정도로 움직일 수 있단 말인가?"

흙먼지가 일고 공기가 찢어지는 파공성이 난무하는 사이로 고루법왕과 목령선자의 모습은 희끗한 연기처럼 보일 뿐이었다. 그러면서도 주변이 쓸려 가며 빈 공터가 되어 가니 정녕 신들의 결투를 보는 듯하여 심장이 쿵쾅거리고 마른침을 삼키느라 정신이 없었다.

"자, 잠깐…… 저건 뭐지?"

"헉!"

"왜 옷을……."

약초꾼들이 더 크게 뜰 수 없을 만큼 눈을 부릅떴다.

잠시의 소강상태를 맞아 두 고수가 마주선 채로 멈춰 있는 광경을 본 것이다. 신의 경지에 이른 무공을 구사하던 두 사람은 괴이하게도 알몸이었고 막 이것저것 노골적으로 덜렁거리는 것이 추한 것은 둘째 치고 현실감이 없었다.

"고루고루, 다시 생각해 봐라! 지금보다 더 나빠질 일은 이제 없지 않느냐!"

"흥!"

대화는 간결했고 다시 접전에 들어갔다.

약초꾼들은 재차 탄성을 터뜨렸다. 신선의 격전이 펼쳐지니 방금 전에 본 흉측한 몰골은 기억도 나지 않는다.

신묘함의 중간중간 외침이 들려왔다.

"살아남아야 하지 않느냐! 정녕 네놈은 능운백을 찢어 죽이고 싶지 않단 말이냐!"

"불가능한 일이다!"

"이 세상에 의지를 세워 이루지 못할 일은 없다!"

"흥, 말이 많은 걸 보니 기력이 아직 넘치나 보군."

"멍청하긴. 난 안 싸잖아!"

"이런 미친!"

약초꾼들은 도무지 무슨 말을 하는지 알아들을 수 없었다. 기력이 넘친다는 말과 안 싼다는 것이 둘 사이에 어떤 연관이 있는지 도무지 상상이 되지 않았다. 비록 두 사람이 알몸이라곤 하나 서로의 육체를 탐하는 사이라기엔 너무 늙었고 또 싸우는 모양새가 지나치게 살벌한 것이다.

그저 이해되는 거라곤 이 치열한 싸움이 능운백이란 사람 때문이며, 능운백은 두 사람을 능가할 정도로 대단한 존재겠다 싶은 정도였다.

"고루고루, 정신 차려라! 이대로 죽는다면 강호와 온 세상에서 영원한 조롱거리가 되고 말 것이다!"

목령선자가 소리쳤다.

고루법왕은 대답하지 않았다. 아니, 실상 말하기가 벅차오고 있었다.

목령선자의 말에 수긍하고 싶진 않았으나 정녕 기력에서 차이를 보이고 있는 이유를 다른 데서 찾기가 어려웠다. 이대로라면 목령선자에게 죽임을 당하게 될 가능성이 더 컸다.

그건 최악이었다. 목령선자 홀로 남게 된다. 어디론가 떠나 헛소리를 지껄일 것도 걱정이지만 그보다 더 염려스러운 것은 목령이 죽은 자신의 시신을 농락할지도 모른다는 점이었다. 그녀라면, 이 현상이 지속된다면 그러고도 남는 것이다.

"고루고루, 복수할 수 있다. 방법이 있어. 그만 멈추고 내 말을 들어 봐라. 야, 고루고루! 진짜 죽여 버리기 전에 그만 하란 말이다!"

"흥, 소원이라면 들어 주지."

고루법왕이 못 이기는 척 손을 거뒀다.

"방법은?"

목령선자가 피식하고 웃었다.

"급하긴."

"방법!"

"없다."

너무나 태연한 대답에 고루법왕은 울지도 웃지도 못하는 얼굴로 멍하니 목령선자를 바라봤다. 아무리 제정신이 아니라 해도, 그래도 뭔가 생각해 둔 것이 있을 것이라고 생각했건만 역시나였다. 심지어 이 짓거리를 계속 하고 싶어서 이러는 건가 싶을 정도였다.

"쳇, 그렇게 미친년 보듯 보지 마라. 혼원독의가 제아무리 대단하다 해도 언젠가는 약효도 끝날 것이고, 한 번씩은 깨어나기도 하니 능운백에게 최대한 가까이 가면 가능성이 아예 없는 건 아니다!"

"흥, 그때까지 버틴다면야."

"아, 맞다. 너는 계속 싸지르……."

"닥쳐라!"

"그래, 내 말은 단순해. 하는 데까지 해 보자는 거지. 어쨌든 우리는 이동 방향을 바꿔야 해. 동쪽으로! 가장 시급한 문제가 뭔지 알아?"

"무엇이냐?"

"이 경로대로라면 다음 방향은 마교 쪽이라는 거다."

고루법왕의 얼굴이 삽시간에 구겨졌다.

마교!

그렇다. 아미파 이후 지나온 방향대로라면 이 다음은 마교다!

이전 상대한 문파들과는 차원이 다르다.

단일 세력으로 최강의 힘을 지녔을 뿐 아니라 제정신을 가진 인간들의 분포도가 극히 희박한 곳.

죽는 것으로 끝난다면 차라리 다행일 터였다. 십만 대산 심산유곡에 틀어박혀 있던 해괴한 인간들이 다 튀어나와 구경하면서도, 몇날 며칠이 지나더라도 지루해하지 않을 것이다. 또 결국에 가서는 사천당가가 원했던 것처럼 낱낱이 해부되고 연구되어질 것이다.

"으으으……."

고루법왕은 머리를 붙들고 짐승처럼 신음했다.

"고루고루, 겁먹지 마라. 우린 아직 깨어 있지 않느냐! 이성을 잃더라도 방위를 의식의 안쪽 깊은 곳에 심어 둔다면 원하는 곳으로 갈 수 있다."

"……."

고루법왕이 고개를 들어 동쪽을 바라보았다.

"반드시…… 그렇게 되어야 한다."

의식의 안쪽.

고루법왕도 잘 알고 있었다. 어린 날로부터 그곳을 활용하기 시작했으니. 저장해 둔 의지는 보이지 않을 뿐 이루어졌고, 그 결과물만 기다리면 되는 것이다. 그 결실로 천하십대고수의 반열에까지 오를 수 있었다.

고루법왕이 이내 좌정했다.

목령선자도 바로 가부좌를 틀고 내면으로 들어갔다.

두려움을 억누르고, 그 틈새로 간절한 희망을 흘려보냈다.

잠시 후.

고루법왕이 눈을 번쩍 떴다. 어느샌가 두 눈은 붉게 충혈되어 있었다.

발작시간이 임박한 것이다.

"반드시, 동쪽으로 간다!"

이를 갈 듯 의식의 끝자락을 붙들고 소리쳤다.

두 눈은 점점 더 붉어져 갔다. 드디어 다시금 끔찍한 사막에 내동댕이쳐지는 시간이 돌아온 것이다.

"동쪽이다! 동쪽! 마교로 가면 안 돼!"

처절한 외침이 산을 쩌렁거리며 울렸다.

목령선자도 화염을 뿜어낼 듯 붉게 타오르는 눈빛으로 소리쳤다.

"동쪽으로 가겠다. 동쪽! 기다려라, 능운백! 살아 있어라! 네놈을 찾아내 뼈까지 씹어 삼켜 주마!"

"으아아아아악!"

"안 돼에에에에!"

정녕 지옥문 앞에서 그 문이 열리는 것을 보는 사람이 이러할까. 고루법왕과 목령선자는 처절하게 절규했다.

그리고,

이내 격정적으로 엉겨 붙었다.

서로를 씹어 먹을 듯 달라붙고, 혀가 넘실거렸으며 흙바닥도 아랑곳하지 않고 뒹굴었다.

덕분에 정신이 나가 버린 건 약초꾼들이었다.

방금 전까지 서로 못 죽여 안달하다 동쪽동쪽 해 대더니 이젠 서로 없으면 못 살 사람처럼 격렬하게 서로를 탐하고 있는 것이다.

"이런 무슨……."

신선의 무공을 펼치더니 남녀의 합일에 있어서도 상상조차할 수 없는 수준을 보이고 있었다.

그저 보는 것만으로 토악질이 나올 상황.

급기야 교성과 쌍욕이 난무하기 시작했다.

"헉헉헉, 좋아 죽겠어! 으어어억, 미쳐, 미쳐 버리겠다아아아!"

"더 죽어 봐라!"

"이 새끼야, 조금 더 세게!"

"오냐, 머리까지 관통시켜 주마!"

"그렇지, 잘한다! 으어억, 나 죽어어어!"

세 명의 약초꾼들은 입만 쩍 벌리고 있는 형국.

"능운백 님, 감사합니다아아아!"

"으아아악, 능운백 님!"

감사의 말이 우렁차기 짝이 없어 산을 휘돌아 메아리친다.

표정이 사라진 지 오래인 약초꾼들.

"아까 능운백을 찢어 죽인다 어쩐다 하지 않았던가?"

"그, 그랬지."

"능운백이 누군지 여튼 무서운 사람이로구만."

그 사이 목령선자와 고루법왕은 들러붙은 채로 한 방향으로 내달려가기 시작했다.

"능운백 님을 뵈러 우린 동쪽으로 간다아아아아!"

"검절의 제자 능운백 님, 동쪽에서 뵙겠습니다아아아!"

고루법왕이 목령선자를 뒤에서 껴안듯이 하고 달리는데도 그 움직임이 어찌나 신속한지 어느새 사라져 버린 탓에 약초꾼들은 눈으로 보고도 믿을 수 없을 지경이었다.

약초꾼 중 하나가 크게 외쳤다.

"이봐들, 거기 동쪽 아니여!"

그때였다.

"검절이…… 주인님의 스승이라고?"

갑자기 들려온 알 수 없는 목소리에 약초꾼들이 옆을 바라보다 화들짝 놀라 넘어졌다.

"헉!"

"누, 누구?"

분명 방금 전까지는 아무도 없었는데 바로 옆에 사십 대 중반의 사내가 히죽거리며 웃고 있는 것이 가히 귀신이 곡할 노릇이었다.

"나는 현직 사신이오만 방금 전 그 임무가 끝난 것 같소이다."

전직 특급 살수였던 적영이 방실대며 대답했다.

능운백의 특명을 받고 마교 교주에게 상황을 전달해야 했던 적영은 마교로 가서 죽느냐, 일 년 안에 독이 발작하여 죽느냐를 두고 섬서 북단을 방황하며 고민하던 차에 뜻밖의 희소식을 접하게 된 것이다.

"하늘에서 금줄이 내려온 게요. 하하하하하!"

적영이 웃음을 발할 때는 이미 약초꾼들의 시야에서 사라진 뒤였다.

*   *   *

한편 대공자의 눈, 추적자 현월은 신법을 펼치며 고개를 절레절레 저었다.

두통이 가시지 않는다.

세 사람의 환상과 환청 때문이었다.

어떻게 해도 떠올라 버린다.

고루법왕과 목령선자, 그리고 제갈영.

고루와 목령은 생각만으로도 구토가 인다.

제갈영을 떠올리면 다른 의미로 정신이 혼미해진다.

중원 사대 미녀 중 한 명인 화중화는 맛이 가 버렸다. 전신이 틀어지고 말려 버려 왼쪽 눈이 광대뼈까지 내려오고, 오른쪽 눈은 이마까지 올라갔으며, 입은 돌아갔다.

그녀는 짐승처럼 변해 짐승 같은 소리만 냈다.

목령선자의 희번덕거리는 눈동자를 겨우 떨쳐냈다 싶으면 어느샌가 제갈영의 뒤틀린 얼굴이 떠올라 버리고, 제갈영을 떨쳐내면 이번엔 고루법왕의 현란한 허리놀림이 치고 들어오는 악순환이었다.

여태껏 수많은 임무를 수행해 왔지만 이번처럼 파격적으로 정신없는 경우는 처음이었다.

'응?'

현월은 문득 감지된 외부 감각에 하늘을 올려다보았다. 자줏빛을 띤 한 마리의 매가 상공을 배회하고 있었다.

그리고 이어지는 후방에서의 감각.

"계속 움직이거라."

뒤쪽에서 나직하면서도 부드러운 음성이 귀를 파고들었다. 현월이 무의식적으로 어깨를 움츠렸다. 자신도 모르게 동공이 축소되고 안면이 긴장으로 경직되었다.

이내 하나의 환영이 현월과 어깨를 나란히 하더니 본 형상을 드러냈다.

그는 학사건을 쓴 먹물 냄새 가득한 중년 문사 차림이었다. 얼굴은 온화하고 부드러웠으며 뒷짐을 지고 있는 한 손에 부채를 쥔 채 산보하듯 현월의 보폭과 맞춰 나갔다.

특이한 점이라면 눈동자였다. 흰자위가 없었다. 온통 검은 눈동자뿐이어서 마치 둥그런 흑요석이 눈에 통째로 틀어박힌 듯 기묘하고 신비한 느낌을 풍겼다.

"현월이 미욱서생(美彧書生)을 뵙습니다."

미욱서생!

환환마군, 공천상에 이어 대공자 산하 서열 삼위.

능운백을 포획코자 비로소 도착한 것이다.

현월은 미욱서생 쪽을 바라보았다. 정확히는 미욱서생의 눈동자를 보았는데, 이내 안도한 표정이 되었다.

"능운백 쪽의 변동 인원은?"

"그대로입니다."

현월은 미욱서생이 오는 동안에도 계속 위치와 정보를 보내고 있었다. 이 물음은 최종 보고로부터의 변동 인원에 대한 것이었다.

"제갈영의 상태는?"

"여전합니다."

"다행이군, 일이 쉬워질 테니. 여자가 관계되면 그 끝은 언제나 좋을 리 없는 법이지."

"바로 결행하시겠습니까?"

"아니, 기다린다. 능운백과 삼공자가 찾고자 하는 것을 얻도록 둘 것이다. 그것은 동해삼선의 비밀을 풀 수 있는 열쇠일 가능성이 크다. 미리 잡아 고문하는 귀찮은 일은 피하는 것이 낫지."

"그렇습니다."

"그런데 너는 큰 근심 속에 있는 듯 보이는구나."

"송구합니다."

"무슨 문제가 있느냐?"

"제 능력에 대해 스스로 의구심을 품게 되었습니다."

"이런, 그럴 때야말로 가장 곤란한 경우지. 하지만 또 누구라도 빠질 수 있는 함정이다. 편하게 말해 보거라."

"능운백을 지켜볼수록 그동안의 보고에 대한 확신이 옅어지고 있습니다. 무언가 놓치고 있는 것이 있지 않은지, 이면을 보지 못하는 것은 아닌가 하는 흔들림입니다."

"흐음……."

"능운백을 둘러싼 모든 정황은 동해삼선을 가리키고 있는 듯 보입니다만, 그 일거수일투족을 살펴보노라면 도무지 이해할 수 없는 것들투성입니다."

그러면서 현월은 짧은 보고 내용에 담을 수 없었던 능운백과 그 일행의 웃기지도 않은 행적들을 설명했다.

미욱서생은 동요 없이 경청했다.

"······또한 이 일행에는 제갈영, 하오문주, 천하파 두목, 삼괴들까지 쓸모없는 이들투성입니다. 그들은 여러모로 문제를 일으킬 소지가 크고 걸림돌이건만 능운백은 그들을 전혀 내치지 않고 있습니다. 동해삼선의 절학이라는 막중한 결과를 얻기 위하는 자의 모습이 아닙니다."

미욱서생이 미소 지었다.

"주군께서 염려하신 대로구나."

"······?"

"주군께서는 너의 보고를 받아 보신 후 크게 실망하셨다. 보고 내용이 추측과 불안으로 가득 차 있었기 때문이다. 네게 묻겠다. 어느 큰 잔칫집에 가는 길인데 너는 쓰레기 더미를 짊어지고 가고 있다고 생각해 보자. 누군가는 그 모습을 비웃을 테지만 너는 그래도 그 길을 계속 간다. 그렇다면 네가 짊어진 것은 과연 쓸모없는 것이겠느냐?"

"소중한 것임에 틀림없습니다."

"그렇다. 어수룩해서는 안 되는 길에 어수룩함을 드러내는 자라면 그는 무서운 자라 할 수 있다. 보이는 것이 전부가 아닐 터. 네가 생각할 수 있는 것을 능운백이 생각하지 못할 것이라고 보느냐? 제갈영의 경우 단지 능운백이 연민을 품은 것일 수도 있고, 다른 쓸모가 있을지도 모른다. 삼괴며 천하파 두목조차 그 쓰임이 있을 것이다. 더욱 경계해야 하는 점은 능운백과 함께하는 이가 삼공자라는 것이다. 삼공자는 가히 최고의 기재라 불리며 교내에서 온갖 견제와 억압, 심지어 살해 위협에서도 버틴 끝에 지금의 경쟁에 이른 것이다."

미욱서생의 어투는 따뜻했다. 그건 마치 마을 훈장이 애정을 담아 아이들을 훈육하는 듯한 따스함이었다.

"……."

하지만 현월은 미욱서생의 눈을 바라보면서 극심한 압박에 시달리는 듯 식은땀을 흘려 댔다.

"그런 삼공자가 냉정을 유지한 채 능운백 일행과 동행한다는 것은 무엇을 의미하겠느냐?"

"제가 생각이 짧았습니다. 용서하십시오."

"허허, 다시는 삼공자를 무시하지 마라. 그건 네가 무시당하는 결과를 낳을 테니."

"명, 명심하겠습니다."

제2장
괴물이 되겠다

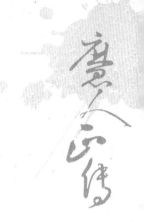

두두두두…….

마차가 나아간다.

먼지를 일으키며 위풍당당 폭풍같이 질주한다. 그 거침없음은 앞에 거산이 나타난다 해도 뚫고 가 버릴 것 같은 패기로 넘쳐났다. 하지만 마차를 끄는 짐승들과 달리 마차에 타고 있는 인간들은 사정이 좋지 않았다.

누구 하나 활기 넘치는 인간이 없었다.

아니, 다 죽어 갔다.

어깨는 축 처졌고, 눈에는 시름이 가득했다. 근심, 우울, 불안, 체념 등 온갖 안 좋은 것들이 검푸른 곰팡이 안개가 퍼지듯 마차 안을 채우고 있었다.

"캬악!"

고요함 중에 제갈영이 소리쳤다.

뭐라는지는 알 수 없었지만 모두 일제히 움찔!

마차의 속도가 증가했다. 안 그래도 빠른데 더욱 빨라졌다. 마차 바퀴가 튕겨 나갈 것 같은 질주였다. 여태 마차가 위풍당당히 폭풍질주한 건 순전히 '캬악' 때문이었고, 말들은 제갈영이 캬악거릴 때마다 채찍 수천 대를 맞은 듯 경기를 일으키며 내달렸다.

"캬악, 캬악!"

이랴, 이랴!

"캬악, 캬악, 캬악!"

제갈영이 연달아 세 번 캬악거렸다. 말을 달리게 하려는 것이 아니라 떠들어도 아무도 반응이 없자 다시금 의사 표현을 하는 것처럼 보였다.

나선 것은 언제나 자상하고 배려심 많은 아장이었다. 흉측스러워 쳐다보는 것조차 난감한 제갈영의 머리를 부드럽게 쓰다듬으며 대답했다.

"슝슝!"

"캬악?"

말끝이 올라간 게 의문형이었다.

"슝슝? 슝슝슝!"

아장도 억양이 달라졌다.

두 사람이 뭔가 의사소통을 하고 있다는 뜻.

"캬악, 캬악……."

"슝슝슝슝!"

아장이 웃으며 고개를 끄덕였다.

"캬악, 캬악, 캬아아악!"

"슝슝, 슝슝슝슝!"

"캭!"

"슝!"

전혀 알아먹을 수 없는 말들이 오갔다. 캬악에 슝슝이 더해지면서 뭔가 신나 보였지만 마차 안의 분위기는 더욱 암울해졌다. 물론 마차를 끄는 말들은 아주 난리가 났다.

두두두두두두두……

어느덧 아두와 아삼까지 대화에 끼어들어 맞장구를 치기 시작했다.

"음, 그런 거였네."

"저런저런, 그러면 안 되는 거야."

알아들은 척하는 것인지 제대로 알아듣는 것인지 모르겠는데 어쨌든 제갈영과 아장, 그리고 아두와 아삼은 기묘한 대화를 이어 갔다.

"슝슝슝! 슝슝슝슝슝!"

"맞아. 신의는 개뿔! 어르신이나 구두쇠 영감님이나 모두 멍청이들이야."

"에휴, 뼈나 잘 맞추고 춘약이나 만들고 뭐 그런 정도였던 거지."

"캬악! 캬아아악!"

"슝슝슝, 슝슝!"

"그렇고말고, 우리가 뭘 할 수 있겠어. 우린 안 될 거야."

"검절을 찾아도 모조리 썰릴지도 모르는 일이고 말이지. 생각하니까 무섭네."

안 그래도 음울하고 절망스러운 상황에 아두와 아삼의 추임새는 그 말이 제대로 된 것이든 아니든 암울함을 안겨 주기에 충분했다.

솔직히 바보들의 말이란 걸 떠나서 생각해도 현 상황은 제대로 된 것이 하나도 없었다.

목령선자와 고루법왕을 물리쳤다지만 그 대가로 능운백은 온 천하에 악명 높은 유명 인사가 되었다.

혈귀를 잡아 검절의 행방을 찾는다는 계획은 어디에 있는지도 모르는 편귀의 수작에 의해 어찌될지 장담할 수 없었다. 그 와중에 제갈영이 역환골탈태했고, 두 명의 신의가 하는 일이라곤 자괴감과 무기력에 시달리는 것뿐.

"크크크크킥! 크킥!"

괴상한 소리에 모두 시선을 모았다.

뜻밖에도 제갈영이었다. 새로운 소리를 개발해 낸 모양이었다. 장난 아니게 일그러진 얼굴과는 반대로 웃음을 멈추지 못하는 것처럼 보였다. 그와 동시에 묘하게 신경을 자극하는 소리기도 했다. 천하파 두목이 아두를 툭 치며 물었다.

"아두야, 뭐라고 했길래 저렇게 재밌어 죽을라고 하냐?"

천하파 두목이 친구에게 말하듯 물었다. 동행하는 동안 아두와 아삼으로부터 온갖 구박과 구타를 당하면서 어느덧 친해진 것이었다.

"……"

아두가 뚱하니 바라봤다.

"왜?"

천하파 두목도 뚱해졌다.

"두목, 모르겠어?"

아두가 소리쳤다.

"뭘?"

"정말 몰라?"

"진짜 웃고 있는 거였냐?"

"선녀님, 지금 울고 있는 거잖아. 그것도 엄청 심하게!"

"야, 어딜 봐서! 나 바보 아니다!"

천하파 두목이 역정을 냈다.

"두목 놈아, 왜 이렇게 분위기 파악을 못 하냐! 아장이 감싸고 위로해 주는 게 안 보여?"

"크크크큭, 크크크큭, 큭큭……"

제갈영이 다시금 웃음소리를 냈다.

천하파 두목이 항변했다.

"야, 아무래도 웃는 것 같은데!"

"멍청아, 이게 우는 거라고! 선녀님은 저렇게 울어. 모르겠
거든 그냥 외워. 크크크큭! 이건 우는 거야. 캬악! 이건 기쁜
것. 캬악! 이건 몸이 어디 안 좋은 거야. 캬아악! 이건 배가 고
프다지."

"다 똑같잖아!"

"이야, 두목 이제 보니 냉혈한이네. 정말 슬픔이 전혀 안
전해져? 그냥 한 대 처맞을까?"

"아니, 그래도…… 알았어, 미안미안!"

"사람 새끼면 선녀님이 울 땐 슬픈 표정 정도는 짓도록 해.
그게 도리야."

"알았어."

바보들이 한참이나 행진하고 더 행진하려는 걸 적발노괴
가 나서서 조용히 시켰다. 능운백이 손을 저었다. 여태 한숨
만 쉬고 있던 능운백이었다.

"소하, 차라리 떠드는 것이 훨씬 분위기가 좋으니까 내버
려 두자."

"네."

"바보들아, 떠들어라."

능운백이 허용했다.

"싫어, 조용히 할래."

아두가 거부하고 입을 굳게 다물어 버렸다. 아삼도 손으로 입을 틀어막았다. 아장까지 두리번거리더니 지금은 입을 닥쳐야 하는 때라고 생각한 건지 입술을 꼭 닫았다. 이렇게 되자 제갈영은 혼자 '캬악' 거렸다가 '크크큭' 거렸고 분위기는 더 가라앉았으며, 말들은 미쳐 날뛰었다.

능운백이 발작하려는 듯 입술을 앙다물었다. 하지만 이내 땅이 꺼져라 한숨을 쉬고 등을 기댔다.

그 와중에 소리 없는 소리가 퍼져 갔다.

『주군.』

극락마군이 전음을 발했다.

등헌은 팔짱을 끼고 고개를 숙인 채 눈을 감고 있을 뿐 듣지 못한 듯 반응이 없었다.

『주군, 결정을 내리실 때입니다.』

『…….』

『능운백이 검절의 제자라고 밝혀진 이상 본교의 누구도 그와 함께할 수 없습니다. 능운백은 그 사부 검절을 대신해 교주님 앞에 서야 합니다.』

『…….』

『주군!』

극락마군의 전음이 격렬해졌다.

『……알고 있다.』

미동 없이 등헌이 답했다.

그렇다. 알고 있다. 마교의 지존, 아니 아버지의 팔을 자른 검절의 제자가 눈앞에 있다.

아버지는 후계의 요건 중 하나로 검절을 언급했을 만큼 검절을 향한 복수심이 강렬했다. 당연히 검절이 떠난 지금, 그 제자가 검절을 대신해 고통당해야 한다.

등헌은 능운백의 말을 떠올렸다.

"혼원섬은? 회운류는?"

"······."

"영감, 아는 게 있군?"

혼원섬!

능운백이 사문의 무공을 물었을 때, 등헌은 귀를 의심했다. 검절이 아버지의 팔을 자른 검식이 혼원섬이었던 것이다.

"그 팔로 혼원섬을 기억하고 명심하라. 이 세상은 마도가 날뛰라고 있는 곳이 아니다."

검절이 아버지에게 남긴 말이었다.

능운백에게서 느낀 모호함도 모두 풀렸다.

능운백이 젊은 나이임에도 불구하고 천하십대고수에 근접

하는 무공에 이른 것, 의식이 붕괴 직전까지 갔음에도 청묘화
괴의 섭혼이 통하지 않을 정도로 심법이 정순한 것. 또 유산
으로 받았다는 망치는 귀하디귀한 현철로 제련된 것이었다.
그것은 본래 검절의 애검이며 검절은 검법의 묘용을 권장법
으로 변환하여 무공을 전수한 것이리라.

편귀가 오라는 곳이 만약 혈귀의 처소라면, 이 또한 하오
문의 정보와 일치했다. 검절은 혈귀를 강제 은거시킨 후 지켜
보겠다고 했고, 능운백의 스승이 말년을 보낸 곳이 혈귀의 처
소에서 멀지 않은 것도 우연이 아닌 것이다.

하지만 등헌은 당연한 결정을 망설일 수밖에 없었다.

만약 능운백이 없었다면, 그 도움을 받지 못하였다면 지금
쯤 심복들의 칼날에 베여 원통한 혼은 구천을 떠돌고 육체는
차가운 흙 아래 놓였을 것이다.

'만약 능운백을 배신한다면 나는 나를 배신한 심복들과
다를 것이 무엇인가?'

마음이 외쳐 온다.

그럼에도, 그럼에도 그 기억은 어쩐지 오래전의 일처럼 옅
어져 간다. 아니, 마음 한쪽에서 잊으라고, 생각할 필요 없다
고 말하고 있었다.

'능운백이 나를 구했던 것은 그저 선택이었다. 그래, 거기
에 진정성은 없다.'

등헌은 마음을 다잡으려 애썼다.

'숙원을 이루기 위해선 그 무엇이라도 가차 없이 버릴 수 있어야 한다.'

삶의 위치가 마교라는 점을 부인할 순 없다.

그렇게 생각을 다지려는데 어찌 된 일인지 한순간 몸에서 기운이 쑥 빠져나갔다.

주먹을 말아 쥐어 보았다. 힘이 들어가지 않았다.

'어, 어떻게······.'

내력을 끌어올리는 것도 아닌 그저 근력을 모으는 일조차 쉽지 않았다.

등헌은 애써 의식을 끌어 올렸다.

손끝에서부터 힘을 모으고 천천히 손 전반까지 이르러 주먹을 쥐며 무력감을 떨쳐 냈다. 자신도 모르게 몸을 부르르 떨었다.

의욕은 잠시였다.

다시금 기운이 빠져나갔다.

교차되는 감정, 의식의 변화에 따라 기운은 솟았다가 사라졌다가를 반복했다. 그렇게 반 시진이 지났을까, 등헌은 머리가 깨질 듯한 고통에 시달렸다. 그러던 한순간 한쪽 마음을 죽여 나가던 등헌에게 변화가 찾아왔다.

긴장된 몸이 순간 풀어졌다. 무력감 대신 평안이 찾아오며 다투던 마음 한쪽이 승리했다.

즉각 변화를 알아차린 극락마군이 전음을 발했다.

『주군…….』

염려가 한껏 묻어났다.

등헌이 답했다.

『본산으로 능운백을 데리고 간다.』

전음성은 차분하여 흔들림이 없었다.

『주군, 현명한 결정이십니다.』

극락마군의 눈에 희열이 떠올랐다.

지존이 되고자 한다면 그 길에는 선혈이 낭자할 수밖에 없다. 수많은 귀계와 음모, 소리 없는 죽음, 배신당하고 배신하는 등 이 모든 것을 지나야 하고 그것들을 초월하여 무심의 지경에 이르러야만 하는 것이다.

『결행은?』

『통현산에 이르러 혈귀를 찾으려 서로가 분산될 것입니다. 그때 능운백을 제압하겠습니다.』

등헌이 보일 듯 말 듯 고개를 끄덕였다.

이 무리에서 능운백만 제압한다면 다른 이들은 전혀 문제 될 것이 없었다.

'내 삶에서 오직 한 번뿐인 기회일 수도 있다. 정리(情理)에 연연해서는 안 된다. 차가운 심장으로 그저 행한다.'

등헌은 눈을 감은 채로 앞으로의 계획을 머릿속으로 그려 나갔다.

계획은 단순하다. 필요한 자가 누구인가에 대한 선별이다.

모두를 데리고 갈 수는 없는 노릇이므로 생사부를 작성하는
것이다. 눈을 감은 채로 마차 안의 면면을 떠올렸다.

'염라선의, 혼원독의는 살려 가야 한다. 마안의 청묘화괴
까지. 이 세 사람은 쓰임새가 크다.'

그 다음, 적발노괴를 떠올렸다.

혼원독의가 발작할 가능성이 크지만,

'죽여야 한다.'

삼괴는?

'······당연히 죽인다.'

소요쌍창과 하오문주, 천하파 두목은?

'죽인다.'

망설임은 점점 짧아져 갔다.

제갈영?

'죽인다. 그래, 죽인다, 죽인다. 죽인다!'

그들에게 죽는 이유를 일일이 설명할 필요는 없다. 할 수
있는 최대의 배려는 그저 신속하게 죽이는 것뿐이다. 그것이
야말로 선물로서의 죽음.

죽인다!

그때 능운백이 벼락같이 소리쳤다.

"정말로 우릴 다 죽일 참이냐!"

쿵!

등헌이 눈을 부릅떴다.

'지나치게 몰두했다……'

극락마군은 반사적으로 등헌을 보호하는 태세를 갖췄다.

능운백이 피를 토하듯 외쳤다.

"너도 물론 원하는 삶이 있겠지! 어쩔 수 없을 테고, 그렇게밖에는 할 수 없다는 걸 잘 알아! 하지만 이곳에 원하는 대로 살고 싶지 않은 사람이 누가 있겠냐!"

쿵쿵!

등헌의 심장은 멋대로 요동쳤다.

능운백이 다시 소리쳤다.

"내가 저기 마교 놈까지 돕고 있어. 그런데 하물며 널 이대로 버려 둘 성 싶으냐! 잠깐뿐이야. 무슨 수를 써서라도 원래 모습으로 돌아가도록 해 줄 테니까, 그러니까 그만 좀 울먹거려! 이제 정말이지 머리가 어떻게 돼 버릴 것 같단 말이다!"

틀어진 입술을 부르르 떨던 제갈영이 굵은 눈물을 흘리며 아장의 품에 머리를 묻었다. 아장이 안아 주면서 능운백을 향해 숭숭거리며 삿대질했다. 아두와 아삼이 '이런 개새끼가 다 있네'라며 소리치고 적발노괴가 삼괴에게 경고를 발하고, 독의가 만류하는가 하면 다시 능운백이 소리치기까지 하자 마차 안은 한순간에 아수라장이 되었다.

등헌은 애써 마음을 진정시켰다.

목소리가 나간 것이 아니었다. 놀란 마음에 경거망동했다면 일을 크게 그르칠 뻔했다.

내내 기괴한 소리를 내던 제갈영은 잠잠해졌다. 대신 뒤틀린 흉악한 눈에서 눈물을 끊임없이 쏟아 내며 능운백을 원망스럽게 바라봤다. 그 모습에 능운백이 쭈뼛대며 눈치를 보더니 힘겹게 입을 열었다.

"미, 미안했다."

청은이 눈시울을 붉혔고, 아두와 아삼이 궁시렁거렸다.

"하여튼 개새끼 성질머리하곤……."

"저 새낀 틀려먹었어. 가망성이 없다니까."

능운백이 고개를 젓고 말했다.

"쌍창, 잠깐 쉬었다 가자."

"그러지요."

소요쌍창이 마차를 세우자, 일행이 내렸다.

등헌도 내려 마차 바로 앞 풀 더미에 앉았다.

방금 전의 충격이 쉽게 가시지 않았다.

들켰을지도 모른다는 것 때문만은 아니었다.

그보다는 능운백이 제갈영에게 소리친 말 때문이었다. 그 외침이 머릿속에서 계속 메아리쳤다.

"내가 저기 마교 놈까지 돕고 있어. 그런데 하물며 널 이대로 버려 둘 성 싶으냐! 잠깐뿐이야. 무슨 수를 써서라도 원래 모습으로 돌아가도록 해 줄 테니까, 그러니까 그만 좀 울먹거려! 이제 정말이지 머리가 어떻

게 돼 버릴 것 같단 말이다!"

'도대체 뭘까……'

머리가 혼란스러웠다.

능운백은 제멋대로에 폭력적이고 살인도 주저하지 않는다. 상대를 억압하는 것도 대수로울 것이 없었다. 다정한 면이라 곤 찾아보기 힘들다.

그런데 정작 능운백은 자신이 뭔가를 얻기 위해 움직이고 있는 것이 아니었다.

검절이 자신의 스승인 것도 모른 채 검절을 잡겠다고 나서 는 것은 마교의 마불도를 얻어 청묘화괴를 도우려 함이었다. 결과적으로 마교 후계를 돕고 있으며, 제갈영에 대해서도 책 임을 다한다는 의지가 뚜렷했다.

그 결과 그에게 어떤 이득이 주어지는가?

없었다. 그저 계속해서 악명만 높아져 가고 있을 뿐이었다. 그럼에도 능운백은 살아가고 있는 것이다.

등헌은 머리가 어질거렸다.

제멋대로인 능운백에 비하자니 자신의 모습이 한없이 초라 하고 혐오스러웠다.

등헌이 멍해진 눈으로 일행들을 둘러봤다.

아장이 꽃을 꺾었는지 붉고 노란 꽃다발을 만들어 제갈영 에게 달려와 건네고 있었다.

"슝슝슝!"

제갈영은 능운백을 원망스럽게 바라보다 아장의 꽃을 받아 들고 흉악스럽게 웃어 보였다.

"캬악!"

과연 웃음인가 싶을 정도로 등골이 서늘해지는 표정이었다. 곧바로 다른 방향에서 고함이 터져 나왔다.

"으아아아아아아악!"

능운백이었다.

죄 없는 산을 향해 성질내고 있었다. 그 곁에서 혼원독의가 구부정하니 허리를 숙이고 고개를 쳐들며 카랑거렸다.

"주군, 진정하십시오! 강호에는 보이지 않는 눈과 귀가 많습니다!"

능운백이 뚝 그치고 독의를 물끄러미 쳐다봤다.

독의가 목을 움츠리고 물었다.

"왜…… 그러시는지!"

능운백이 독의의 머리를 수차례 내갈겼다. 독의는 어구어구 하면서 머리를 감싸기 바빴다.

"이 멍청한 놈아, 마차로 이 난리를 치고 달려가는데 뒤쫓아 오는 마교 놈이건 다른 놈들이건 우릴 모르겠냐! 생각 같은 건 안 하고 살기로 한 거냐! 응? 그런 거야?"

쓸데없이 충성을 과시한 독의는 목이 들어갈 정도로 처맞았다.

"이 돌팔이 놈아, 옆에서 얼쩡거리지 말고 여기저기 풀 뜯 어다 약이나 왕창 만들어 놔!"

"……네!"

영리하게 필요한 독초를 찾아 풀숲을 뒤지고 있던 염라선 의는 독의가 맞는 모습을 훔쳐보면서 고소하다는 듯 한껏 웃 음을 머금고 있었다. 한편 아두와 아삼, 천하파 두목은 저만 치 앞쪽에서 다정한 모습이었다. 나란히 등을 보이고는 정답 게 오줌을 갈기고 있는 중.

쏴아아아아一

폭포수같이 쏟아지는 소리가 요란했다.

아두가 천하파 두목을 보며 말했다.

"두목아, 뭐하냐? 왜 안 싸고 있어?"

천하파 두목이 움찔했다.

아두가 재촉했다.

"왜 그래? 안 나오는 거야? 응, 찔끔거리네. 혹시 너 병 걸 렸냐?"

나오긴 나오는데 영 시원치 않은 모양이었다.

"원래 이래. 괜찮아."

천하파 두목은 시원찮은 건 확실한데 싸는 건 의외로 꾸준 해 후두둑 소리가 이어졌고, 이제 조금 나오기 시작하는지 기 분 좋은 소리를 냈다.

"으어어어어! 시원하다, 시원해!"

아삼이 신경질을 냈다.

"야, 전혀 시원해 보이지 않는데 왜 그래!"

"아니여, 시원해!"

천하파 두목은 뭐가 그리 시원한지 옆에 손으로 붙들고 있던 나무를 잡고는 벅벅 긁어 대기까지 했다.

아두와 아삼이 소리쳤다.

"아주 지랄 염병을 하네!"

"야, 나무한테 그러지 마. 그러면 안 돼!"

그래도 천하파 두목은 아랑곳하지 않았다.

시원하다를 연발하면서 꾸준히 찔끔거리면서 또 꾸준하게 나무를 긁어 댔다. 긁힌 나무가 여러 갈래로 생채기가 났다.

"그만 좀 해. 전혀 시원해 보이지 않는단 말이야! 그러다 손톱 빠지겠어!"

"시발, 똥 싸면 아주 미쳐 돌아가시겠네. 더러운 새끼, 더러운 천하파 두목!"

"우워워워, 좋다아, 시원하다아아아—"

등헌은 그 모습을 지켜보며 자신도 모르게 웃고 말았다.

그야말로 이 무리는 어처구니가 없을 정도로 평온하다. 앞으로 어떤 일이 닥칠지도 모르면서 지금을 누리고 있었다.

하지만 이내 웃음을 거뒀다.

'저들은 죽어야 할 자들이다.'

마음을 차갑게 식혔다.

의도적으로 살심을 피워 올렸다.

감정은 버려야 한다. 삼괴도, 천하파 두목도 죽인다. 무고한 자들이란 없다. 이유는 따질 필요가 없다.

그때 한 목소리가 들려왔다.

'아헌, 슬퍼 말거라.'

내부에서 들려오는 소리였다.

'어머니?'

등헌은 깜짝 놀랐다. 어찌 된 일인지 어머니의 모습이 현실인 듯 눈앞에 생생하게 떠올랐다.

'분노할 필요는 없단다.'

이 말씀은 어릴 때도 들은 적이 있다. 그때는 아무 말도 못했지만 지금은 달랐다.

'싫습니다.'

'지금도 이 어미는 네 아버지를 사랑하고 있단다. 하지만 네가 그 길을 가지 않았으면 좋겠구나.'

'싫습니다.'

'그 길을 가다 보면 어쩔 수 없이 어느 순간 괴물이 되고 만다. 나는 원치 않는다. 네가 좋은 친구들과 평범하고 행복한 삶을 살기를 원해.'

'괴물이 되어서라도 아버지의 뒤를 잇는 위대한 길을 걸을 것입니다.'

'네 스스로 빛을 발하면 그것이 위대한 길이란다. 아주 작

은 일이 온 세상을 빛내기도 하지.'

'어머니, 저는 지존좌에 앉아 모두를 발아래 둘 것입니다.'

'아들아······.'

어머니의 모습은 슬퍼 보였다.

'우리 아들 어디 안아 볼까?'

어머니가 안아 주는 품에 등헌은 안겼다. 어머니의 내음에 사랑하는 마음이 고스란히 다가왔다. 더불어 저만치 밑바닥에서부터 스멀거리며 소외, 억울함, 가련함, 분노가 치밀었다.

'소자는 제 안의 연약한 마음을 죽이고 새롭게 태어날 것입니다.'

'사랑한다, 내 아들.'

'사랑해요, 어머니.'

등헌도 어머니 품 안에서 속삭였다.

눈물이 나오려는 걸 간신히 참아냈다.

'어머니, 저는 제 자신을 이겨낼 것입니다.'

그때, 극락마군의 목소리가 들려왔다.

'주군!'

왜인지 극락마군의 목소리는 무척 희미했다. 전음인지 속삭이는 것인지 구분이 가지 않았다. 근처에 보이지는 않는다. 언제 멀리 갔는지 먼 곳에서 부르는 것 같기도 했다. 하지만 지금은 어디쯤에 마군이 있는지, 왜 부르는지 관심이 없었다. 어머니의 품에 더 머무르고 싶었다. 그리고 어머니께 자신이 강해졌음을 알려 드리고 싶었다.

'어머니 소자를 지켜봐 주세요. 지금까지 보여 드리지 못했던 강한 소자를 보여 드리겠습니다.'

그렇게 말하고 나자 마음속에서 강한 힘이 용솟음쳤다.

다시금 멀리서 극락마군이 주군, 주군이라고 몇 번이나 불러 댔지만, 관심 없었다.

"어머니! 소자는 나약한 자신을 죽였습니다. 스스로 강해졌습니다!"

스스로에게 다짐하듯 크게 외쳤다. 그 소리에 능운백을 비롯한 모두가 일제히 등헌 곁으로 다가왔다.

"무슨 일이야?"

능운백은 황당한 얼굴이 되어 있었다.

놀란 건 다른 이들도 마찬가지였다.

"개친구 눈동자가 사라졌어! 흰자위만 빨갛게 보여!"

"눈이 뒤집어진 거잖아!"

"슝슝슝!"

삼괴가 요란스럽게 떠들었다.

등헌의 눈동자는 붉게 타오르고 흰자위를 드러낸 채 그 사이사이로 핏줄들을 뻗어내고 있었다. 얼굴과 목에도 굵은 핏줄이 도드라져 꿈틀거렸다.

그럼에도 등헌은 주변이 전혀 보이지 않았다. 여전히 어머니 품에 안겨 있는 채였고 강렬하게 소리쳤다.

"저는 괴물이 되어도 좋습니다! 아니, 세상이 뭐라고 해도 괴물이 되겠습니다!"

"얘 왜 이래? 야, 정신 차려!"

능운백이 등헌을 향해 손을 뻗으려 하자 염라선의가 가로막으며 소리쳤다.

"능 공자, 주화입마입니다. 건드리지 마십시오. 돌이킬 수 없게 됩니다."

"주, 주화입마?"

능운백이 더듬거렸다.

"아니 왜?"

"그걸 어찌 알겠습니까?"

모두 어안이 벙벙했다. 염라선의가 농담할 리도 없고, 증상을 보아도 심상치 않았다. 하지만 연공하던 중도 아니고, 멀쩡히 마차에서 내려 풀밭에 앉아 있다가 주화입마라고 하니 날벼락을 맞은 기분이었다.

염라선의가 세 개의 은침을 목에 꽂아 넣었다.

등헌이 '흡' 하고 숨을 들이켰다.

순간 도드라진 혈맥이 가라앉았다.

하지만 그것도 잠시였다.

"어머니, 소자는 괴물이 될 것입니다!"

능운백이 분통을 터뜨렸다.

"이 미친놈아, 갑자기 무슨 소리야! 어머니가 왜 튀어나오는데!"

하지만 등헌에게 있어 현실은 어머니 품 안이었다.

"어머니, 지켜봐 주십시오. 이 아들이 괴물이 되는 모습을 격려해 주십시오! 이제부터 괴물입니다!"

"캬악, 캬악!"

연신 괴물이라는 소리가 나오자 제갈영이 '네놈까지 왜 그래'라는 듯 캬악거렸다.

이제 혼원독의까지 달라붙어 등헌을 조치했다.

등헌을 눕히고 혈맥을 타통하고, 품에서 영약을 꺼내 복용시켰다. 등헌은 더 이상 괴물이 되겠다는 말은 하지 않았다. 대신 드러누운 채로 멋대로 꿈틀거렸고, 잘생긴 얼굴이 뒤틀리면서 푸다닥 푸르륵 발작을 멈추지 않았다.

"저는 이제 괴물입니다. 으아아아아아아아아악!"

마지막 외침을 끝으로 등헌의 몸부림이 그쳤다.

모두 얼어붙어 등헌을 바라봤다.

숨은 쉬고 있었다. 얼굴도 약간 웃는 것처럼 보였다. 하지만 얼굴 반쪽이 돌아가 버린 상태였다. 더불어 오른쪽 팔, 다리가 기이하게 꺾인 채였다.

"헐, 괴물이 됐네."

아두가 중얼거렸다.

그렇게 괴물이 되겠다고 떠들더니 결국 소원을 성취한 것이다. 원하면 이뤄지는구나, 같은 쓸데없는 생각이 떠오를 지경이었다.

능운백은 정신이 없었다.

"끝난, 거지? 저, 저렇게 보여도 돌아오는 거지?"

조심스럽게 묻는 목소리가 떨려 나왔다.

염라선의가 인상을 쓰며 고개를 저었다.

"현재로는…… 반신불수입니다. 경맥이 멋대로 뒤엉켰습니다."

"하하, 하루나 이틀이면 되지? 원래대로 되는 거잖아? 그런 거잖아? 하하하……."

능운백이 억지로 웃어 보였다.

염라선의가 입술을 깨물었다.

"능 공자, 아니란 걸 잘 아시잖습니까?"

능운백이 휘청였다.

물론 알고 있다. 주화입마가 얼마나 치명적인 것인지 잘 알고 있다. 그래도 희망을 기대했건만 아니었다. 휘청이는 능운백을 아장이 붙든 탓에 능운백이 아장을 쳐다봤다. 괜찮다는 듯 아장이 슝슝거렸다.

꿀꺽.

침을 삼켰다.

그렇다. 이 무리엔 슝슝거리기만 하는 놈이 있다.

그리고,

"카악!"

제갈영이 위로의 의미인지 뭔지를 소리쳤다.

휘청, 능운백은 다리 힘이 확 풀렸다.

"운백, 괜찮아?"

청은이 어린 소녀의 걱정스러운 모습으로 울 듯 물었다.

다시 휘청!

"야, 운백! 정신 차려. 괜찮을 거야. 개친구는 그냥 엄마가
보고 싶었던 거잖아."

"그러고 보니 나도 엄마가 보고 싶어지네."

"슝슝슝!"

삼괴의 연이은 말에 능운백이 다시금 침을 꿀꺽 삼켰다.
안 그래도 괴상한 조합인데 이제 한 명이 더 늘어난 것이다.

바보들, 괴물녀, 영원한 어린 소녀, 거기에 반신불수가 추
가되었다.

염라선의가 한숨 쉬듯 입을 열었다.

"심마입니다. 내면의 두 생각이 충돌한 것으로 보입니다.
운기에 대한 전조가 없었으니 다른 것을 생각할 수 없습니다.
과거와의 충돌인지 현재의 절망과의 싸움인지 알 수 없지만
말입니다. 도대체 어찌 이 정도의 고수가 심심방임(深心放任)
을 놓아 버린 건지……."

심심방임.

내공의 근간은 정도와 마도를 막론하고 의식이 몸을 이루
는 것이다. 내부 의식이 충돌하면 몸 안의 기운도 충돌을 일

으킬 수밖에 없다.

자신 안의 자신과 싸운다. 어느 쪽이 승리해도 문제가 된다. 승리하지만 동시에 패배한 것도 자신이기 때문. 처참한 패배의 상처를 받아 괴로워하는 자신이 내면에 고스란히 남는 것이다. 그것을 조절하는 기초가 심심방임이었다.

거칠어진 마음은 그대로 두어라는 기본 중의 기본.

능운백이 씩씩대더니 이내 폭발해 버렸다.

"이런 머저리 같은 놈아, 대체 머리통으로 무슨 생각을 하길래 이 지경이 된 거냐! 괴물이 되겠다니 어머니에게 그게 할 소리냐! 말을 좀 해! 너 대체 나한테 왜 그러냐! 내가 뭘 어쨌는데 나를 못살게 굴어! 왜 그러냐고!"

당장이라도 등헌을 밟아 버릴 것 같아 염라선의가 허리를 부둥켜안고 말렸다.

"저리 비키지 못해!"

염라선의를 떨구고 능운백이 극락마군에게 삿대질했다.

"난쟁이 영감, 당신은 그동안 뭐했어? 주군주군 해 대면서 심각한 표정이나 짓고 앉아서 뭐했냐고!"

극락마군이 할 말이 있을 리가. 그저 식은땀만 흘리기 바빴다. 이제 마교의 지존좌고 검절의 제자고가 문제가 아니라, 주군이 사느냐 죽느냐인 것이다. 도리어 능운백이 스스로 자신이 검절의 제자라는 것을 알아차리지 않길 빌어야 할 지경이었다.

능운백이 극락마군의 멱살을 쥐고 흔들었다.

"땀만 흘리지 말고 뭐든 변명을 해야 할 것 아니냐!"

극락마군은 흔드는 대로 펄럭였다.

"말을 하란 말이다, 말을!"

펄럭, 펄럭~

*　　　*　　　*

방금 전까지 등헌이 발작하고 극락마군이 펄럭인 곳에 미욱서생과 현월이 내려섰다.

"저것들…… 뭐냐……."

미욱서생이 눈으로 마차를 쫓으며 멍하니 중얼거렸다.

검은 눈동자만 있어서 그의 표정은 그 누구보다 황망한 얼굴로 보였다.

마차는 먼지를 일으키며 멀어져 이제는 작은 점으로 변해가고 있는 중.

"그게……."

현월이 말을 줄였다.

'말씀드렸지 않습니까? 이자들, 원래 이렇습니다.'라고 대답할 수는 없는 노릇인 것이다. 삼공자가 주화입마를 당한 것은 뜻밖이었지만 엄청 놀라운 일까지는 아니었다. 이 무리는 무슨 일이 일어난다 해도 이상할 것이 없는 것이다.

현월은 미욱서생의 눈치를 보며 오직 한 부분만 주시했다.

미욱서생의 눈동자였다.

새까만 동공이 일렁이는 것을 보고 있자니 침이 바짝바짝 마를 지경이었다.

"설마…… 쭉 이랬던 것이냐?"

미욱서생이 물었다.

"그, 그렇습니다."

현월이 조심스럽게 답했다.

"어쩌면……."

미욱서생은 말을 멈추고 고개를 저었다.

현월은 다음 말이 무엇이었을지 알 것 같았다.

'동해삼선과는 관계가 없을지도…….'였으리라.

*　　　*　　　*

하루가 지나고 해가 저문 때,

한 인영이 미욱서생과 현월이 떠난 자리에 내려섰다.

잿빛 의복에 깊게 삿갓을 눌러쓰고 있었다. 삿갓 아래로 그림 같은 흰 수염이 드러나고, 등 뒤로는 검이 매여 있었다.

주변을 살피던 삿갓 검객은 나무들을 둘러보다 한 곳에서 멈췄다.

아두와 아삼, 천하파 두목이 오줌을 갈긴 곳이었다. 검객은 그 곁의 나무에 시선을 주었다.

천하파 두목이 시원하다면서 박박 긁어 놓은 어지러운 생채기가 그대로 남아 있었다.

삿갓 검객은 그 흔적을 손을 뻗어 매만졌다.

살피고 또 살피며 한없이 매만졌다.

그리고 이내,

툭!

삿갓 아래로 눈물방울이 떨어졌다. 옅게 흐느끼는 소리와 함께 흰 수염에 매달려 있던 눈물이 떨어져 내렸다.

매만지던 손이 획을 그어 갔다.

세 글자였다. 기억하려는 듯 여러 번 그었다.

— 능운백.

이내 손바닥으로 쓸어내리자, 능운백의 이름과 천하파 두목이 남긴 흔적들이 사라지고 매끄러워졌다.

물끄러미 석양을 응시하던 삿갓 검객이 신형을 날렸다.

잿빛이 순식간에 길게 하늘을 수놓았다.

제3장
통현산의 혈귀

"능 공자, 통현산과 마을이 보입니다."

마부석에서 소요쌍창이 말했다.

"객잔을 찾아봐."

"그러지요."

다행히 마을 초입에 객잔이 있었다. 세 개의 방에 나눠 일행을 쉬게 하고 능운백은 편귀를 찾아 나섰다. 이곳으로 오라고 했던 놈이 나타나지 않으니 직접 찾아 나설 수밖에 없었다.

적발노괴와 천하파 두목만을 대동했다.

객잔을 나서기 전 능운백이 주인을 불렀다.

"소, 손님…… 무슨 도울 일이라도……."

주인이 비굴할 정도로 굽실거렸다.

억지로 미소를 지으려 애쓰는데 그게 쉽지 않은지 안면 근육이 부르르 떨렸다.

"편하게 말씀하셔도 됩니다."

능운백이 부드럽게 말했다.

"아, 그, 그렇지요."

편하게 말하란다고 편해지는 건 아니다. 식은땀이 멈추지 않았다.

주인장은 본 것이다.

업혀 오는 등헌의 뒤틀린 모습을 보고 고개를 갸웃했는데, 뒤이어 혼원독의를 보고 동공이 축소되었고, 제갈영에 이르러선 숨조차 쉬기 곤란해지고 말았다. 거기에 귀여운 소녀의 모습을 한 청은이 태연히 포함된 것을 보며 주인장은 뭐가 뭔지 모르게 되었고, 눈앞의 청년은 다름 아닌 이 무리의 두목처럼 보이니 땀이 통제를 벗어나 멋대로인 건 당연했다.

"하나만 묻겠습니다."

"네, 여, 여러 개 물으셔도……."

"이 마을에서 무공이 가장 특출난 사람이 누구입니까? 혹은 정체를 숨기고 있는 사람이라든가 말이죠."

꿀꺽.

"무, 무공이라면…… 무림인 말씀이신가요?"

"그렇죠."

"죄, 죄송합니다만…… 이, 이곳 동문촌엔 무공을 하는 사람이 없습니다요. 싸움이 나 봐야 주먹다짐 정도입지요. 누구할 것 없이 평범합니다요."

"흐음……."

능운백이 손을 들자 주인장은 때리려는 줄 알고 움찔했다. 능운백은 턱을 매만졌다.

"낚인 건가."

주인장의 겁에 질린 동공을 보건대 거짓말로는 보이지 않았다. 어쩐지 편귀 놈에게 놀아난 것 같은 기분을 떨치기 어려웠다.

눈치를 살피던 주인장이 안절부절못하다 입을 열었다.

"저, 저기! 있긴 있습니다요."

"방금 없다 하지 않았습니까?"

능운백이 갸웃하며 눈을 가늘게 떴다.

"아, 아니 그러니까, 방금 말씀드린 건 거짓이 아닙니다. 그, 그러니까 제 이야긴즉 혹시 마을을 잘못 찾으신 건 아니신가 싶어서 드리는 말씀입니다."

"오호……."

"저, 저희 마을에서 하룻길 정도 걸리는 곳에 마을이 하나 있습니다요. 무림인이라면 그곳이 유명하지요. 네네, 아주 유명합니다요. 일 년도 채 안 된 일이로군요. 그 마을에 노마두가 은거하고 있었던 모양입니다."

"그래요?"

능운백이 눈을 빛냈다.

"한데 그 노마두가 말년에 제자를 거두었답니다. 웃기게도 그 스승에 그 제자인지 그 어린 제자 놈이 아주 악귀 중의 악귀였던 모양입니다."

"흠, 혈귀가 제자를 거둔 모양이군."

"네?"

"아니, 계속하세요."

"네, 그 제자 놈은 어릴 때부터 포악하기 이를 데 없었답니다. 얼마나 대단했냐면 돌로 사람을 찍어 죽이고, 생매장을 일삼았던 게지요."

능운백이 미간을 좁혔다.

주인장은 말이 길어 짜증을 내나 싶어 말이 빨라졌다.

"그 어린놈이 장성해서는 결국 크게 문제를 일으켰는데 그 상대가 귀군방인지 귀문방인지 여튼 큰 방파였다고 합니다 요."

능운백의 안색이 썩어 들어 갔다.

주인장이 놀라 더욱 바쁘게 입을 놀렸다.

"그런데 놀라운 건 노마두와 그 제자 놈이 어찌나 대단한지 그 방파의 수백 명을 도륙해서 매장해 버렸다지 뭡니까요. 이쯤 되고 보니 당한 쪽의 두목이 정예를 끌고 오게 되었습죠. 노마두는 그쯤 죽은 듯합니다만 제자 놈은 도망쳤다고 들었습니다요. 아마 지금쯤은 죽었지 않았나 싶은데 혹시 모르죠. 원래 흉악한 놈들은 오래 사는 법이니까요. 손님께서 찾으시는 분이 맞다면 좋겠군요. 아, 그렇습니다. 그 흉악한 악귀 놈의 이름이 뭐라더라. 능, 능 뭐였는데…….”

“능운백.”

능운백이 알려줬다.

주인장이 화색을 발했다.

“역시 그놈을 찾아오신 게 맞군요. 저희 마을이 아닙니다요. 중문촌으로 가시면 혹시 만날 수 있을지도 모릅니다요.”

그때였다.

“야, 능운백! 아직 안 갔구나. 아니, 능운백 님! 올 때 당과 좀 사오세요. 꼭이다!”

아두가 일 층 계단 중간에서 능운백을 보며 소리쳤다.

나름 부탁하는 거라고 능운백 님이라 칭해 준 아두였다.

주인장이 아두를 보고 입을 쩍 벌렸다가 다시 능운백을 바라보았다. 그리고 즉시 할 일을 했다. 이빨을 딱딱딱 부딪치며 새파랗게 질려 사시나무 떨 듯 떨어 댔다.

“사, 살려 주십시오.”

눈물을 뚝뚝 흘렸다.

능운백은 뒷골이 땡겼다.

“하아…… 그게 사실 말이죠. 그러니까…… 아, 젠장.”

뭐라고 정정해 주려다가 포기했다. 이 반응을 보자니 알아들어 먹을 리 만무했다.

"조용히 있다가 갈 테니 걱정 마세요."

"네?"

주인장이 놀라 눈을 부릅떴다.

'왜 안 죽이고요?'라고 묻는 것도 같았다.

능운백은 무시하고 객잔을 나왔다.

"소하, 네 생각은 어때? 아무래도 통현산으로 오라는 건 편귀 놈의 장난 같지 않냐?"

"소인이 생각하기에도 그렇습니다. 통현산의 규모로는 도무지……."

적발노괴의 말처럼 통현산은 마을 뒷산 정도였다. 빠르게 돌면 일식경 안에 전체를 둘러볼 수 있을 터였다.

"하지만 그저 장난을 친 것이라 단정하기도 쉽지 않습니다. 이 함정으로 편귀가 얻을 이익이 무엇일지 짐작이 가지 않습니다."

"그건 그래."

함정을 파 공격을 가하려 한다 해도 어지간한 고수가 아니고선 이 정도 전력 차를 메우기 힘들다. 생각이란 걸 하고 사는 놈이라면 시간을 끌고 골탕을 먹이는 짓이 결국 원한을 깊게 하고 명을 재촉하는 일이 될 것임은 계산하고 있을 터였다.

"그나저나 세상 참 좁네. 중문이 이렇게 가까이 있다니 말이야."

능운백은 무공을 익히는 시점에서 중문을 벗어나지 않는다는 약속을 한 터라, 과거 공야의 허락 아래 음식을 사러 홍경을 다녀온 것을 제외하고는 주변 지역에 대해 무지했다.

"주군, 혹시⋯⋯."

적발노괴가 자못 심각한 얼굴을 했다.

하지만 이내 고개를 저으며 말을 아꼈다.

"뭔데 그래?"

"아닙니다."

"싱겁긴."

그때 불쑥 천하파 두목이 끼어들었다.

"흠, 제가 생각할 땐 말입니다."

"생각하지 마."

능운백이 싹을 잘랐다.

천하파 두목의 얼굴이 일그러졌다.

"한번 들어보는 것도 나쁘지 않잖습니까!"

"두목은 그냥 닥치고 있는 게 좋겠어."

"와아, 진짜 너무하네."

천하파 두목이 열 받았다는 듯 얼굴이 울그락불그락해졌다. 결국 참지 못하겠는지 크게 소리쳤다.

"야, 어린놈의 새끼가 너무한 것 아니냐! 객잔 주인한테는 공손하면서 왜 나한테는 막말인 건데! 내가 객잔 주인보다 훨씬 나이도 많고 대단한 인물이란 말이다!"

"대단해서 그래."

천하파 두목이 흠칫했다.

"설마 내가 누군지 알아본 거냐?"

"몰라보기 힘들지."

"오호, 요 녀석 기특하군. 그래, 맞다. 나는 사실……."

"천하파 두목이시지."

"하하하하하! 아는구나. 그럼 앞으로 공손히 대하거라. 나는 바로 천하파 두…… 커헉!"

천하파 두목이 대롱대롱 떠올랐다.

적발노괴가 목을 틀어쥐고 들어 올린 것이다.

살겠다고 발버둥 치는 천하파 두목을 적발노괴가 바닥에 내리꽂고 복부를 걷어찼다.

퍼억!

"으아악!"

비명과 함께 주르륵 밀려난 천하파 두목이 고통스럽게 꿈틀거렸다. 적발노괴가 어느새 움직여 천하파 두목의 가슴을 밟고 공손하게 말했다.

"천하파 두목님, 아무리 정신이 나갔어도 주군께는 예의를 갖추셔야지요. 공손한 말이라면 제가 해 드릴 테니 필요하시면 언제든 말씀하십시오. 아시겠습니까?"

"알았다…… 윽!"

적발노괴가 밟았다.

"알았습니다."

"좋습니다. 이제 조금 말이 통하는군요."

죽이거나 중상을 입힐 뜻이 없었기에 천하파 두목은 힘겹게 일어나 상처받은 표정을 하고는 힐끔거렸다.

능운백이 한숨을 내쉬었다.

"휴우, 지랄도 가지가지로구만. 소하, 서두르자."

"네."

능운백이 신형을 날리고, 적발노괴가 천하파 두목을 들쳐 매고 뒤를 따랐다.

두 사람과 한 명의 짐덩이가 통현산을 샅샅이 뒤졌다.

걸린 시간은 고작 일다경.

결과적으로 소득은 전무했다.

그래도 이대로 떠나기엔 미련이 남았다.

"다시 가 보자."

능운백은 마음에 걸리는 곳이 하나 있었다.

"동굴을 말씀하시는지요?"

"응."

동굴은 마을에서 볼 때 산의 뒷면에 위치하고 있었는데 역시 수상한 곳이라면 그곳뿐이었다. 입구는 제법 컸고, 동굴 안쪽은 막혀 있었지만 그 규모면에서는 사오십 명 정도는 충분히 들어갈 정도로 넓었다.

동굴로 돌아와 능운백이 안으로 들어갔다.

천장을 유심히 살핀 후, 벽면을 더듬어 갔다.

끝으로 안쪽의 벽면까지 더듬었을 때, 깨달았다.

'헛짓이구나.'

기관 장치나 특별한 구석은 어디에도 없었다. 여긴 그냥 흔하디흔한 동굴이었다.

동굴을 나와 쓰게 입맛을 다시자니 목소리가 들려왔다.

"모두 조금씩 더 힘을 내. 동굴에 가둬 버리자구!"

"힘내고 있잖아."

"야, 가두긴 틀렸어. 나와 버렸다."

"에이, 아깝네."

능운백이 소리를 쫓아 올려다보며 피식 웃었다.

열 살 남짓으로 보이는 마을 아이들이었다. 이미 아이들이 놀고 있는 걸 무시하고 동굴에 들어갔던 터였다.

동굴 옆면을 따라 작은 언덕배기가 형성되어 있는데 그 위로 커다란 바위가 놓여 있었다. 여섯 명의 마을 아이들은 아까부터 바위를 밀기 위해 안간힘을 쓰고 있었던 것이다.

"욘석들아, 너희는 백 년을 밀어도 소용없으니 쓸데없이 힘쓰지 마라. 집에서 글이나 읽어. 어릴 땐 공부해야지."

"우린 꼭 하고 말 거예요."

"어른 열 명이 밀어도 안 될걸."

"아니, 우린 이걸 해야 할 이유가 있어서 말이에요."

"삶의 목표 같은 거냐?"

"에이, 그건 너무 거창하잖아요. 하하하!"

"하하하하!"

한 아이의 말에 다른 아이들이 웃음을 터뜨렸다.

앞쪽의 아이가 입을 열었다.

"사실은요, 마을에 있는 바보 할아버지 때문에 그래요. 바보 할아버지가 가끔 여기 와서 잠을 자곤 하는데 잘못될까 봐 걱정돼서요."

"고 녀석들 기특하네."

능운백이 흐뭇하게 웃었다.

"이 바위 밀어 주실 건가요?"

"내가?"

"도와주려고 말한 것 아니었어요?"

"하하, 그럴 리가."

"와, 시시해. 우린 또 굉장한 사람인 줄 알았잖아요."

능운백은 아이들을 뒤로하고 산을 내려가 마을을 돌았다.

맨 처음 찾아간 곳은 촌장 집이었다.

촌장은 술 한 잔을 걸친 채였다. 무공 고수를 묻자 촌장은 즉시 발차기를 하고 정권을 연달아 내지르면서 이 몸이 최고수라고 떠들었다. 능운백은 더 이상 상종할 마음이 사라졌다. 중문의 촌장님도 그렇고 어째서인지 촌장들은 대체로 상태가 영 아닌 것이다.

연로한 노인들 몇 명을 더 만나 봤지만 소득은 없었다.

아무래도 편귀는 미친 작자이고 그저 놀아난 것 같은 기분을 떨치기 어려웠다. 그야말로 시간 낭비였다.

그렇게 툴툴거리며 객잔으로 걸음을 옮길 때였다.

우뚝.

능운백이 걸음을 멈췄다.

"……!"

오 장여 앞.

눈앞에 그가 있었다.

능운백은 한 번도 본 적이 없었지만 알아볼 수 있었다.

'그다!'

의심의 여지가 없었다.

그도 흠칫, 하더니 땅에 못 박힌 듯 멈춰 섰다.

산발이 된 백발의 노인이다.

옷은 후줄근하고 허술해 보인다. 어떻게 봐도 무림인으로는 보이지 않는다. 하지만 떨군 머리, 흐트러진 머리카락 사이로 드러난 눈동자에 핏줄이 서린 것이 보통 눈빛이 아니었다. 분노인지 불안인지 가늠하기 힘들었다.

적발노괴가 입을 열었다.

"주군, 두려운 모양입니다."

능운백이 턱을 어루만지며 미간을 좁혔다.

"아무래도 그런 것 같네. 근데 왜 동네 바보 할아버지가 날 보고 저러고 서 있는 거냐? 화난 것 같은데 말이지."

노인은 아이들이 말했던 바보 할아버지였다.

못 알아볼 수 없었다. 전반적으로 맛이 가 있었다.

마을마다 한 명쯤은 동네 바보 형이 있게 마련이고, 그런 바보 형이 나이가 든 건가 싶었다. 한데 문제는 '안녕' 하고 손을 흔들면서 지나가시면 될 텐데 그들을 보자마자 다짜고짜 눈알을 흔들어대면서 떨고 있는 것이다.

"원래 저러고 지내시는 것일지 모르겠습니다."

적발노괴가 답을 내놨다.

답은 틀렸다.

"나, 나는…… 난, 잘못했습니다."

느닷없이 바보 할아버지가 부들부들 떨면서 용서를 빌었다.

능운백이 눈을 깜박거렸다.

"나, 나 이제 딱 봐도 흉악범처럼 보이는 건가?"

"내, 내가 잘, 잘할게요. 나, 나는…… 아이들이랑도 사이좋게…… 사이좋게 지내고 있어요."

바보 할아버지는 당장 울 것 같은 얼굴이었다.

능운백이 억울한 마음에 역정을 냈다.

"할아버지, 내가 뭘 어쨌다고 그래요! 아이들과 계속 사이좋게 지내면 되잖습니까!"

"으어어……."

바보 할아버지가 겁에 질려 말도 못 하고 주룩 눈물을 흘렸다.

"와아, 돌겠네. 소하, 뭐라고 좀 해 줘라!"

능운백의 말이라면 모든 명령을 닥치는 대로 이행하는 적발노괴였지만 이 말에는 어찌할 바를 몰라 쭈뼛거렸다.

능운백이 안 되겠는지 다가가 손을 뻗었다.

"으흑! 사, 살려……."

놀라 자지러지는 바보 할아버지를 억지로 붙잡고 손에 은전을 쥐여 주었다.

"맛있는 거 사 드세요."

능운백이 걸음을 옮길 때, 바보 할아버지는 대성통곡하듯 울어 댔다.

*   *   *

능운백 등이 지친 기색으로 객방으로 돌아오자 청은이 위로의 말을 건넸다.

"잘 안 됐구나?"

"최악이야. 흔적도 없어. 편귀와 혈귀 두 놈에게 완전히 놀아난 거지."

"이제 어쩌지?"

"청은, 모두 불러 줄래?"

객방은 세 개를 잡았고, 이 방에는 청은뿐이었다.

청은이 고개를 저었다.

"몇몇이 아직 안 돌아왔어."

"응?"

"독의와 선의가 쌍창과 함께 약재를 구한다고 나갔고, 아두와 아삼은 당과를 사러 갔거든."

"고놈들 그새를 못 참고."

능운백은 대수롭지 않게 여겼다.

편귀와 혈귀의 종적도 없는 마을이다. 약재를 구하러 간 것은 잘한 일이었고, 당과를 사러 갔다는 아두와 아삼도 누구에게 맞고 다닐 수준이 아닌 것이다.

"혹시 모르니 소인이 다녀오겠습니다."

그래도 적발노괴는 걱정이 되는 모양이었다.

"편한 대로 해. 난 좀 쉬고 있을 테니."

능운백이 손을 휘젓고 청은을 바라보니 안색이 어두웠다.

"우리 예쁜 아가씨께서도 걱정되나 보네?"

"그것도 그런데…… 나는 아무 도움도 되지 않는 것 같아서……."

청은이 입술을 삐죽대면서 말하는데 당장이라도 울 것 같았다. 그 모습은 정녕 어린 여자아이의 모습이고 귀엽기 짝이 없었다.

능운백이 너스레를 떨었다.

"이야, 이거 섭섭하네. 예쁜 아가씨는 곁에 있는 것만으로 힘이 되는데 말씀이야."

"빙빙……."

"응?"

느닷없이 튀어나온 이름에 능운백이 놀랐다.

청은이 말했다.

"운백은 빙빙도 찾아야 하잖아."

능운백이 피식 웃었다.

"찾지 않을 거야. 빙빙은 추억이 되었거든."

이어 능운백은 강소성 여동에서 본 빙빙과 그녀의 아이에 대해 말해 주었다.

"미, 미안……. 난 그런 줄도 모르고……."

청은이 어쩔 줄 몰라 하며 사과했다.

"처음엔 견디기 힘들었는데 이젠 괜찮아. 그저 빙빙이 행복하게 잘 살았으면 싶어."

"그렇구나. 힘내!"

"하하하, 힘내라니. 힘낼 정도로 힘이 빠져 있지 않은걸."

"그런가? 하긴 운백은 제갈영과도 잘 어울리긴 해."

"하하, 자꾸 엉뚱한 소리야. 제갈영이 미녀라지만 난 처음부터 관심이 없었어."

"정말?"

청은이 눈을 휘둥그레 떴다.

"허허, 그게 그렇게 놀랄 일이야? 제갈영과 어울리는 것으로 따지자면 아장이지. 제갈영도 좋아하는 것 같고 말이야. 오히려 내 맘에 쏙 드는 사람이 있어."

"누구?"

"거 누구더라. 갑자기 이름이 생각이 안 나네."

"누군데? 생각해 봐."

청은은 자못 심각해 보였다.

능운백이 갸우뚱거리면서 말했다.

"아, 맞다. 그녀의 별호가 청묘화괴라든가, 뭐라든가."

"에이, 뭐야."

"아니야, 진짜야. 난 정말이지 볼 때마다 너무 예뻐서 머리가 어떻게 될 것 같더라고. 지금도 예쁜데 마불도에 들어갔다 나오면 너무 예뻐질까 봐 벌써부터 걱정될 정도랄까."

"말도 안 돼. 그만 놀려!"

청은이 삐진 듯 고개를 돌렸다. 하지만 그녀는 어느샌가 양 볼이 빨갛게 달아올랐고 눈을 어디에 둬야 할지 몰라 했다.

그 모습이 무척이나 귀엽고 사랑스럽기까지 해 능운백은 웃음이 나왔다. 무공 같은 건 잃더라도 마불도에서 나온 아가씨가 된 청은의 모습이 보고 싶어졌다. 하지만 한편으로는 과연 그런 날이 올까 싶은 막막함도 들었다. 상황은 계속 꼬여가 검절은 고사하고 편귀나 혈귀의 그림자조차 볼 수 없는 것이다.

그때, 적발노괴가 돌아왔다.

"주군, 독의 등이 당한 것 같습니다."

능운백이 튕기듯 몸을 일으켰다.

"뭐라고?"

적발노괴가 입을 열었다.

"마을 사람 몇이 독의와 선의 등이 잡혀가는 걸 보았다고 합니다. 손을 쓴 것은 두 사람이나 워낙 순식간인 데다 신출귀몰한 탓에 인상착의를 알아볼 수 없었다고 하였습니다. 아두와 아삼은…… 목격자가 없습니다. 마을은 물론 산까지 뒤졌습니다만 전혀 찾지 못했습니다."

쾅!

능운백이 탁자를 내리쳤다.

"이 마을이 맞다는 거잖아! 쌍귀 놈들 죽여 버리겠다!"

즉시 능운백이 수색에 나섰다.

극락마군과 아장 등을 남겨 두고 청은과 적발노괴, 둘을 대동하고 마을을 이 잡듯 뒤졌다.

집집마다 살핀 탓에 동문촌이 발칵 뒤집힌 건 당연했다. 웬 젊은 놈이 어린 여자애와 고풍스러운 노인을 대동한 채 눈에 불을 켜고 돌아다니니 그 모습이 괴상하고 또 심상치 않아 뭐라고 말도 못 하고 불안에 떨었다.

능운백은 마을 어디에서도 종적을 찾을 수 없자, 이번에는 산을 뒤졌다. 흔적도 없었다.

"옆 마을들로 가 보자."

범위를 넓혀 동문촌 인근의 마을들까지 살피고 결실이 없자, 결국엔 중문촌까지 이르렀다.

"거쾌!"

중문 외곽에서 부하들과 고기를 안주 삼아 술을 기울이던 독요파 두목 거쾌가 돌아보지도 않고 와락 인상을 구겼다.

"어떤 새끼가……."

팍!

능운백이 머리를 후려갈겼다.

"나다."

얼굴을 확인하고 거쾌가 눈을 부릅떴다.

"혀, 형님!"

"마을에 수상한 사람 다녀간 적 없냐?"

"네, 없습니다. 형님이 떠나신 뒤로는 뭐 태평성대입지요. 아, 아니 그런 뜻이 아니고요……."

"됐다. 특별히 수상한 사람은 없다는 거지?"

"아, 수상한 건 아니고 형님의 대장간을 이어받은 사람이 있습니다요. 그런데 과거가 미심쩍어 보이긴 합니다. 이미 어르신의 선례가 있어서인지 강호인 같아서 말을 함부로 걸어 보지도 못했습니다요."

"그래?"

능운백이 눈을 반짝였다.

"형님, 아예 돌아오신 건가요?"

이제부터 또 누구 묻어 버리는 일이 시작되나 걱정스러운 거쾌였다.

"또 보자."

능운백이 신형을 날렸다.

"어?"

거쾌가 눈을 비볐다. 어디 갔나 돌아보는데 찾을 수도 없이 이미 사라진 뒤였다. 뿐만 아니라 뒤에 서 있던 노인과 어린 여자아이도 감쪽같이 증발해 버린 것이다.

"혹시 방금 나 자고 있었던 거냐?"

거쾌가 옆에 있던 부하에게 물었다. 원래도 대단했지만 이 정도까지는 아니었던 것 같았기에 혹시 꿈을 꾼 건가 싶었던 것이다.

"아, 아닙니다."

"아니야?"

"네."

"와아, 운백 형님 무슨 일이 있었던 거지? 엄청 강해지신 것 같네. 눈은 번쩍거리고 기세가 어마어마하잖아. 동료들도 괴상하고……."

"두목, 삽을 꺼내 둘까요?"

"삽? 아, 그렇지…… 시발……."

거쾌가 괴로워할 무렵, 능운백은 대장간에 도착했다.

땅땅땅…….

벌컥 문을 열고 들어가자 오십 대 후반쯤으로 보이는 초로인이 웃통을 벗고 망치질 중이었다. 몸만을 보자면 군살이 없이 매끈하고 근육질이어서 청년을 보는 것 같았다.

능운백이 다짜고짜 물었다.

"네놈이 혈귀냐?"

"……."

초로인이 미간을 좁히며 바라봤다.

능운백이 다그쳤다.

"혈귀냐고 묻잖아!"

"어린놈이 예의 없이 무슨 소리를 지껄이는 것이냐!"

"혈귀냐고 아니냐고! 지금 열 받아 있으니까 빨리 대답해."

"내 강호를 떠나 조용히 살고자 하였거늘 오늘 하루만큼은 어쩔 수 없이 그 다짐을 접어야겠구나."

"뭔 개소리야, 그냥 대답이나 해!"

초로인은 혀를 찼다.

"쯧쯧, 세상 무서운 줄 모르는……."

말은 더 이상 이어지지 못했다. 초로인은 말하다 말고 얼음처럼 굳어 버렸다.

한 대 후려치고 말하려던 능운백이 갸웃했다.

"뭐야, 고양이 앞에 쥐처럼 표정이 왜 이래?"

대답한 건 문밖에 있다가 들어선 적발노괴였다.

"주군, 혈귀가 아니라 봉와객입니다. 소인과 인연이 있습니다."

"봉와객? 혈귀와는 상관이 없다는 거냐?"

"쌍귀와 나란히 놓을 만한 인물이 아닙니다."

"그래?"

"과거 아장을 핍박하고 있던 걸 발견하고 제가 손을 썼습니다. 다시 눈에 띄면 죽여 버리겠다고 했는데, 여기서 보게 되었으니…… 지금 죽여도 되겠습니까?"

초로인, 봉와객의 눈은 이제 더 이상 커질 수 없을 만큼 커졌다. 너무 크게 떠서 눈가가 촉촉하게 젖을 정도였다. 적발노괴를 뒤늦게 보게 된 것이 불행이었다. 과거 적발노괴에게 당해 부러졌었던 늑골들이 절로 욱신거렸다. 게다가 그 무시무시한 적발노괴가 청년을 향해 '소인'이네 '주군'이네 하고 있는 것이다.

"쳇, 좋을 뻔하다 말았군. 그냥 가자."

능운백이 문을 나섰다.

죽었다 살아난 봉와객이 놀란 가슴을 어찌할 줄 모를 때, 능운백이 다시 들어왔다.

"힉!"

봉와객이 식겁해 괴이한 소리를 냈다.

능운백이 말했다.

"봉와객인지 뭔지 여기서 지내는 건 좋은데 물건은 함부로 건드리지 마. 그러다 죽는 수가 있어. 더불어 마을 사람들에게 무슨 일이 생겨도, 죽는다. 어디 다른 곳으로 도망쳐도 죽어! 명심해. 청소 잘 해 놓고."

봉와객이 고개를 바쁘게 끄덕였다.

그는 여러 가지 사실을 깨달았다.

노마두의 제자가 돌아온 것과 노마두의 제자가 생각했던 것보다 더 대단하다는 것, 그리고 이제 어디로 가고 싶어도 갈 수 없게 된 것.

"소하, 청은! 사부님 좀 뵙고 가야겠어."

밖에서 목소리가 들려왔다.

*   *   *

얻은 것 없이 시간만 허비하게 된 능운백은 등잔 밑이 어두울 수도 있다는 생각에 다시금 객잔 주인을 불러들였다.

청은의 섭혼으로 이지를 장악하고 감춘 바를 드러내려 했으나 실패로 돌아갔다.

능운백이 울화통을 터뜨렸다.

어디에 있는지, 목적이 무엇인지 모를뿐더러 지금까지 끌려 다니는 신세인 것이다.

적발노괴가 조언했다.

"주군, 기다려 보시지요. 통상 납치극을 벌이는 것은 결국 협상을 하려는 목적이 크므로 조만간 조건을 내걸고 연락을 해 올 것입니다."

"그러는 수밖에 없겠지."

능운백이 마음을 추슬렀다.

하지만 밤이 되자 능운백이 다시 발작을 일으켰다.

"혈귀, 편귀! 놀아나는 것도 한계가 있다. 당장 튀어 나오면 목숨은 살려 주마!"

온 마을이 떠나갈 정도로 소리쳤다. 낮 동안 집집마다 다니며 폐를 끼치더니 밤이 되어서도 민폐가 이만저만이 아닌 셈이었다. 그렇다고 누구 하나 튀어나와 항의할 수도 없었다. 목소리만으로 집을 흔드는 자를 상대할 수 없으니.

"혈귀, 편귀, 너희들을 해치려는 것이 아니다. 단지 물어볼 것이 있어서 온 것이란 말이다아아!"

마을은 고요.

"좋다, 이번이 마지막이다. 한 시진을 주마. 만약 그때까지 나타나지 않는다면 죽는 게 차라리 소원일 정도로 만들어 주겠다!"

한 시진 후.

"아, 오해를 할 수도 있겠구만. 속 시원하게 말해 주지. 우리는 검절의 거처만 알면 된다. 단지 그것만 들으면 되니 웃으면서 이야기를 나누도록 하자."

천지는 묵묵부답.

"야 이 개놈들아아!"

능운백의 목소리가 마을을 휘돌고, 통현산까지 뒤흔들었다.

통현산 중턱 나무 그림자 밑에 머물던 한 인영이 비로소 신형을 날려 그 자리를 벗어났다.

＊　　　＊　　　＊

"검절이라고?"

미욱서생의 얼굴이 일그러졌다.

납치극을 벌인 것은 미욱서생 쪽이었다.

반응을 보기 위해 납치 후 사흘 길 정도의 거리를 두고 염탐자만 보낸 터였다.

직접 살핀 능운백은 동해삼선을 찾는 진중함은 없이 난잡할 뿐이었고, 높이 평가하고 있던 삼공자는 난데없이 주화입마를 당했으며 극락마군도 넋이 나간 듯한 게 정상으로 보이지 않았다. 동해삼선과의 관계를 파악하고자 작은 소란을 일으켜 본 것인데 검절이라는 엉뚱한 답이 돌아온 것이다.

자신의 판단이 틀리길 바랐건만 실망스러운 결과였다.

"확실한 것이냐?"

"전반적인 상황이 결코 술수를 부리는 것이 아니었습니다."

대공자 산하 무력대인 탈혼천랑대원 중 하나가 답했다.

"으음……."

미욱서생은 수혈이 짚여 잠들어 있는 혼원독의 등을 바라봤다.

이들이 술술 토해 낸 내용과 일치했다.

특히 두 바보 놈들은 자신을 가리켜 혈귀냐면서 웃고, 왜 흰자위가 없냐면서 안타까워했다. 거짓말을 할 수 있는 뇌 상태가 아니었다.

"확인하시겠습니까?"

현월이 물어왔다.

"당연히. 하지만 지금은 아니다."

미욱서생이 밤과 같은 검은 눈동자를 멀리 허공에 던지며 말을 이었다.

"서두를 필요는 없겠지."

확인된 바 능운백은 결코 냉혈한이 아니었다. 그렇기에 심력을 소모하며 초조하게 이 밤을 보내도록 둘 필요가 있었다.

* * *

"드르렁…… 드르렁……."

곤히 잤다.

등헌과 천하파 두목이 코를 골았고, 제갈영은 자다 깨기도 했지만 그때마다 아장의 모습을 확인하고 다시 잠들었다. 꿰다놓은 보릿자루가 된 하오문주는 구석에서 새우처럼 몸을 말고 잠을 청했다. 반면 적발노괴, 청은은 밤을 꼬박 새웠고, 능운백은 새벽까지 소리치다 포기하고는 일 층에서 술을 마셨다.

오전이 지나고 정오 무렵이 되어 능운백이 다시금 슬슬 발작하려 할 때였다.

쉬이익!

열린 창문으로 빛이 번쩍였다.

제갈영의 이마로 향하는 비수를 능운백이 낚아챘다.

비수의 손잡이 부분에는 서신이 묶여 있었다.

"지랄도 가지가지 하는구나."

드디어 온 연락에 일행이 모여들었다. 능운백이 서신을 펼쳤다.

— 능운백, 통현산 후미 동굴로 오라. 일식경 안으로 한 명도 빠짐없이 도착해야 한다.

— 미육

"뭐야, 미욱? 혈귀 놈 이름이 미욱인가?"

능운백의 말에 극락마군의 안색이 급격히 창백해졌다.

"영감, 아는 사람이야?"

"미욱서생이다. 대공자의 직속 수하지."

"마교 대공자가 왜 여기서 갑자기 튀어나와?"

능운백은 황망함을 숨기지 못했다. 모두도 난데없는 상황에 눈이 휘둥그레졌다. 상대해야 할 자의 수준이 급격히 상승한 것이다.

"대공자가 방향을 선회한 것일 수도 있다."

"동해삼선을 포기하고 검절을 쫓는다?"

극락마군이 고개를 저었다.

"아니, 동해삼선과 검절을 동시에 취할 생각으로 보인다. 대공자는 인질극 따위와는 거리가 먼 인물이니 미욱서생의 소행이라고 봐야 한다. 그건 곧 대공자가 여전히 동해삼선을 쫓고 있다는 뜻이겠지."

"허허허……."

능운백이 어이가 없어 늙은이처럼 너털거렸다.

편귀에게 놀아난 것도 모자라 이제 마교 대공자를 상대하게 된 것이다. 내내 추격하던 마교 놈 하나가 있었으니 어떻게 알고 쫓아온 것이냐는 물을 필요도 없었다.

"미욱서생이란 자의 수준은?"

"너와 견줄 정도다. 문제는 미욱서생이 아니다. 대공자 산하에 칠십이인의 탈혼천랑대가 있다. 교내 무력대 중 건곤혈마대와 함께 최정예로 구성되어 있지. 우리 쪽의 전력을 파악하고 있고, 인질극을 벌인 걸 보아 아마도 최소 삼 할의 탈혼천랑대는 투입했을 터. 희생을 각오하고 싸운다 해도 양패구상이라도 다행일 것이다."

"난감하네."

능운백이 얼굴을 구겼다.

인질을 포기하지 않을 것임을 이미 파악하고 있는 상대이니 답이 보이지 않았다. 그렇다고 대부분의 희생을 각오하고 전면전을 펼치는 것도 내키지 않았다.

"방법이 없는 건 아니다."

극락마군이 말했다.

"뭔데?"

"내가 주군과 함께 도주하는 것이다."

"그게 말이여 뭐여?"

능운백이 쌍심지를 돋웠다.

극락마군이 태연히 말했다.

"나와 주군이 검절에 대한 결정적인 정보를 가지고 있다고 말하면 된다. 내가 너희를 버리고 떠나는 모양새를 취한다면 미욱서생은 너희를 죽일 이유가 사라진다. 도리어 배신을 당한 너희를 이용하려 들 것이다. 그 사이 기회를 노려라."

얼추 일리가 있었다.

능운백이 턱을 매만지며 고심하다 입을 열었다.

"흐음…… 근데 어째서인지 부담 하나도 없이 도망치고 싶다는 말로 들리네. 내가 편귀, 혈귀 나오라고 밤새 소리치면서 검절에 대한 것만 묻겠다고 말한 걸 놈들이 모를 리 없잖아."

"……."

극락마군이 말없이 눈알만 부지런히 굴렸다. 정곡을 찔린 것이다.

순간,

와장창!

바람을 일으키며 극락마군이 창문을 박살 내고 밖으로 신형을 날렸다.

"헉!"

능운백이 창가로 달려가니 극락마군이 가공할 속도로 달아나고 있었다.

"저, 저런…… 야, 어디 가! 거기 안 서! 야, 개새끼야아아아아!"

황당하고 치가 떨리는지 능운백이 손을 부들부들 떨었다.

쫓아가기엔 늦었다. 속도가 엄청났다. 등헌을 안고 달림에도 거의 진원지기까지 끌어내는지 가히 빛의 속도였다. 붙잡는다 해도 미욱이 정한 시간을 넘기게 된다. 능운백을 비롯한 대부분이 정신이 붕괴되어 서로를 마주 보며 눈만 깜박거렸다.

사정은 이해한다. 이미 한차례 대공자의 모략에 의해 심복들의 손에 자신의 주군이 죽을 뻔했으니, 등헌을 위해서라면 죽음도 불사하는 극락마군으로서는 어쩔 수 없는 선택인 것이다.

그때 적발노괴가 입을 열었다.

"주군, 대공자 쪽과 협력할 구실이 생겼습니다. 우선 연합한 뒤 기회를 보시죠."

"응?"

능운백은 뭔 소린가 하다가 이내 깨달았다.

등헌과 극락마군이 제 발로 떠났으니 인연은 끝이었다. 이제 대공자 쪽에 협력하는 척하거나 아니면 실제로 협력하여 대공자를 통해 마불도를 얻어내고, 제갈영까지 고칠 수 있다면 좋은 마무리였다.

"그래, 차라리 잘된 일이로군."

그때 천하파 두목이 눈치를 보며 물었다.

"저기…… 마교 놈도 갔는데 쓸데없는 저는 여기서 이만 작별을……."

"위대한 천하파 두목은 당연히 가야지. 편귀를 아는 유일한 인물이시잖아."

"……."

천하파 두목은 울상이 되었다.

객잔을 나서자 주인이 굽실거렸다.

"부, 불편하진 않으셨는지요. 살펴 가십시오."

불편했던 게 아니라 불편만 끼치다 가게 되었지만 인사를 나누고 할 마음의 여유가 없었다.

제4장
본색

산을 오르자 세 사람이 마중 나왔다.

너무 뜻밖이라 모두들 황망함을 감추기 어려웠다.

물론 그중 한 사람은 방향이 달랐고, 의미 없었지만 나머지 두 사람은 보고도 믿기지 않았다.

아장이 두 사람을 보면서 엄청나게 술렁거렸다.

"너희들 어떻게 된 거냐?"

능운백이 물었다.

날 듯이 달려 내려온 건 아두와 아삼이었다. 둘은 능운백을 무시하고 적발노괴를 보며 반가워했다.

"주인님, 걱정 많이 하셨죠? 하지만 우린 이렇게 무사하답니다."

"편귀와 혈귀는 그리 나쁜 놈들은 아닌 것 같아요. 한 대밖에 맞지 않았거든요. 둘 중에 굉장히 착한 놈이 있는데요, 그런데 그놈은 부채 하나를 들고 있고, 눈알이 이상해요."

그러고는 아삼이 적발노괴의 귓가에 속삭였다.

"환자예요. 눈알에 흰색이 없어요."

속삭였다지만 다 들렸다.

"어떻게 돌아온 것이냐?"

적발노괴가 물었다.

"올 거라면서 마중 가라던 걸요."

"흐음……"

적발노괴가 능운백을 향해 말했다.

"주군, 극락마군이 도주한 것을 확인한 것 같습니다."

"제대로 전화위복이군."

능운백도 흡족해했다.

아두와 아삼이 대공자 쪽을 편귀와 혈귀라 착각하는 건 바보니까 넘어가고, 마중을 보냈다는 것은 확실히 협력의 의사 표시였다.

"아두, 다른 사람들은?"

능운백이 물었다.

"점혈당해서 어르신이랑 모두 자고 있어."

"무슨 일이 있었는지, 주요 인물이 누구고 몇 명이 있는지 자세히 설명해 봐."

"그게 말이야……."

그렇게 아두와 아삼이 중구난방으로 이야기를 풀어냈다. 대충 끼워 맞춰 보니 대공자는 없고, 탈혼천랑대의 절반가량이 온 것으로 파악되었다.

"놈들이 원하는 건?"

"뭘 찾고 다니냐고 묻더라고. 그래서 나는 당과를 찾고 있고, 끝내 찾았다고 말해 줬지. 그러다 맞았어. 그러곤 검절이라고 대답하니까 무겁게 고개를 끄덕이더라고."

뭐 이 정도면 나쁘지 않다.

능운백이 다른 쪽으로 시선을 돌렸다. 왜 온 건지 이유는 모르겠지만 어쨌든 찾아온 다른 한 사람을 상대해야 했다.

"할아범, 여긴 또 왜 왔어?"

동네 바보 할아버지였다.

이야기하는 내내 뒤쪽에서 끼어들지도 못하고 어정쩡한 자세로 안절부절못하고 있던 중이었다.

"그, 그러니까…… 나, 나는……."

말을 하다 말고 무릎을 꿇더니 이내 머리를 땅에 찧어 댔다.

"내, 내가…… 잘못했습니다. 내가, 내가 잘할게요. 잘할 자신이 있어요."

능운백은 안 그래도 바보가 넘쳐나는 터라, 머리가 지끈거렸다.

"아니, 내 얼굴에 흉악범이라고 써져 있는 것도 아닌데 나한테 왜 그러는데!"

"미, 미안해요. 말, 말…… 잘 들을 거예요. 요, 용서해 주세요."

"돌겠네. 그래, 좋았어. 내가 시원하게 용서해 줄게."

"아니, 아니요. 용서, 용서해 주세요."

쿵쿵쿵.

"용서했다고, 됐잖아!"

"그 그게…… 아, 네네…… 고, 고맙습니다. 너무나 고, 고마워요."

쿵쿵쿵.

"아참, 할아범 혹시 동굴로 가는 길이라면 오늘 하루는 쉬어. 까닥하다 죽는 수가 있거든. 알겠어?"

"고, 고마워요. 도, 동굴은…… 안 가요. 절대로, 안 가요. 저는 늘 잘, 잘할 자신이 있어요. 죽, 죽기 싫으니까."

쿵쿵쿵쿵!

"아, 적당히 좀 박아. 머리 깨지겠네!"

"박, 박지 않아요. 저, 저는 언제나, 말, 말을 잘 들으니까요."

그러면서 또 쿵쿵 머리를 찧었다.

"그만 가자."

능운백과 일행이 멀어짐에도 바보 할아버지는 머리 찧기를 멈추지 않고 떠들었다.

"나는…… 머리를 박지 않아요."

쿵쿵!

"동굴로 가면…… 죽게 되니까…… 동굴로 가지 않아…… 나는 말을 잘 들어…… 그, 그런데 왜 다들 동굴로…… 가, 가지…… 다 죽게 될 텐데…… 하, 하지만 나는 착하게 사니까 괜찮을 거야…… 그, 그래…… 무, 무섭지 않아…… 아니야, 아니야. 다시 무서워…… 무, 무서워……."

쿵쿵쿵.

능운백은 동굴이 가까워지며 긴장했다.

공기의 흐름이 달라졌다.

살갗이 따끔거리고 가슴이 답답했다. 계속 이동하는 대로 그 압박의 그물도 따라붙었다. 탈혼천랑대의 영역 안에 들어섰음을 알 수 있었다.

동굴 앞 넓은 지형에 이르자, 환영인사가 흘러나왔다.

"능운백, 늦지 않게 왔군."

인사가 끝나기 무섭게 탈혼천랑대 다섯이 유령처럼 능운백에게 다가들었다.

스릉.

발검하여 능운백을 각기 다섯 방향에서 겨누었다.

목과 심장, 등과 복부, 다리 쪽이었다.

뒤에 약간 떨어져 있던 일행들은 탈혼천랑대에 의해 이중으로 에워싸였다.

미욱서생을 알아보는 건 간단했다. 고상한 선비의 모습에 부채를 들고 있고 눈동자가 과연 기괴했다. 그 곁의 인물은 낯익은 체형으로 보아 여태 따라붙은 자임을 확신할 수 있었다. 혼원독의와 염라선의, 소요쌍창은 미욱서생의 뒤편에서 잠들어 있었다. 다행히도 외상의 흔적은 없었다.

문제는 탈혼천랑대였다.

겨누고 있는 다섯을 포함, 총 인원은 서른여섯.

안광은 깊숙이 안쪽으로 갈무리되어 있고, 기도는 지극히 안정적이다. 하나하나가 발산하는 중압감이 간단치 않건만, 검진의 형태인지 대충 서 있는 것처럼 보임에도 실제로는 절묘한 위치를 점하고 있었다.

과연 극락마군이 빛의 속도로 도망칠 만했다.

극락마군이 동행하고 운이 따른다 해도 정면 승부로는 양패구상조차 어려워 보이는 형국이었다.

기댈 건 단 하나, 미욱서생이었다.

아두와 아삼을 보내 화평의 자세를 취했으며, 인상이 부드럽고 사리분별이 명확해 보였다.

"인사가 험악하네."

능운백이 말했다.

미욱서생이 웃음을 보였다.

"노파심이 많아서 그렇다고 이해해 주면 좋겠군."

그냥 넘어가 달란 식의 말투여서 능운백은 그만 피식 웃고 말았다.

"등헌이 떠난 건 알고 있겠지?"

"물론. 그래서 마중을 보낸 것이라네."

능운백은 내심 만족했다. 예상대로였다.

미욱이 입을 열었다.

"자, 그럼 질문을 하도록 하지. 그대는 무엇을 쫓고 있나?"

"알고 있다시피 검절. 등헌과의 인연은 끝이 났으니 원한다면 도와주지."

"세상은 그대가 동해삼선을 쫓고 있다고 믿고 있거늘 모두 허상이었던 게로군."

"그런 셈이지."

"실망할 사람이 많겠어."

미욱서생이 손을 들었다.

능운백을 향해 검을 겨누고 있던 탈혼천랑대가 반응했다.

그대로 능운백의 몸에 검을 박아 넣었다.

푹!

"⋯⋯!"

능운백이 눈을 부릅떴다.

어떤 전조도 없이 관통당한 탓에 능운백은 비명을 내지르지도 못했다. 그저 멍하니 자신의 몸을 꿰뚫은 세 자루의 검날과 날을 타고 흘러나온 핏방울을 바라볼 뿐이었다.

일행들도 보고도 현실감이 없어 멍해졌다.

능운백은 쇄골과 복부가 관통되었고, 허벅지가 꼬치마냥 꿰뚫렸다. 손을 쓴 탈혼천랑대는 검을 박아 넣은 채임에도 표정의 변화가 전무했다. 마치 무슨 일이 있냐는 듯한 얼굴이었다. 그건 목과 심장을 겨눈 채인 두 탈혼천랑대도 마찬가지였다.

"흐흐흐흐……."

미욱서생이 괴소를 흘렸다.

선비의 모습이 온데간데없어지고 악의가 서린 얼굴은 분명 같은 사람인데도 다른 사람처럼 보였다. 더불어, 어느샌가 눈에 흰자위가 돌아와 있었다. 잔혹하고 미쳐 있는 눈동자였다.

"흐흐흐…… 흐하하하하하! 하하하하하!"

급기야 광소를 터뜨렸다. 광기를 폭발하며 손을 뻗어 능운백을 향해 삿대질했다.

"으하하하하하하하하! 저 멍청한 얼굴을 봐라. 저 얼굴 좀 봐! 하하하하하! 황당해 미치려고 하는 저 표정을 보란 말이다! 으아하하하하하하하하!"

곁에 있던 현월이 바짝 긴장해 몸을 움츠렸다.

흑포마경(黑包魔經)이 해제된 것이다.

흑포마경으로 본래의 광기를 억누르면 온통 검은 눈동자이나 해제한 순간 흰자위가 떠오르며 본색이 드러난다. 미쳐 날뛴다. 상대는 농락당하고 아군이라도 걸리적거리는 자가 있다면 참변을 면키 어렵다. 그 잔악함과 광기는 교내에서도 감당할 자가 드물었다.

스윽.

미욱서생이 신형을 날려 한순간 능운백 앞에 섰다.

"으하하하하! 뭐라고? 원한다면 도와? 크하하하하하하하! 뽑아라!"

세 개의 검이 일제히 뽑혔다.

"크아악!"

능운백이 비명을 내질렀다.

날카로운 검날이 손상된 살을 다시 베어내며 뽑아지니 찔릴 때와는 비교할 수 없는 극통이 찾아들었다. 이내 쇄골과 복부, 허벅지에서 피분수가 쏟아져 내렸다.

"하하하하하! 멋지군. 아, 그렇지. 지혈, 지혈해야지. 현월, 뭘 하고 있느냐! 빨리 신의들을 깨워라. 어서!"

미욱서생이 허둥거렸다.

"네."

독의와 선익는 해혈된 후 눈앞의 광경이 꿈이라고 생각했는지 멍하니 눈만 깜박였다.

"지혈해라."

현월의 말에 현실을 자각했다.

"주, 주군!"

"능 공자!"

쿵!

능운백은 그대로 무너졌다.

심장과 목을 겨누고 있던 탈혼천랑대의 두 검이 그 간격을 유지하며 따라붙었다. 청은과 삼괴가 울먹였다. 적발노괴의 안광은 서늘해졌다. 천하파 두목은 공포에 질린 듯 안색이 새파랗게 변해 부들부들 떨었다.

미욱서생이 광기 어린 미소를 띤 채 일행들 앞을 정신 사납게 서성였다.

"흐흐흐, 위로가 될지 모르겠다만 보기엔 험해도 생명엔 지장이 없다. 혈맥과 장기는 모두 비껴 냈거든. 아무렴, 크게 다쳐선 곤란하지."

미욱서생이 청은 앞에 멈춰 그녀의 턱을 붙들었다.

"요년, 진짜 어린애 같군. 크하하하하, 울지 마라. 재수 없다."

청은이 부르르 떨었다.

"청묘화괴! 질문을 하지."

"……."

"동해삼선에 대해서 아는 것은?"

"……없어. 모두 능운백이 말한 대로야."

"크하하하하! 이년이 눈알 하나를 분실해 봐야 내 예쁜 눈알, 내 예쁜 눈알 하면서 정신을 차리려나?"

"모두…… 사실이야."

"오호. 능운백이 귀문방에 제갈가에, 화용문까지 들쑤시고, 동해까지 휘젓고 다닌 것이 아무 의미도 없었다는 거냐, 이 쌍년아!"

"……그래."

미욱서생이 몸을 숙였다. 미욱서생과 청은은 서로의 눈동자만 보일 지경으로 가까워졌다.

"더불어 목령선자와 고루법왕까지 쫓았던 것도 모두 오해를 한 것이었다?"

"……맞아."

"단지 그것뿐인가?"

"다른 건…… 없어."

대답하며 청은이 마안을 극한으로 끌어올렸다.

이보다 더한 조건은 없었다. 또한 포식자는 위세를 부리며 안심하고 있다. 미욱서생을 장악하면 끝이었다.

"……믿어 줘."

말과 함께 청은이 눈을 지그시 감았다 떴다. 청광이 터져 나오며 미욱서생의 눈동자로 쏟아졌다.

순간,

"으아아아아아악!"

청은이 눈을 감싸고 몸부림쳤다. 눈이 뽑힌 사람마냥 발작하다 바닥에 쓰러져서도 소금에 절여진 지렁이처럼 미칠 듯이 꿈틀거렸다.

미욱서생이 내려다보며 떨떠름하니 입을 다셨다.

"아니, 대체 날 뭐로 보고 수작질이야. 예쁘다, 예쁘다 했더니 천하의 쌍년이네."

미욱서생이 몸을 돌렸다.

"현월! 어찌 생각하느냐?"

"모든 정황을 고려해 볼 때 의심의 여지가 없습니다."

현월이 극도로 공손히 답했다.

"그래서 마음에 들지 않아."

미욱서생은 우울한 표정이 되었다.

사실 능운백이 순순히 동굴로 온 순간 답은 정해져 있었다. 동해삼선의 절학을 노리는 자가 인질이 잡혔다고 순순히올 리 만무한 것이다. 세상 그 무엇도, 어떤 이의 생명도 동해삼선의 절학과는 바꿀 수 없는 일이니.

능운백은 소박한 멍청이에 불과했다.

대공자가 원하던 결과가 아니다.

쓸데없이 시간만 허비하고 만 것이다.

급격히 우울해지는지 미욱서생이 침울해진 안색으로 고개를 떨궜다. 길게 한숨을 내쉬고 미욱서생이 고개를 들었을 때 검은 눈동자가 번져 가며 흰자위가 사라졌다.

그러다 주변을 둘러보고 한숨 쉬듯 말했다.

"강호는 어찌 이리 잔혹하지……. 흐음, 이제 어찌한 다……."

미욱서생이 남의 일처럼 말하고 생각에 잠겼다.

대공자는 의심이 많다.

스스로의 눈으로 확인하기 전까지는 누구도 믿지 않는다. 이대로 돌려보낸다면 문책을 면치 못할 것이다.

또한 전리품으로서도 의미가 있다. 검절의 행방은 물론이거니와 절세의 신의들, 청묘화괴, 그리고 강호를 교란하는 데 도움이 될 하오문주는 쓰임새가 확실했다.

"나머지는……."

미욱서생은 무슨 생각을 한 것인지 기분이 좋아지는 것처럼 보였다. 흰자위가 서서히 드러나기 시작했다.

"그런가? 그렇게 되는 거였군. 크하하하하하! 이거 대단하지 않은가!"

흰자위가 순식간에 돌아왔다.

광기를 폭발시키며 외쳤다.

"재밌겠어! 아무리 생각해도 난 천재인 것 같군. 크하하하하하하하!"

미쳤다가 돌아왔다가 다시 미치는 광경은 광인 그 자체였다.

"이놈, 이놈, 저놈, 저놈들을 이쪽에 세워라. 크하하하하!

재밌겠군, 재밌겠어!"

미욱서생이 일곱을 지목했다.

적발노괴, 소요쌍창, 삼괴, 제갈영, 그리고 천하파 두목이
었다.

탈혼천랑대가 움직여 지목된 이들을 끌어다 무릎 꿇렸다.

미욱서생이 능운백 앞에 쭈그려 앉았다.

"저기 저놈들을 무엇이라고 부르는 줄 아느냐?"

"⋯⋯."

누운 채로 능운백이 노려봤다.

살이 저며 왔지만 치명적인 상태는 아니었다. 몸을 움직이
려 억지로 힘을 쓴다면 움직일 만했다.

미욱서생이 검지로 능운백의 이마를 툭툭 쳤다.

"쓰레기들이라고 하지."

다시 툭툭.

"너는 쓸모없는 것들을 왜 그렇게 매달고 다니는 것이냐?
쓸모가 없다는 것은 죽는다 해도 이 세상천지가 돌아가는 데
는 아무 지장이 없다는 뜻이란 걸 정녕 모르는 것이냐?"

"⋯⋯."

"흐흐흐, 하지만 나는 꽤 자비롭다. 네게 기회를 주마."

"⋯⋯."

"모두 죽일 생각이 없어."

"⋯⋯."

"아니, 말이 헛나왔군. 다 죽일 생각이 있다. 나는 다 죽일 생각이야. 어려울 건 없거든. 그냥 목을 따면 그만이니까. 하지만 그건 너무 잔혹해. 사람이 할 짓이 못 되지. 생명이란 소중하거든. 그래서 네게 소중한 생명을 살릴 기회를 주겠다. 자, 봐라. 저기 일곱 중에서 네 손으로 셋을 죽여라. 목을 베는 거다. 자결하는 자가 나와선 안 돼. 반드시 네놈의 손으로 죽여야 한다. 그러면 네 명은 살려 주겠다. 어떠냐?"

능운백의 눈에서 불꽃이 터져 나왔다.

미욱서생이 광소를 터뜨렸다.

"크하하하하하! 나의 자비가 굉장해서 너도 놀랐지? 그래서 그렇게 쳐다보는 거지? 크하하하하하!"

능운백은 정녕 악마와 마주한 느낌이었다. 이내 시간이 멈추고, 공간도 사라져 온 주변이 하얗게 보였다.

"크하하하하하하! 감탄한 모양이구나. 감탄했어! 그 표정 좋다, 좋아. 크하하하하하!"

미욱서생은 목젖이 보일 정도로 웃어젖혔다.

『주군!』

불쑥 전음이 들려왔다.

"……!"

적발노괴였다.

『누구나 언젠가는 한 번 죽게 마련입니다. 강호를 사는 이에게 죽음은 그림자처럼 따라붙지요. 누군가의 손에 죽게 될

운명이니 차라리 주군의 손에 죽을 수 있다면 저로선 영광이
아닐 수 없습니다.』

"……."

『소요雙창과는 이야기를 마쳤습니다. 저희와 천하파 두목
까지 거두십시오. 먼저 가는 것뿐입니다. 의미를 두지 마시고
행하신 후 후일을 도모하십시오.』

"……."

능운백은 눈이 뜨거워졌다.

바라보는 능운백을 향해 적발노괴가 미소를 보였다.

『다음 생에 뵙겠습니다.』

소요雙창을 보니 옅게 고개를 끄덕였다.

"으으으……."

능운백은 심장이 조여 와 견딜 수가 없었다. 이내 왈칵 눈
물을 쏟아 냈다. 청은이 따라 울고, 삼괴도 슬피 울었다. 독
의와 선의도 가슴을 부여잡고 끄억끄억 소리를 냈다.

미욱서생이 혀를 찼다.

"쯧쯧쯧…… 그러니까 적당히 나댔어야지. 얼른얼른 목 따
고 가자. 네놈은 살아남으니 좋잖아."

탈혼천랑대의 검을 취해 능운백의 우수에 억지로 들려 주
며 일으켜 세웠다.

"자자, 얼른 모가지 베고 와라. 싹둑싹둑, 간단하잖아. 싹
둑싹둑, 하하하하하하하, 싹둑싹둑, 싹둑싹둑, 입에 착착 달

라붙네. 싹둑싹둑! 어서 움직이지 않으면 한 놈을 더 죽이라 고 말할 테니 어서 싹둑싹둑해라. 크하하하하하하하!"

능운백이 검을 짚고 비틀대면서 몸을 일으켰다.

혈맥은 다치지 않았다 해도 세 군데나 관통된 몸이 정상적일 리 만무했다. 절룩거리며 천하파 두목 앞에 섰다.

"두목, 미안하군. 소하와 쌍창과 함께 먼저 가."

천하파 두목이 바들바들 떨었다. 살아 있는 사람의 얼굴이 아니었다. 무릎으로 기어 능운백의 다리를 붙들었다.

"사, 살려 주십시오. 제발, 살려 주십시오. 난 하찮은 놈인데 왜 내가 죽어야 합니까?"

"……"

"안 돼! 안 돼! 이럴 순 없어! 내가 왜 죽어야 해! 아니라고 말해! 어떻게 나한테 이럴 수 있냐! 난 심부름꾼인데 왜 내가 죽어야 하냐고!"

능운백은 차마 검을 들어 올리지 못했다.

대답이 없자 천하파 두목은 그 옆으로 빠르게 기어가 탈혼천랑대의 바짓가랑이를 붙잡았다.

"살려 주십시오! 저는 건달 두목입니다. 그냥 양아치입니다. 죽일 이유도 의미도 없는 사람입니다."

절절함이 그대로 드러났다.

탈혼천랑대는 미동조차 없었다. 연민이나 비웃음도 없다. 아무것도 보이지 않는다는 식이었다.

천하파 두목이 옆으로 빠르게 기어가 다른 탈혼천랑대를 붙들었다.

"살, 살려 주시면 뭐든지 하겠습니다. 저, 저도 쓸모가 있습니다. 더럽든, 추하든 다 하겠습니다. 제발, 제발……."

천하파 두목은 발바닥이라도 핥을 기세로 매달렸다.

하지만 옮겨 간 탈혼천랑대도 여전히 석상이었다.

천하파 두목은 그렇게 바닥을 쓸고 다니면서 연달아 탈혼천랑대에게 매달리며 목숨을 구걸했다.

미욱서생이 천하파 두목을 가리켰다.

"제발, 제발…… 사, 살려 주세요. 현월, 웃기지 않냐? 크하하하하!"

곁에서 현월이 억지로 미소를 지었다.

"크하하하하, 무릎이 닳아 아작 나겠구만. 생명이란 저렇게 고귀한 거지. 쓸모없는 놈도 살아 보겠다고 저 난리라니. 크하하하하!"

그러는 사이에도 천하파 두목은 탈혼천랑대들 중 거의 이십 명을 붙들고 목숨을 구걸하기 바빴다.

탈혼천랑대는 그저 방관했다.

그도 그럴 것이 천하파 두목의 목줄을 끊는 것은 능운백이 할 일로 정해져 있고, 이 광경마저 즐기려는 미욱서생의 별다른 명이 없는 한 움직일 수 없는 것이다.

방관은 더 효과적이었다.

천하파 두목이 살기 위해 발악할수록 능운백은 물론 그 일행들의 정신은 극심히 붕괴되어 갔다.

그렇게 땅을 청소하듯 쓸어 가면서 매달리던 천하파 두목은 현월을 거쳐 급기야 미욱서생에게 매달렸다.

"제. 제발 살려 주십시오. 저, 저 같은 걸 존엄한 마교분들이 상대하시면 안 됩니다요. 제가 이렇게 죽는 건 너무 거창하잖습니까! 살려 주십시오!"

미욱서생이 환하게 웃었다.

"하하하하하! 잘했다. 잘했어. 처절한 것이 아주 장하다! 네놈도 아주 쓸모가 없는 건 아니었어!"

"그럼 저는 살, 살려 주시는 겁니까?"

"그럴 리가. 너는 그냥 능운백이 이미 죽였다고 쳐야겠다. 내가 죽여 주마! 크하하하하하! 네놈 방금 감사할 뻔했지? 크하하하하하하하!"

미욱서생이 손을 들어 올렸다.

그때였다.

"다 죽는다! 다 죽어! 이제 다 죽을 거야!"

탁하고 늙수그레한 음성이 언덕 너머에서 들려왔다.

미욱서생을 비롯한 모두의 시선이 소리를 쫓았다.

다시 들려왔다.

"다 죽어! 모, 모두 도망쳐야 해! 모, 모두…… 이제 죽는 거야!"

내력이 실린 음성이 아니었다.

"정신 나간 영감이로구만."

미욱서생이 피식 웃었다.

납치극을 벌이기 전 이미 마을의 특이사항 대부분을 파악한 그였다. 목소리가 더 빨라지고 커지면서 바보 할아버지가 언덕을 넘어 모습을 드러냈다.

"모, 모두 죽게 돼! 어, 어서 도망쳐야 해! 그, 그분이 오셔! 검, 검절님이 오셔! 거, 검절님이!"

미욱서생이 눈을 부릅떴다.

'검절?'

능운백을 위시한 모든 이들도 황망해졌다.

천하일절!

검절이 지닌바 그 명성은 천하를 진동한다. 하지만 어떤 일이 있어도 검절이란 이름이 정신 나간 마을 바보 할아버지의 입에서 나와서는 곤란한 것이다. 그것도 검절이 와서 모두를 죽인다라니.

"뭐, 뭣들 해요. 얼, 얼른 도망쳐야 해! 다 죽으니까…… 모두 살아남지 못하니까……."

손까지 정신 사납게 휘저으며 허둥대는 것이 절박하기까지 했다.

미욱서생이 주변을 바쁘게 돌아봤다.

검절이라는 이름이 갖는 의미는 실로 간단치 않아, 만약 정말로 나타난 것이라면 모든 계획은 수포로 돌아가고 마는 것이다.

한 곳에서 시선을 멈췄다.

동쪽 나무숲 위였다.

삿갓을 눌러쓴 한 사람이 보였다. 낭창낭창한 가느다란 나뭇가지를 밟고 서 있었고, 우수에 검을 사선으로 늘어뜨리고 있는 모습은 한 폭의 그림 같이 현실감이 없었다.

탓!

명령이 없음에도 탈혼천랑대가 검객을 향해 쏘아져갔다. 허공을 가른 건 총 십육인의 탈혼천랑대였다.

동시에 삿갓 검객의 신형이 꺼지듯 사라졌다.

미욱서생이 벼락같이 호통 쳤다.

"상대는 검절이다! 모두 쫓아라!"

천하일절이라 불리는 검절을 상대하는 데 십육인은 부족한 것이다. 하지만 호통에도 남은 탈혼천랑대 이십인이 꼼짝도 하지 않았다.

미욱서생이 분노를 터뜨렸다.

"내 말이 들리지……."

그는 말을 맺지 못했다.

'마비.'

다리로부터 급격히 굳어져 오는 감각에 경악을 금치 못했다. 삽시간에 전신이 목 아래까지 얼어붙듯 굳어졌다. 미욱서생의 동공은 어느새 검은 눈동자로 가득 채워졌다. 아래쪽을 내려다봤다.

천하파 두목이 올려다보고 있었다.

그가, 해맑게 웃고 있었다.

"어, 어떻게……."

미욱서생은 완전히 넋이 나갔다.

이십인의 탈혼천랑대가 움직이지 못한 이유까지 깨닫고 만 것이다. 모두 천하파 두목이 거쳐 간 이들이었다.

처절하게 매달리는 와중에 하나하나 점혈한 것이다. 아혈까지 점한 탓에 당하고도 아무도 입을 열 수 없었던 것.

하지만 미욱서생으로서는 의문을 떨칠 수가 없었다.

어찌 이 거리에 두고도 무공을 익힌 자임을 파악하지 못할 수 있단 말인가?

세상에 그럴 수 있는 자는 없다.

아니, 있다면 오직 한 사람뿐.

미욱서생은 경악을 금치 못했다.

"설마 당신……."

천하파 두목이 일어나 미욱서생의 뺨을 두드렸다.

찰싹, 찰싹.

"내 살다 살다 너 같은 놈은 처음이다. 교주 놈 팔 날아갈 때도 이 정도는 아니었는데 이건 무슨. 어쨌든 넌 조금 있다 손봐 주마."

천하파 두목이 능운백을 향해 돌아섰다.

능운백은 정녕 꿈인지 생시인지 가늠이 되지 않을 정도로 충격에 빠져 있던 터였다.

혹시 자신은 이미 죽은 것이고, 아쉬움이 남은 영혼이 헛된 망상을 꾸고 있는 건 아닐까 싶을 정도였다.

바보 할아버지가 검절이 다 죽이러 온다고 떠들고, 이어 삿갓 검객이 거짓말처럼 출현하더니, 급기야 건달패인 천하파 두목이 탈혼천랑대와 미욱서생을 제압한 것이다.

이 모든 일은 그야말로 순식간에 일어난 것이라 뭐가 어떻게 돌아가는 것인지 정리가 되지 않았다.

"운백아, 미안하구나. 이야기는 잠시 뒤에 하도록 하자."

'운백아?'

능운백은 혼란이 가중되었다.

그 사이, 천하파 두목이 그 자리에서 증발하듯 사라졌다. 그의 신형을 다시 본 것은 삼십여 장 너머의 허공이었다.

"뭐여……."

신법의 표홀함이 상상을 초월했다.

"소하, 이거 꿈이냐?"

능운백이 멍청한 얼굴로 물었다.

"주군…… 현실로 보입니다."

적발노괴가 답했다.

능운백이 손에 쥐고 있는 검을 내려다봤다.

"꿈인지 아닌지 확인해 봐야겠다."

검을 날렸다.

한 번도 검을 다뤄 본 적이 없는 능운백이었지만 고정되어 있는 뭔가를 베는 데는 따로 검초가 필요 없었다.

스아악—

검이 공간을 가르고 탈혼천랑대 하나의 목이 날아갔다.

촤악.

뜨거운 피가 얼굴에 튀었다.

무리한 탓에 가슴을 부여잡은 능운백이 중얼거렸다.

"욱신거리는 것이 꿈이 아닌데…… 한 번 더…….."

다시금 한 놈의 목을 날렸다.

"으윽…… 꿈이 아니야. 확실해."

잘려 나간 두 모가지에서 핏물이 꿀럭대면서 분출되었다.

그 자극적인 광경에 모두들 현실을 뚜렷이 자각했다.

삼괴가 얼싸안고 뛰었고, 제갈영까지 끌어와 방방 뛰었다.

"검절 만세! 바보 할아버지 만세!"

"주인님도 살고, 우리도 살았다! 천하파 두목님 최고!"

"슝슝슝슝슝슝슝슝슝슝슝!"

"캬악, 캬악, 캭!"

혼원독의는 적발노괴를 끌어안고 울음을 터뜨렸다.

두 사람은 피 한 방울 섞이지 않았으나 형제보다 더한 우정으로 다져진 터였다.

"다행이다! 다행이야!"

쇳소리를 내며 카랑이는 음성은 촉촉이 젖어 있었다.

"허허허……."

적발노괴가 너털웃음을 지었다.

"나, 나는…… 네가 죽는 줄……."

"살았으니 되었지."

혼원독의는 몸을 뗐다가 적발노괴의 얼굴을 다시 확인하고는 이내 끌어안으며 엉엉 울었다.

그러다 뭔가 생각난 듯 몸을 떼어 냈다.

"기다려봐."

석상이 된 탈혼천랑대에게 다가가 검을 빼앗아 들었다.

"독의, 너 뭐하려고 그러냐! 더 죽이면 안 돼! 고문할 거니까!"

능운백이 말했다.

"주군, 안 죽입니다!"

"좋아."

허락을 받은 혼원독의가 미욱서생에게 달려갔다.

파팟!

아혈을 제압하고 말했다.

"미욱서생! 네 말대로다! 사람의 몸은 신비하기 짝이 없어 검을 꽂아 넣어도 멀쩡한 곳들이 많아! 나는 수백 곳을 찔러 넣어도 멀쩡히 걸어 다니게 할 자신이 있는 사람이지!"

미욱서생이 눈을 부릅떴다.

푸욱!

혼원독의가 검을 허벅지에 쑤셔 박았다.

그것은 단지 시작일 뿐이었다.

푸욱, 푸욱, 푹!

어깨며, 옆구리며, 복부에 검을 꽂아 넣었다.

미욱서생은 아혈이 찍힌 탓에 찔리고 뽑힐 때 눈만 부릅떴다. 열 군데가 구멍이 뚫릴 쯤 미욱서생의 눈동자는 흰자위를 드러내다 온통 검게 되었다가 빠르고 현란하게 변화했다.

혼원독의가 검을 거둔 건 거의 오십 군데를 관통하고 난 뒤였고, 미욱서생은 목 아래가 거의 핏덩이 수준이었다.

혼원독의가 지혈하며 웃었다.

"기분이 어떠냐!"

"……"

미욱서생의 눈에는 빛이 없었다.

"선물 하나 더!"

혼원독의가 발목과 손목에 대고 그어 힘줄들을 모조리 끊었다. 어딜 더 끊어 놓을까 고민하고 있을 때 능운백이 불렀다.

"야, 적당히 하고 돌아와."

독의가 아쉬운 얼굴을 하고 이야기 중인 능운백 곁으로 돌아왔다. 그때 능운백 등은 천하파 두목에 대해 이야기 중이었다.

"괴완동이신 듯합니다."

소요쌍창이 말했다.

능운백이 에엥, 하며 물었다.

"괴완동? 검절의 아우라던, 상종 말아야 할 천하십대고수 중 한 명 말이야?"

"천하파 두목은 온전히 기를 감추었습니다. 능 공자나 미욱서생의 감각으로도 알아내지 못했지요. 온 천하에 그런 자는 단 한 사람뿐이지요. 적발노괴님이나 청묘께서도 이미 짐작하셨겠지요. '만약 괴완동이 암살을 하고자 한다면 살아남을 자는 세상에 없다.'"

청은과 적발노괴가 동감이라는 듯 고개를 끄덕였다.

그저 강호 경험이 일천한 능운백만 어안이 벙벙할 따름이었다.

소요쌍창이 말을 이었다.

"뒤쫓아 온 검객은 아마도 화산제일검 자하진인이실 테고, 저기 죽은 듯 엎드려 있는 이가 혈귀라 할 수 있겠지요."

"으잉? 혈귀가 왜 바보가 된 거야? 아, 아니 그럼 사부님이 검절?"

"이야기가 그렇게 되는군요."

소요쌍창이 빙긋 웃었다.

"이 무슨……."

당황스러워하는 능운백을 향해 적발노괴가 입을 열었다.

"이전의 일들이 이제 이해가 됩니다. 주군, 오는 길에 천하파 두목, 아니 괴완동 님이 하루 종일 통곡하던 날을 기억하시는지요?"

"물론이지. 그날 비가 억수로 쏟아지는 날이었지 아마."

"괴완동 님이 통곡하기 시작한 건 그날 주군께서 이야기 중에 은사님이 돌아가신 사실을 밝힌 뒤였습니다. 이상히 여겼으나 오늘에서야 이해가 되었습니다. 아마도 그때까지 살아 계신 것으로 생각하셨던 모양입니다."

"아······."

능운백은 비로소 모든 헝클어진 것들이 정리되었다.

바보 할아버지, 아니 혈귀는 자신을 보고 겁을 먹은 것이 아니라 괴완동, 즉 사부님의 의형제인 숙부를 본 것이다. 두 번 마주칠 때 모두 숙부가 동행하고 있었다. 왜 바보가 된 것인지는 모르나 숙부를 보게 되자 사부까지 떠오른 것이리라.

능운백이 뒤춤에서 망치를 꺼냈다.

사부님의 유일한 유산.

능운백은 이 망치가 원래 무엇이었는지, 이해했다.

제5장
마교도의 입을 연다는 건
불가능한 일

일식경 정도가 지나 괴완동과 자하진인이 돌아왔다.

두 사람의 옷에는 핏자국이 난무했고, 옷섶이 몇 군데 베여 있었다. 하지만 상처를 입은 것처럼은 보이지 않았다.

무사히 돌아왔다는 건 탈혼천랑대 십육인이 격살당했음을 의미했다.

제일 먼저 반긴 건 삼괴였다.

"두목님! 무사히 돌아왔구나!"

"어서 와! 무공도 잘하는데 어째 그동안 병신 짓을 한 거야? 하하하, 굉장히 우습네!"

"슝슝슝슝!"

"하하하하!"

괴완동이 호탕하게 웃어넘겼다.

적발노괴가 예를 갖췄다.

"그동안 큰 무례를 범했습니다. 손을 쓰신다면 기꺼이 받아들이겠습니다."

그동안 괴완동을 걷어차고 후려 패며 모질고 험악하게 몇 번이나 다룬 것이다.

괴완동이 손을 저었다.

"일일이 신경 쓸 것 없다. 그보다는 이 지경까지 올 것이라고 예상치 못한 내 실수가 컸지. 망할, 마교 놈들…… 엇!"

괴완동이 말하다 말고 미욱서생 쪽을 보고는 입을 쩍 벌렸다.

"잠깐 저놈 왜 저 모양이냐? 누가 그랬어? 어떤 새끼가 핏덩이로 만들어 놨냐!"

혼원독의가 슬그머니 능운백 뒤에 숨었다.

아두가 친절을 발휘했다.

"두목, 저건 독의 어르신이 다져 놨어. 강호의 도리라는 거지."

"이 꼽추 새끼가!"

"숙부님, 고정하세요!"

능운백이 만류했다.

괴완동이 혼원독의를 끌어 당겼다.

"지금 고정하게 생겼냐!"

독의가 부들부들 떨었다.

"요, 용서……."

"용서?"

괴완동은 기도 안 찬다는 듯 혼원독의를 후려 패기 시작했다. 저항도 못 하고 혼원독의는 맞기 바빴다.

이제 더 이상 천하파 두목은 하찮은 건달 두목이 아닌 것이다.

그뿐 아니라 천하십대고수이자, 천하일절로 불리는 검절의 아우이며, 주인의 숙부. 게다가 심하게 해괴하다는 강호의 소문이 헛되지 않았음을 괴완동은 동행하는 내내 증명했으니 때리면 때리는 대로 맞을 수밖에 없었다.

"왜 한마디 상의도 없이 저며 버린 거냐!"

퍽! 퍼억!

"생각 정도는 하고 살아야 할 것 아니냐!"

"죄, 죄송……."

"뭐가 죄송이냐!"

"그, 그게…… 으아악!"

"어째서 멋대로 난도질을 했느냔 말이다! 내가 하려고 했는데 왜 네놈이 가로채냐고!"

"……?"

머리를 감싸고 맞고 있던 혼원독의가 멍하니 괴완동을 쳐다봤다.

'그거였습니까?'

라는 표정이었다.

다른 이들도 어처구니가 없는 건 마찬가지.

그러거나 말거나 괴완동은 더 광분했다.

"이놈이 반성하는 기미가 없이 꼬나보네!"

이제 계속 맞아도 독의는 멍하니 바라볼 뿐이었다. 사실 별로 아프지도 않았다.

괴완동이 다시 원상태로 돌려놓으라고 하염없이 후려 패고 있을 때, 자하진인은 능운백에게 다가갔다.

능운백이 예를 갖췄다.

"능운백이 인사 올립니다."

『알아차린 것 같구나.』

자하진인이 전음으로 말했다.

"……네."

느닷없이 전음이 들려왔기에 능운백은 전음으로 답해야 할지, 말아야 할지 고민하다 대답이 늦어졌다.

자하진인이 삿갓을 벗었다.

"어?"

능운백이 놀란 얼굴이 되었다.

너무도 평온해 보이는 백발 노인의 모습이었다.

사부와 괴완동 숙부와 어울려 다니며 마교 교주 팔을 자르는 등 이런저런 일로 강호를 쑥대밭으로 만들고 다녔던 것을 감안해서, 만만치 않은 괴물일 것이라고 생각했건만 전혀 어울려 다닐 외모가 아니었다. 정녕 깊은 수행을 쌓아 온 노도사의 모습이었다.

『몸은 괜찮은 것이냐?』

"네, 볼썽사나워 보여도 일상적으로 움직이는 데는 지장이 없습니다."

『다행이다.』

능운백이 내심 갸웃했다.

계속 전음을 쓰는 이유를 이해할 수 없었다. 혹시 중요한 말을 하려고 하나 싶었는데 그것도 아니었다.

아삼도 아두의 어깨를 툭 치면서 '능운백 저 개놈, 왜 혼자 말하냐? 돌았나?'라고 물을 지경이었다.

그때 괴완동이 다가왔다.

"자자, 멀뚱히 서 있지들 말고 앉아서 묵은 이야기를 해 보자. 내가 아주 궁금한 게 많아."

여태 묵은 이야기를 할 기회가 굉장히 많았음에도 천하파 두목으로 지내며 헛소리만 해댔던 괴완동이 서둘렀다.

*　　*　　*

괴완동과 자하진인은 검절이 어떤 삶을 살았는지, 능운백을 제자로 거두게 된 계기가 무엇이고, 무슨 일들이 있었는지 궁금해했다.

"솔직히 사부님이 검절이라고는 꿈에도 생각지 못했어요. 중문에서 사부님은 아주 멀쩡해서 정상인처럼 보였거든요."

능운백이 어깨를 으쓱하며 사부 공야와 지낸 날들에 대해 이야기했다.

듣는 내내 두 사람은 탄성을 터뜨리기도, 웃기도 했다. 생매장 때는 '이런 미친놈아'라며 괴완동이 능운백을 쥐어박았다.

능운백의 말은 공야의 유언에 이르렀다.

"이 사부의 마지막 바람은 네가 평안히 삶을 보내는 것이다. 보통의 사람을 이웃하며, 가정을 꾸미며 살아다오. 단지 그뿐이다."

"당시의 상황이 급박해 모두 기억나지는 않지만, 해 주셨던 말들 중에서 이 말씀은 계속 떠오르고 생각이 나요."

괴완동과 자하진인의 눈시울이 젖어들었다.

함께한 시간이며 유언이며, 대형이 능운백을 얼마나 아꼈는지 짐작할 수 있었다. 괴완동이 우울해지는 마음을 털어내듯 고개를 절레절레 저으며 말했다.

"에휴, 복도 없지. 말년에 형님이 고생이 이만저만이 아니었구만."

"아니, 무슨 말씀을. 제가 있어서 말년에 행복하셨죠."

능운백도 장단을 맞췄다.

"하하, 그래서 네놈 보고 정상이 아니라는 거야."

"쩝, 제 이야기는 이쯤하고요. 사부님과 숙부님들 이야기나 들려 주세요. 대체 무슨 일을 하고 다니셨길래 온통 악담뿐이에요?"

"별것 없어."

"별것 없겠죠. 마교 교주 팔 잘라 버리는 정도가 아무것도 아니라면 말이죠."

"흐흐흐……."

괴완동이 옛 생각을 끄집어내는지 시선을 멀리 던졌다.

"시간도 빠르지. 어느새 오십 년 정도 지난 일이네. 내가 형님을 처음 만난 건 객잔에서 점소이로 일하고 있을 때였다."

"점소이요?"

"그래. 배 터지게 먹고 돈이 없다고 하니까 주인이 두들겨 패려 하더라. 싹싹 빌고 열흘간 일해 주기로 한 거였지. 그러다 형님을 본 건데 보는 순간 싸워 보고 싶은 충동이 마구 일어나지 뭐냐. 솔직히 당시의 나는 세상 누구도 두려울 것이 없어 딱히 누구와 싸워 보고 싶다는 생각이 들지 않았는데 그날은 달랐지."

아두가 웃었다.

"하하, 점소이라니 역시 병신 같아."

적발노괴가 아두의 귓불을 잡고 엄히 바라보자 아두가 손을 들어 입을 틀어막았다.

괴완동은 웃으며 말을 이었다.

"반나절을 싸워도 승부가 나질 않았다. 형님이 이쯤하자면서 그냥 가라고 하는데 찜찜한 거다. 그래서 계속 쫓아다니면서 싸우고 반나절이 지나고, 또 싸우다 밤이 되고를 한 다섯 번을 반복했다. 그래도 승부가 나지 않는 거다. 난 미치겠는 거지. 그렇게 열흘 정도 지나면서 형님은 꺼지라고 하고 나는 못 가겠다고 하면서 함께 식사도 하고 술도 마시고 또 싸우고 그랬다. 싸울수록 나는 점점 더 미쳐 버릴 지경이었지."

"아니, 사부님이 천하일절이라면서요. 동수를 이룬 것만으로도 대단한 건데 그게 성이 안 찬 거예요?"

능운백이 어처구니없다는 듯 말했다.

괴완동이 혀를 찼다.

"쯧쯧, 그런 거라면 얼마나 좋았겠냐. 형님은 내내 검을 한 번도 쓰지 않았단 말이다. 급기야 내가 쌍욕을 해 대니까 형님이 열이 받아 그제야 검을 사용했다. 이번이 진짜다, 라고 나도 전력을 쏟아 부었지. 그리고 그날 진짜 죽는 줄 알았다. 왜 사람 말을 들어 처먹질 않느냐면서 하루 종일 맞았거든."

"허헐……."

"흐흐흐, 그래도 나쁘진 않았다. 그게 계기가 되어 형님으로 모실 수 있었으니 말이다. 자하를 만난 건 그로부터 육 년여가 지나서였지."

괴완동이 자하진인을 향해 웃으며 말을 이었다.

"항산에서 산도적 놈들을 잡아다 패고는 뭔가 보람된 일이라도 하라고 약초를 캐게 할 때였지. 형님하고 나는 술을 마시고 있었는데 자하가 우리 아래쪽 폭포에서 좌정한 채 몇 날이고 있는 거 아니겠냐. 저런다고 뭘 깨닫는 건 없는지라 형님이 함께 술이나 마시자고 하니 올라오더라. 그런데 막상 불러놓고 보니 전음을 쓰고 말을 안 하는 거다. 알고 보니 안 하는 게 아니라 못 하는 거였어."

"아……."

능운백은 그제야 이해했다.

슬쩍 자하진인을 바라보는데 담담한 미소를 짓고 있었다.

괴완동이 말을 이었다.

"자하는 선천적으로 말을 못 했어. 화산과 인연이 닿아 입문하게 되었지만 말을 못 하고 성격도 내성적이라 혼자 있는 시간이 많을 수밖에. 하지만 그게 꼭 나쁜 건 아니었던 게 무공만 파 들어가니 남들과 비교할 수 없을 만큼 진전이 빨랐다. 그러다 턱 하니 벽에 부딪힌 거야. 그제야 세상을 보자, 라는 생각이 들어 여기 저기 떠돌다 항산까지 오게 된 게지. 내가 말을 못 하는 걸 알고 '벙어리였네.'라고 말했다."

"와, 못됐네요."

"하하하, 어찌 나오는지 보고 싶었거든. 그 말을 듣더니 자하가 벌떡 일어서더니 예를 갖추고는 이만 가겠다고 하는 거지 뭐냐."

"당연하죠."

"그러니까 형님이 나서서 버럭 성질을 내시더라."

"엄청 맞았겠네요."

"내가? 멍청아, 내가 아니야."

"네?"

"형님이 자하에게 쏘아붙였지. 마음이 상했으면 사과를 요구하든가 사과하지 않으면 힘으로 굴복시키고, 힘으로도 안된다면 뭐로 찍든 찍어 버려야 하는 것 아니냐고 하셨다."

"이야, 어디서 많이 들어 본 말인데요."

"하하, 그런 말을 들었다고 너처럼 막 찍고 다니는 놈이 괴상한 거지. 하여튼 형님이 고래고래 소리치면서 이대로 떠난다면 어디서 몇 번을 만나든 계속 벙어리라고 부를 거라고 하셨다. 자하는 충격을 받았는지 멍하니 있더니 내게 사과를 요구했다. 나야 뭐 깔끔하게 미안하다고 했지. 그랬더니 또 그럴 줄 몰랐는지 완전히 넋이 나간 거야. 그리고 술을 퍼마시며 통성명을 하니까 자하가 또 놀라는 거다. 그때 형님하고 나는 유명 인사였고 이렇게 만나게 될 줄은 몰랐던 거야. 그렇게 맺어져 세 명이서 함께 다녔다. 자하로서는 폭포 아래에서 백날천날 물 맞을 때와는 비교할 수 없을 만큼 진짜 세상을 보게 된 거다. 이놈 저놈 온갖 놈들을 만나고 겪으면서 화산제일검으로 불리게 되었으니까. 흐흐, 물론 싸돌아다니느라 자하가 화산은 일 년에 한 번 들를까 말까 정도로 안중에도 두지 않았다는 게 문제라면 문제였지만 말이다."

"마교 교주와는 어떻게 얽힌 거예요?"

"그 이야기를 하자면 고루법왕을 빼 놓을 수 없지."

"이전에 만났던 고루법왕 말인가요?"

능운백의 눈이 휘둥그레졌다.

"그래, 목령과 미쳐 날뛰게 된 그놈이지. 젠장, 그 연놈들 생각하니까 토악질이 나려고 하는구나. 당시 고루법왕이 밀교에서 동문을 죽이고 파문을 당해 중원에서 패악질을 하고 있었거든. 형님과 우리는 잡아 죽이자고 뜻을 모아 쫓았지. 근데 이놈이 어찌나 도망치는 재주가 신출귀몰한지 잡았다 싶은 순간 놓치기 일쑤였어. 섬서 북단에서 놓치고 허망해하던 그 시점에 마교 교주 놈을 만난 게다. 아, 참고로 그땐 아직 교주가 아니었지만 말이다. 어쨌든 우린 놈이 누군지도 몰랐어. 가깝긴 해도 섬서가 마교 땅덩어리도 아니었으니까 말이다. 그때가 깊은 밤이었는데 근사한 장원에서 놈이 나오더니 우리를 보고는 다짜고짜 '오늘 네놈들 죽어야겠다' 이러는 거다."

"설마요. 그 전에 원한이 있었던 거겠죠."

"그럼 이해라도 하지. 내가 하도 어처구니가 없어서 우리들 아냐고 물어보기까지 했어! 그랬더니 모른다는 거야. 기가 탁 막혔지. 이게 뭔가 싶어 내가 크게 소리쳤다."

"죽여 버린다고요?"

"아니, 처음 봤는데 너무한 거 아니냐고. 막상 죽을라니까 좀 억울하다고 말했지. 그랬더니 그냥 뒈지라는 거야. 야, 생각해 봐라. 처음 봤는데 너희 뒈져야겠다, 이러면 기분이 어떻겠냐?"

"네놈이 뒈지시든가, 라는 말이 절로 나오죠."

"그래. 원래 그래야 하거든. 그런데 너무 당당하니까 이게 뭔가 싶고 위화감이 장난이 아니어서 형님이나 우리나 멍해져 버린 거다. 물론 좀 강해 보이기도 하더라. 그런데 우리 쪽을 보면 제일 세 보이는 건 자하거든. 나는 누가 봐도 평범하고 형님의 기세는 긴가민가 정도라면 자하는 대놓고 한 자루의 보검 같단 말씀이야. 그런데 검을 벼린 듯 기세가 날카로운 자하까지 한참을 멍 때리고 있으니까 그제야 교주 놈이 피식 웃더니, 선심 쓰듯 그냥 가라면서 돌아서는 거야."

"미친놈이었네요. 그래서 나중에 다시 만난 거예요?"

"아니야. 형님이 갸웃갸웃하시더니 '저놈이 고루법왕보다 더한 놈이지 않냐?' 그러시는 거야. 우리도 생각해 보니까 고루법왕이 문제가 아니어서 고개를 끄덕였지. 그래서 형님이 불러 세웠어. '야, 어디 한번 죽여 봐라'라니까 놈이 좋다고 달려들더라."

"그래서 싹둑?"

"그래, 썰어 버린 거지. 어지간해서는 검을 빼 드는 일이 없는 형님이 마주 가서 단칼에 날려 버린 거다. 난 봤는데도 어떤 식인지 모를 정도로 기가 막혔지. 쩝, 그때 놈을 아예 죽여서 묻어 버렸어야 했는데 형님이 일장연설을 하고 돌려보낸 게 문제였다. 형님이 친절하게 혼원섬 어쩌고 검초까지 말해 주는 바람에 일이 커진 거지. 놈이 피 철철 흘리면서 돌아가니까 마교가 어떻게 됐겠냐?"

"난리가 났겠죠."

"그렇지. 교주 즉위를 얼마 남겨 놓지 않은 상태에서 그 지경이 되니까 마교 놈들은 정마대전이라도 일으킬 기세였어."

"와아, 반성은 못 할망정."

"내 말이! 그 후 일은 요상하게 돌아갔지. 자칫 정마대전이 일어난다면 누가 승리하든 희생이 너무 크단 말씀이야. 정파 쪽에서도 의견이 분분했고 말이다. 이번 기회에 마교를 쓸어 버리자는 쪽이 있는가 하면 마교가 큰 분란 없이 지내 왔는데 적당히 타협하자는 이야기도 나오고, 그 와중에 소림에서는 미친 중놈 요각이 찾아와서는 소림에서 십 년만 참회하자고 어찌나 들러붙었는지 모른다. 그러다 형님이 참다 참다 작작 좀 하라면서 패 버려서 처맞고 돌아갔지."

"그 미친 스님 저도 만났었어요."

"흐흐, 그랬냐? 어쨌든 그 지경이 되니까 형님으론선 고민이 되었지. 혼자 가서 마교를 쓸어버리겠다고 하셨다가, 굳이 그 고통을 당해야 하나며 고개를 젓기도 하고, 또 박차고 일어났다가 하면서 굉장히 혼란스러워하셨다."

"아니, 잠깐만요. 혼자 상대가 돼요?"

능운백의 눈이 휘둥그레졌다.

괴완동이 눈을 가늘게 뜨며 갸웃했다.

"설마 모르는 거냐?"

"뭘요?"

"응?"

괴완동이 자하진인을 바라봤다.

자하진인도 의문 가득한 표정이었다.

한창 이야기 중에 두 사람이 갸웃갸웃해 대니 경청 중인 이들도 영문을 몰라 갸웃거렸다.

"너, 내공은 어떻게 증진된 거냐?"

괴완동이 물었다.

"그건 독이었죠. 그땐 아주 곤란했다고요."

"이놈아, 그런데 왜 딴소리야!"

"딴소리는요, 독의 공능에 대해서는 한 마디도 듣지 못했다고요. 아니, 도리어 입버릇처럼 사문의 심법은 독에 취약하니 조심하라고 하셨어요."

"심법이 독에 취약하다고 가르치셨다고?"

"그렇다니까요."

"허허, 이것 참……."

괴완동은 기가 막힌다는 얼굴이 되었다.

자하진인은 우울한 표정이었다.

『형님은 운백을 그만큼 지켜 주고 싶으셨나 봅니다.』

괴완동이 고개를 끄덕였다.

능운백을 아끼는 만큼 능운백이 절세고수의 반열에 오르길 원치 않으신 것이다.

강호는 강해질수록 강한 상대를 만나게 된다. 더 큰 위험에 노출된다. 그것은 숙명인 것이다.

괴완동이 입을 열었다.

"운백, 잘 들어라. 네가 경험한 것은 시작이다. 그 다음엔 독이 몸을 고친다. 일명 만독만약(萬毒萬藥)이지."

"독으로 몸을요?"

능운백의 눈이 휘둥그레졌다.

놀라긴 혼원독의와 염라선의도 마찬가지였다.

능운백이나 괴완동이나 제정신이 아니라지만, 독에 관해서는 이미 다 죽어 가던 능운백이 살아나 내공이 급상승한 기사를 직접 목격했던 것이다.

그 일도 의술의 관점에서 이해불가거늘 또 다른 독의 공능을 듣게 되니 머리가 어떻게 돼 버릴 것 같았다.

"어떤 내상이든, 외상이든 상관없이 낫는다. 너는 죽지만 않으면 되는 거다. 아, 대체 형님은 어쩌자고 이 중요한 만독만약을 만독만해(萬毒萬害)로 가르치신 건지…… 아, 그런 것인가……."

괴완동은 푸념을 하면서 알아차렸다.

만약 치유되는 공능을 알게 된다면 길을 돌아가는 대신 죽음을 불사하길 주저하지 않게 된다. 특히 능운백의 성향이라면 더욱더 그러해 결국 불행한 결과를 맞을 것을 우려한 것이리라.

『형님, 천허만취까지 이야기를 하시는 게 좋겠습니다.』

자하진인이 전음을 발했다.

"그래, 이왕 말하는 거 형님의 사문에 대해서도 이야기를 해 줘야겠다."

『그게 좋겠군요.』

능운백은 두 숙부가 대화를 나누는 중에 사문이 나오자 눈을 반짝였다. 다른 이들도 검절의 사문에 대해 듣게 된다 싶자 기대하는 눈빛이 되었다.

"녀석아, 눈 적당히 반짝거려. 나도 형님께 조각조각 들은 것뿐이다. 말했다시피 두 번째 공능이 만독만약, 세 번째 길은 천허만취(千虛萬就)라 한다."

"천허만취요?"

"그래, 천허만취. 형님은 거기에 대해서는 억지로 가야 할 길이 아니라고 하셨다. 그 길로 들어섰다는 건 결코 유쾌한 상황이 아니라고도 하셨지. 검으로 끝내는 것이 최선이라고 말이다. 그래서 우리는 형님이 홀로 마교를 쓸어버린다고 중얼거리실 때 그것이 천허만취라고 생각했다. 결국 그 생각은 접으셨지만……."

"유쾌하지 않다는 건 뭐예요?"

"그걸 알 리 없잖냐. 단지 그런 상황까지는 죽는 날까지 가고 싶지 않다고만 하셨다. 내 생각엔 그건 아마도 독이 아닐까 싶다. 제대로 이해하려면 네 사문에 대해 알아야겠지. 네 사문의 개파 조사는 천검독황(天劍毒皇)이라 불리셨다더구나. 흐흐, 굉장히 거창하지 않냐? 하늘의 검이자 독의 제황이라니."

"천검독황……."

능운백이 멍청하게 따라 말했다.

다른 이들은 고개를 갸웃했다. 검절이 단신으로 마교를 상대할 정도의 무공이라면 정녕 동해삼선에 필적할 경지이건만 천검독황과 그 후대에 관한 건 여지껏 지나가는 말로조차 들어보지 못한 것이다.

강호 경험이 풍부한 적발노괴나 소요쌍창은 물론이고 심지어 하오문주는 어안이 벙벙한 얼굴이 되었다.

그런 모습을 보며 괴완동이 실실거렸다.

"흐흐, 우리도 깜짝 놀랐다. 정말이지 듣도 보도 못했거든. 그런데 형님 이야기를 쭉 듣다 보니 이해가 가더구나. 독으로 내공이 상승하고 독으로 내외상이 치유되는데 이런 독의 공능은 타인에게 알려져선 안 되는 거지. 아, 그런 의미에서 이 자리의 누구라도 이런 사실을 떠벌리고 다니면 곤란한 일을 맞게 될 테니 입을 함부로 놀리지 말도록."

괴완동이 경고하듯 쭉 훑어보고 말을 이었다.

"강호에 알려지지 않은 또 하나의 이유는 애초에 네 사문의 조사께서 천검독황이라고 사방팔방 선언하고 다니지 않으신 데다 세 번째 길 또한 그분께서 유일하게 동해삼선과 맞서게 되는 상황에서만 펼쳐 보이셨다고 하셨거든."

능운백과 모두의 눈이 휘둥그레졌다.

"동해삼선과요? 어떻게 됐는데요?"

"승부는 나지 않았다더구나. 서로 오해가 풀린 것도 있었다지만 그보다는 동해삼선이 왜인지 질려 버려서 도중에 그만하자고 거의 통사정을 했다고 하시더라. 내가, 거 형님 사문이 허풍이 좀 심하십니다, 그랬더니 형님은 충분히 그럴 수 있다고 하시지 뭐냐. 또 그러면서 구체적인 건 설명을 안 해 주시니 뭐 나나 자하나 그러면 어떻고 저러면 어떠냐는 식으로 넘어갔지."

능운백은 물론이고 모두가 고개를 갸우뚱거렸다.

도대체 유쾌하지 않다는 것이 어떤 형태의 것이기에 동해삼선과 대등한 경지로 나아가지 않고 그저 머문다는 것인지 이해할 수가 없었다.

그런 의문을 능운백이 물으니 괴완동이 입을 열었다.

"형님이 얼핏 말씀하시기로는 자칫 죽을 수도 있고, 살아남는다 해도 한 달 가까이 지옥에 머물러야 한다고 하시더라. 그러니 네 사문에서도 조사를 제외하고는 아무도 그 길을 가지 않은 것이겠지. 솔직히 검법만으로 천하제일인이 되기에 부족함이 없는데 굳이 고생을 사서 할 필요가 없는 것이기도 하고…… 뭐 이쯤 해 두자. 네놈은 검조차 제대로 휘두르지 못하는데 무슨 천허만취겠냐. 만독만약만으로도 어지간해선 죽기도 어렵다. 자, 그럼 독!"

괴완동이 혼원독의에게 손을 내밀었다.

혼원독의가 반신반의하는 표정으로 독을 한 움큼 건넸다. 이미 주인이 독으로 내공을 극대화한 것과 만독불침임은 확인했지만 천허만취인지 뭔지는 고사하고 만독만약이라는 불가사의한 공능이 눈앞에서 실현될 것인지 의심이 들 수밖에 없었다.

괴완동이 능운백에게 독을 쥐여 주었다.

"말이 나와서 말인데 형님은 쓸 일도 없었지만 품에 늘 독을 지니고 다니셨다. 앞으로 네놈도 그래야 한다."

괴완동이 말하고 혼원독의를 향해 말을 이었다.

"가는 길에 독 옷을 준비하도록 해라."

"독 옷이요?"

혼원독의가 카랑거리며 물었다.

"수납할 공간이 많은 겉옷을 만들어 독을 잔뜩 집어넣어 두란 말이다. 운백의 체형에 맞게끔."

"네!"

"숙부님, 그런데 말이죠. 이거 먹고 며칠 드러눕는 건 아니겠죠? 일전에 아주 곤란했어요. 생사를 오갔다구요."

독 옷이고 뭐고 능운백은 당시 수면독에 당한 끔찍한 기억이 떠올라 몸서리쳤다.

괴완동이 손을 저었다.

"야야, 그런 건 처음에나 그렇지. 내가 지켜보니 고통이 오는 듯 마는 듯 미약하기 이를 데 없고 순식간이더라. 하지만 공능은 급속도로 이뤄지지. 아참, 독문심법을 운용해야만 한다."

괴완동이 대수롭지 않다는 투로 말했다.

"정말인가요, 자하 숙부님?"

능운백이 못 미더워 확인했다.

자하진인이 웃음을 머금었다.

『이야기대로다. 염려 말거라.』

"오호, 그러시다면……."

자하 숙부의 말이라면 믿을 수 있었다.

능운백이 정좌하고 환으로 이루어진 극독을 입 안에 털어넣었다.

그때 자하진인과 괴완동이 눈빛을 교환했다.

흠흠거리더니 한참을 걸어가 멀리 떨어졌다.

'뭐, 뭐지?'

능운백이 의문을 품는 순간, 시작되었다.

벽력이 정수리에 직격했다.

가히 번개가 내리꽂혀 전신을 관통한다 싶을 정도의 충격에,

"으아아아아아아아아아아아아악!"

능운백이 미칠 듯 비명을 내질렀다.

눈은 부릅뜨고, 전신을 바들거리고, 안면 핏줄이 볼록하게 도드라진 것이 끔찍하기 이를 데 없었다.

지켜보는 것만으로도 그 고통이 얼마나 큰지 느껴질 지경이라 혼원독의와 염라선의, 삼괴 등은 절로 몸을 움츠렸다. 제갈영도 놀랐는지 미친 듯이 캬악거리고, 아장도 이게 뭔 일인가 싶어 슝슝거리느라 정신이 없었다.

"캬악, 캬아아악! 캬아아아아아악!"

"슝슝슝슝슝슝슝슝슝슝슝슝슝슝!"

"으아아아아아아아아아아아아아아악!"

미칠 듯한 캬악과 슝슝과 비명!

염라선의와 독의 등이 눈을 돌려 괴완동과 자하진인을 보니 저만치에서 쭈그려 앉아 귀를 막고 있었다.

"귀, 귀를 막고 있네."

염라선의가 멍하니 중얼거렸다.

모두는 새삼 깨달았다.

저 두 사람…… 역시 검절의 아우들이다.

정상인으로 보였던 자하진인도 결국은 강호를 뒤흔든 세 사람 중 하나인 것이다.

일각 후,

만독만약의 결실이 드러났다. 놀랍게도 관통당한 세 군데의 검상이 씻은 듯 사라졌다. 독의와 선의는 맥을 짚어 보고 피부를 만져 대면서 정신을 못 차렸다. 정녕 완벽히 회복된 것이다.

"하하하, 녀석아, 어떠냐?"

괴완동이 득의만면했다.

능운백은 어떠냐면,

"말…… 걸지…… 마세요."

축 처졌다. 고통에 몸부림치며 진이 빠졌고 어찌나 소리를 질렀는지 목이 쉬었다.

"처음이라 그래. 차차 능숙해지는 거야. 시간도 단축되고 통증도 적어지고 말이다."

"되도록…… 다치지…… 말아야겠어요."

"흐흐, 하나 마나 한 소리는. 자, 남은 이야기를 들려주마."

모두들 다시 자리를 잡은 채로 괴완동의 말에 귀 기울였다.

"형님은 그쯤 되고 보니 강호에 신물이 나신 게다. 대의를 생각하기도 해야 해서 강호를 떠나기로 하신 거지. 이 결정은 나름 마교 놈들의 자존심을 세워 준 셈이라 일이 더 이상 커지진 않았다. 내가 셋이 어디 가서 농사나 짓고 살자고 했는데 형님이 마다하셨다. 우리 셋이 함께 지내면 그게 강호라는 거야. 물론 함께 지내면 어떻게든 문제가 발생하긴 했을 테지만 자하나 나나 서운한 건 어쩔 수 없었지. 남은 평생은 만날 생각도 말라고까지 하셨으니까. 나와 자하는 떨어져 있어도 연락을 주고받았지만 형님은 워낙 완고해서 찾아갈 수 없었다. 그런데……."

괴완동이 능운백을 향해 손가락질하며 말을 이었다.

"너란 놈에게 무공을 전수하고 일을 이렇게까지 벌이셨으면서 은거는 무슨 얼어 죽을 은거라는 건지."

"그 제자에 그 사부인 거죠."

"오냐, 네놈이 더하다는 건 알아서 다행이다."

"아, 맞다. 혈귀하고 편귀는 어떻게 된 거예요?"

"그놈들은 마지막 장식품이랄까. 은거 전 마지막으로 정리하자 해서 두 놈을 잡아다 은거시킨 거다. 우리만 잠적하려고 보니 조금 억울한 것도 있었거든. 편귀는 내가 맡아서 지금까지 마을에서 훈장 노릇을 하고 있다. 나는 알다시피 천하파 두목으로 하루하루 즐겁게 보냈고 말이다. 그러다 어느 놈이 편귀를 찾아 마을로 온다는 걸 듣게 된 게야. 강호 소식은 하오문의 비선을 잡아 족쳐 속속들이 듣고 있었거든."

"끙……"

보릿자루마냥 한쪽에서 듣고 있던 하오문주가 앓는 소리를 냈다.

"그때 네놈이 나타났는데 놀랍게도 형님의 독문신법을 쓰지 않겠냐. 그땐 정말이지 철퇴로 한 대 맞은 기분이더구나. 형님이 은거를 깨고 강호에 나오셨구나 싶어 자하에게 연락을 취하고 네놈에게 들러붙었지. 에휴, 그러고 보니 네놈과 함께 지낸 게 얼마 되지도 않는데 한 십 년은 함께 보낸 것 같구나."

대부분의 의문이 풀린 가운데 능운백이 갸웃했다.

"그런데 혈귀가 원래 바보였어요?"

"하하, 그럴 리가. 멀쩡했다. 혈귀는 스스로 무덤을 판 게지. 물론 나와 달리 형님이 한 마을에 두고 싶지 않아 하셔서 문제가 된 거기도 하지만 말이다. 혈귀 놈이 자꾸만 도망치지 뭐냐. 형님이 어르고 달래도 또 시도하니까 말 좀 들으라고 머리를 한 대 후려갈겼는데 저렇게 돼 버린 거다. 무공을 지닌 채로 바보로 지내면 또 일이 이상해질 것 같아 무공도 폐하게 된 거다."

"사부님도 어지간하셨네."

"어지간하긴. 더하기로는 사실 네놈이 더해. 강호에 나오자마자 온 강호를 뒤집어 놓은 인간이 어딨냐!"

"흐흐……."

"이야기는 이쯤 해 두고 앞으로를 논해 보자.'"

그동안 소외되었던 미욱서생과 탈혼천랑대는 그제야 관심을 받았다.

"고문해야죠."

"고문?"

괴완동이 쌍심지를 키며 말을 이었다.

"고문 같은 소리하고 자빠졌네. 이쯤에서 정리하자. 네놈은 형님의 혈육이나 다름없는데 네가 죽는 꼴은 못 본다. 마교 놈들이 노리고 있는 줄 알았다면 여기까지 오기 전에 나도 정체를 드러내고 말렸을 거다. 네놈 몸에 칼에 박힐 때 참아 내는 것도 고역이었고, 만독만약이고 뭐고 또 그런 일을 당하게 할 순 없다. 그냥 다 죽이고 땅에 묻어 버리면 그만이야."

"숙부님, 감동적이긴 한데 말이죠. 잊고 있는 게 있어요."

"뭐냐?"

"마교 교주가 사부님을 찾고 있잖아요. 사부님이 떠나셨으니 목표는 이제 저란 말이죠. 게다가 대공자 놈이 만약 동해삼선에 근접해 있고, 절학을 취하기라도 한다면 저는 물론이고 숙부님들도 무사하지 못할 거란 거죠."

"흥, 동해삼선이 그렇게 쉽게 찾아질 리가."

"그래도……."

"이놈아, 됐다니까!"

"소인이 한 말씀 드리겠습니다."

적발노괴가 끼어들었다.

괴완동이 환영했다.

"그래, 네가 설득해 봐라."

"마교 대공자가 이곳에 오지 않았다는 건 동해삼선에 근접해 있다는 추측도 가능한 부분입니다. 미욱서생은 주군께서 동해삼선이 아닌 은사이신 검절님을 찾는 걸 듣고 크게 실망하였고, 또 그럼에도 주군을 굳이 대공자에게 데려가려 했던 걸 볼 때, 이미 동해삼선에 도달했으나 어떤 문제에 부딪혀 그 해결책을 주군에게서 찾으려는 것은 아닐까 싶습니다. 엄연히 사실과는 다릅니다만, 현재 강호는 주군이 동해삼선을 쫓고 있다고 확신하는 쪽입니다."

"소하, 말 잘했다. 이렇다니까요."

"흐음……."

괴완동은 기대와 다른 말을 들었지만 도리어 납득당해 심각해졌다.

"고문을 해 봐야겠구나."

"그렇죠."

그때였다.

휘이익!

휘파람 소리가 멀리서 들려왔다.

내력이 실려 있고 급격히 소리가 커지는 것이 신법의 빠름을 짐작하고도 남았다.

"이번엔 또 뭐야?"

괴완동이 인상을 썼다.

일행의 분위기는 급격히 어두워졌다.

이제 겨우 숨을 돌리는가 싶었는데 대공자가 오는 것이라면 다시금 피바람이 부는 것이다.

곧 휘파람의 주인이 모습을 드러냈다.

긴장하고 있던 모두는 상대를 확인하고, 맥이 풀렸다.

극락마군이었다.

도망가던 모습 그대로 등헌을 안고 있었다.

"깜짝이야!"

능운백이 짜증 냈다.

"이게 누구신지요? 굉장한 속도로 도망가시던 마교 고위급 인사가 아니십니까?"

적발노괴가 정중히 빈정거렸다.

극락마군은 잠시 상황 파악이 안 되는지 탈혼천랑대와 미욱서생 등을 보고는 어리둥절한 모습이었다.

"어, 어떻게……."

"설명하자면 좀 복잡해. 그나저나 어쩐 일이실까? 뭐 두고 가셨나? 얼른 챙겨서 서둘러 꺼지시지?"

능운백의 입에서 고운 말이 나올 리 만무했다.

극락마군이 미세하게 고개를 숙였다.

"주군께서 돌아가길 간절히 원하셨다. 말씀도, 몸을 가누지도 못하시지만 눈물을 흘리시면서 차라리 함께 죽기를 원하셨다."

"흐흐, 마교 놈이 말은 잘하네."

괴완동이 한껏 조롱했다.

"네놈이 끼어들 자리가 아니다!"

극락마군이 벼락같이 호통 쳤다.

괴완동이 실실거렸다.

"뭐라고 떠드는 거야, 마교 난장이 새끼가! 팔 하나 잘라주랴? 팔 여러 개냐?"

"이놈이!"

능운백이 끼어들었다.

"극락마군, 좀 닥쳐. 소개할게. 여기 이분은 천하파 두목이시자, 괴완동이신 나의 숙부님이고, 이분은 화산파의 자하진인이시자 또 나의 숙부님이셔. 그리고 이 몸은 검절의 유일한 제자인 능운백 님이시지. 이제 좀 상황 파악이 되시나?"

"아⋯⋯."

극락마군이 자신도 모르게 탄성을 터뜨렸다.

그제야 이 상황이 이해되었다.

정녕 뜻밖이지만 괴완동이기에 이해되었고, 또 괴완동이기에 충분히 만들어 낼 수 있는 상황이었다. 거기에 자하진인까지 합류했다면 당연했다.

"검절의 제자라는 건 알고 있었다."

"알고 있었다고?"

능운백이 놀라 되묻자, 바로 괴완동이 타박했다.

"이 멍청아, 네놈이 혼원섬이란 말을 입 밖으로 꺼냈을 때 저 두 놈은 눈치를 챈 게다. 형님이 교주 놈에게 날린 검초가 혼원섬이고, 그걸 또 기억하라는 둥 멋지게 한 소리 했었다고 아까 말했잖냐!"

"아! 그렇게 된 거구나."

"흐흐, 저 두 놈이 언제 돌변할까 주시하고 있었는데 끝내 발작을 안 하더구나. 이건 내 추측인데 저 등헌이란 놈이 심마에 빠진 것도 널 죽일까 말까 내적 갈등이 충돌한 결과일 거다. 심성이 악한 놈은 아닌 게지. 관계를 보자면 충분히 널 배신할 만했는데도 말이다."

"관계라뇨?"

능운백은 관계라는 말이 단순하게 들리지 않았다.

"교주 놈이 당시 우리에게 시비를 건 이유가 등헌 저놈하고 관계가 있거든. 아니, 정확히 말하자면 등헌의 친모와 관계가 있지. 그 사건 이후 알게 됐다만 본처 쪽에서 핍박을 받자 첩실을 외부 모처에 둔 것인데 거길 다녀오는 길에 열이 뻗쳤던지 죽어야겠다 어쩐다 했던 거 아니겠냐. 지 아비가 잘못한 거라도 친모를 보고 나온 길에 그 일이 벌어졌으니 등헌 저놈으로서는 아무래도 형님에 대해 원망이 컸을 거다. 두

고두고 마교 내에서 그 일이 꼬리표처럼 달라붙었겠지. 그런데도 결정을 내리지 못하고 심마에 빠졌고, 이제는 죽을 걸 뻔히 알면서도 돌아왔으니 아주 글러먹은 놈은 아니란 소리지."

능운백은 물론이고 모두가 멍해져 등헌을 바라봤다.

극락마군이 입을 열었다.

"모두 맞는 말이다."

등헌의 손가락이 움직였다. 그렇게라도 의사를 표현해 내려 애쓰는 모습 같았다.

"하아, 암중으로 일이 엄청 복잡했었네."

능운백이 씁쓸하게 웃었다.

아삼이 능운백의 어깨에 손을 올리며 말했다.

"야, 하나도 안 복잡해. 우리들이 동해삼선을 먹고, 개친구가 마교 교주가 되면 다 해결되는 거잖아!"

"와아, 그거 죽인다."

"슝슝슝슝!"

아두와 아장도 적극 찬성.

능운백이 실실거렸다.

가능하다면 그것보다 더 나은 것은 없다. 다른 건 차치하고 동해삼선의 절학을 손에 넣는다면 마교는 물론 제갈영, 청은의 문제도 쉽게 해결된다.

하지만 그건 하늘의 별을 따겠다는 말과 같았다.

"생각이랄 게 있냐! 우선 대공자 놈이 어디까지 도달했는지 파악해 보자."

괴완동이 말했다.

자하진인도 고개를 끄덕였다.

능운백이 생각을 떨쳐내려는지 목을 돌리고 팔을 쭉 뻗어 풀었다.

"그럼 고문부터 해 볼까요? 으라차차!"

"고문은 시간 낭비다."

극락마군이 고개를 저으며 말을 이었다.

"탈혼천랑대 수준에선 어떤 고문으로도 한 마디 말조차 들을 수 없을 것이다. 마교란 그런 곳이다. 또한 청묘화괴의 섭혼도 도리어 해를 입을 가능성이 크다."

"대단한 마교로군요. 그래도 일단 썰어 보는 건 어떻습니까?"

적발노괴가 감탄하는 척하며 조소를 머금었다.

괴완동이 지지했다.

"백번 옳다. 써는 데는 장사 없어. 운백, 너는 몸 풀다 말고 뭐하냐!"

능운백은 왜인지 썰 의지를 상실한 듯 보였다. 어느새 진지하게 생각에 잠겨 있었다. 괴완동이 손을 휘저었다.

"야야, 안 어울리게 머리 쓰는 척하지 마라. 그냥 썰다 보면 답이 나오는 거야."

"숙부님, 생각해 보니까 마교 놈들은 입을 열지 않을 것 같아요. 전에 보니 자결도 멋대로 하고 웃기지도 않더라구요. 고문은 안 되겠어요."

"대안은 있고?"

"당연하죠."

능운백이 웃었다.

*　　　*　　　*

잠시 후.

동굴 앞에는 능운백과 괴완동, 혼원독의만 남았다. 다른 이들은 모두 언덕 너머로 거리를 두고 떨어졌다.

"주, 주군, 아무리 생각해도…… 이건 아닌 것 같습니다!"

혼원독의가 흉악한 얼굴을 구기며 난색을 표했다.

팍!

능운백이 머리를 후려갈겼다.

"닥쳐! 안 되면 마는 거지! 왜 걱정부터 하는 거냐?"

"그, 그렇습니다만……."

"됐고. 숙부님들께 드린 해약제는 확실하겠지?"

"물론입니다!"

팍!

이번엔 능운백의 머리가 강타당했다.

괴완동이었다.

"왜 때려요!"

"멍청아, 정말로 이게 될 거라고 생각하는 거냐!"

괴완동은 한심하다는 얼굴이었다.

"아까는 기막힌 생각이라면서요!"

"멍청아, 재밌겠다고 했지."

"그게 그거죠."

"생각해 봐라. 삼라만상의 법칙이 있고 천지간엔 음양의
조화가 있거늘 통할 듯싶으냐! 그냥 해 보는 거지. 기대 같은
건 하지 마라. 솔직히 통하게 된다면 그게 더 짜증 나고 끔찍
한 일이야. 목령과 고루를 생각하면 벌써부터 눈이 썩을 것
같단 말이다. 저기 저것들이 그 짓을…… 어휴……."

괴완동이 머리를 절레절레 저었다.

저기 저것들이란 탈혼천랑대 십팔인이었다. 그들은 혈도가
제압당한 채로 동굴 안에 둘씩 짝지어 마주 보며 눕혀졌다.
총 아홉 쌍이 목령선자와 고루법왕이 그랬던 것처럼 뜨거운
사랑의 결실을 맺기 위해 대기하고 있는 것이다.

이걸 기막힌 생각이라고 능운백이 밀어붙이고 괴완동이 재
밌겠다며 해 보자고 한 건데 괴완동은 하기도 전에 후회하고
있었다.

"건달 두목까지 겸하시는 분께서 의외로 비위가 약하시네
요."

괴완동이 버럭 했다.

"재밌는 거하고 추잡한 것이 같냐! 넌 미친놈이라 아무 생각이 없는 거잖아!"

능운백이 낄낄거렸다.

"숙부님도 될 거란 걸 아시니까 이러는 거잖아요. 남자는 양이고 여자는 음이지만 사실 근원적으로 보자면 사람은 각기 음양을 지니고 있다는 걸."

"쩝……."

괴완동이 할 말이 궁해져 입만 다셨다.

안 될 것이 걱정이 아니라 될 것 같아서 여간 찜찜한 것이 아니라는 표정이었다.

능운백이 옆을 쳐다보며 말했다.

"너희 두 놈은 똑똑히 봐 둬라. 무슨 말이라도 하고 싶어 안달이 날 테니까."

두 놈, 미옥서생과 현월은 동굴 안을 들여다 볼 수 있도록 좋은 자리에 세워져 있는 상태였다.

지난 날 목령선자와 고루법왕에게 어떤 일이 일어났는지 알고 있는 두 사람은 이미 제정신이 아니었다.

"독의, 실행해!"

"네!"

혼원독의가 품에서 꺼낸 약병을 한 명 한 명 탈혼천랑대의 콧가에 들이대며 이동했다. 허공에 흩뿌리면 간단했지만 미욱서생과 현월에게 영향이 가지 않아야하는 것이다. 독의가 동굴을 나오고, 지켜보는 다섯 사람의 눈빛에는 각자 원하는 대로 기대와 호기심, 우려와 분노, 절망이 각기 드러났다.

"……."

"……."

반응은, 없었다.

찰나의 순간이 길게만 느껴지는 순간,

"내가 이럴 줄 알았어!"

무반응에 능운백이 독의를 향해 눈을 부라렸다.

"죄, 죄송합니다!"

"당연히 죄송해야지! 넌 도대체 할 줄 아는 게 뭐냐! 늘 한다는 말마다 이것은 못 한다, 저것은 어렵다, 이건 시간이 오래 걸린다, 그러면서도 밥은 꾸역꾸역 잘도 처먹지. 이 돼지새끼야!"

"하, 하지만……."

혼원독의는 울상을 지었다.

지금 지난 시간이라 봐야 천천히 숫자 열을 헤아릴 정도에 불과했는데 벌써부터 타박을 들으니 정녕 자신이 잘못했다고 생각했다. 미친 주인을 만난 것이 죄라면 죄인 것이다.

"운백아, 개소리로 멀쩡한 사람 잡지 말고 저길 봐라."

괴완동이 동굴을 가리켰다.

능운백과 혼원독의가 동굴 안을 보고 눈을 부릅떴다.

"헉!"

"이, 이런⋯⋯."

탈혼천랑대 한 쌍이 꿈틀한 것이다.

꿈틀에 불과했으나 이건 실로 대단한 것이었다. 탈혼천랑대는 모두 아혈까지 점혈된 터라 입술조차 움직일 수 없어야 하건만 움직인 것이다. 만약 혈이 풀린 상태라면 이미 발광했으리라. 움직임은 당장에 확산되었다.

아홉 쌍의 탈혼천랑대가 모두 꿈틀꿈틀거렸다.

"숙부님! 혈도를 풀어 봐요!"

"오냐!"

괴완동이 일순간에 탈혼천랑대 십팔인을 해혈했다.

순간 혼원독의가 휘청했다.

능운백과 괴완동은 입을 쩍 벌렸고, 미욱서생과 현월은 오직 자유로운 눈동자만 정신없이 흔들어 댔다.

아홉 쌍의 탈혼천랑대는 굶주린 이리떼처럼 기다렸다는 듯 마주 보고 있던 상대와 격렬하게 뒤엉킨 것이다. 입을 맞추고, 동시에 서로의 옷을 찢어발기고는 무섭게 그 짓을 하기 시작했다.

정녕 충격과 공포였다.

할 거라고 생각했지만 진짜 하는 걸 보는 건 별개였다.

능운백이 환호했다.

"한다, 해! 내가 이럴 줄 알았다니까! 독의, 난 네놈이 해낼 줄 알고 있었어! 이야, 기가 막히네."

하지만 능운백의 목소리엔 혼이 실려 있지 않았다. 그저 자신이 꺼낸 의견이라 기뻐하는 척이라도 해야 한다는 의무감 같은 느낌이 물씬 풍겼다.

급기야,

"우욱! 우웨엑!"

능운백이 구역질을 했다.

괴완동이 오만상을 찌푸렸다.

"아오, 내 살다 살다 시발, 진짜……."

그러다 결국,

"꾸에엑!"

토악질을 해 대기 시작했다.

정녕 동굴 안의 광경은 혐오 그 자체였다.

고루법왕과 목령선자의 경우도 눈 뜨고 못 볼 지경이었지만 그나마 두 사람은 남녀교합이란 측면에서 볼거리가 있었다면 지금 이 동굴 안 광경은 극단적인 혐오였다.

"우욱……."

"꾸에엑!"

능운백과 괴완동이 토악질을 이어 가는 중, 정작 천지개벽의 충격을 받은 건 미욱서생과 현월이었다.

마교 무력대 중 최고를 다투는 탈혼천랑대는 인간의 감정 자체가 말소된 이들이었다. 연민, 사랑, 자애, 욕망 등이 철저히 거세된 물체와 같은 존재들이건만 지금은 욕정에 잠식당해 발정하며 몸부림 치고 있는 것이다.

이 일이 어쩌면 자신들의 미래가 될지도 모르는지라 현월과 미욱서생은 뇌가 진탕되는 충격에 빠져들어 갔다.

"주군, 이제 멈추시는 게……."

혼원독의가 구역질을 참고 말했다.

이 미친 광경을 계속 보고 있을 이유는 없었다.

일이 잘된다는 가정하에 세워 둔 다음 계획을 실행해야 했다. 계획이라고 해 봐야 단순했다.

첫째, 발정 나게 한다.

둘째, 해약하여 정신을 차리게 해서 도리어 정신을 붕괴시킨다.

셋째, 붕괴된 정신 상태에서 자백을 받아낸다.

자백이 없다면, 한없이 반복한다는 것이 이 계획의 전부였다.

"당연하지. 숙부님, 다시 점혈하세요!"

능운백이 말했다. 해약을 하려면 저 몸부림을 일단 안정시켜야 하는 것이다. 괴완동이 대답했다.

"꾸에에엑!"

"아, 그만 좀 하고 빨리요!"

"그래…… 꾸에에에엑!"

천하의 괴완동이건만 얼마나 토악질을 해 댔는지 눈이 시뻘겋게 변해 있었다.

그때였다.

한 쌍의 탈혼천랑대가 들러붙은 채로 동굴 밖으로 맹렬히 뛰쳐나왔다.

능운백 쪽이었다.

"헉!"

능운백이 토악질하다 놀라 장력을 발출했다.

허둥댄 공격에 탈혼천랑대는 빗겨 맞은 채로 빠르게 사라졌다.

사태는 연이어졌다. 두 쌍의 탈혼천랑대가 토악질해 대고 있던 괴완동 쪽으로 돌파를 시도한 것이다.

"이놈들이!"

펑, 펑!

연달아 발출한 장력에 격중당한 두 쌍이 주춤했다. 하지만 죽일 생각으로 뻗어낸 장력이 아닌 몰아넣으려고 했던 것이 화를 불렀다. 탈혼천랑대가 통증 같은 건 모른다는 듯 이내 달려들었다. 토악질하기도 바쁜 괴완동이 뜻밖의 전개에 놀라 금나수로 제압하려다 몸이 맞닿게 되며 묻어서는 안 되는 이물질이 튀었다.

"으아아악! 뭘 묻히는 거냐! 시발 놈들아!"

펑! 펑! 펑!

연달아 강대한 장력으로 머리를 내갈겼다. 네 명, 즉 두 쌍의 탈혼천랑대의 머리가 바스러지고 뇌수가 쏟아져 내렸다.

괴완동은 완전히 이성을 잃고 장력을 퍼부었다.

능운백이 소리쳤다.

"숙부님! 그만 좀 해요! 다 도망쳤잖아요!"

이미 피범벅이 되어 죽은 지 오래건만 괴완동은 이성을 잃고 미칠 듯 시체를 향해 장력을 퍼붓고 있었던 것이다.

"헉!"

괴완동이 그제야 사태를 깨달았다. 그 사이 탈혼천랑대 여섯 쌍이 무더기로 튀어나온 탓에 능운백은 감당치 못했고, 알몸인 상태로 들러붙어서 각기 사방으로 흩어져 사라진 것이다.

"염병할, 꾸에엑!"

괴완동이 욕과 구역질을 해 대며 신형을 날리는 중에 전음을 발했다.

『운백, 넌 남아라. 자하와 가겠다.』

자하진인은 어느새 허공을 가르고 있었다.

"총 일곱 쌍이에요! 반드시 다 죽여야 해요!"

이 소란에 남은 일행이 우르르 다가왔다.

아무도 묻지 않았다.

능운백이 반쯤 넋이 나가 있는 데다 동굴 안의 모습이 상황을 설명해 주고 있었다. 형체를 알아보기 힘들 정도로 피범벅이 된 네 구의 시체를 보는 것으로 설명은 충분했다. 괜찮냐 어쩌냐 말하기도 민망할 지경이었다.

그때 한 소리가 멀리서 희미하게 들려왔다.

"능운백 님! 감사합니다! 감사합니다!"

"검절의 제자이신 능운백 님~"

능운백의 얼굴이 삽시간에 썩어 들어갔다.

"이놈들…… 다 듣고 있었던 거냐."

찔러도 피 한 방울 안 나올 것 같던 인간미 전무의 탈혼천랑대가 감사하고 있었다. 그것도 친절하게 사부님까지 들먹이면서 자신의 명성을 드높여 주고 있는 것이다.

"망했네……."

수확은 전무하고 빚더미만 떠안은 셈. 만약 모두 처리하지 못한다면 어떤 일이 벌어질지 상상조차 할 수 없었다.

극락마군을 보며 말했다.

"마군, 등헌 이리 주고 가서 놈들을 죽이고 와."

극락마군에게 이곳을 맡기고 자신이 갈 수도 있지만 혹시 뭔 일이 나면 도망치고 볼 것 같아 맡길 수가 없었다.

극락마군은 등헌을 꼬옥 껴안았다.

능운백이 울화통을 터뜨렸다.

"등헌만 챙길 생각이면 당장 꺼져 버려!"

그제야 극락마군이 등헌을 넘기고 신형을 날렸다.

능운백이 갑갑해서 한숨을 푹푹 내쉬었다.

적발노괴가 입을 열었다.

"주군, 아직 두 사람이 남아 있습니다."

"응?"

적발노괴가 미욱서생과 현월을 가리켰다.

"또 하자고?"

이제 능운백이 울상이 되었다. 그러나 정작 공포에 질린 건 미욱서생과 현월이었다. 우려했던 것보다 참상은 훨씬 더 끔찍했고, 드디어 자신들의 차례가 돌아오고 만 것이다. 그나마 능운백이 난색을 표한 것이 위로가 되었다.

"이왕 벌어진 일, 끝을 보셔야 하지 않겠는지요?"

"그만하자. 그만해."

"주군의 뜻에 따르겠습니다."

적발노괴가 순순히 물러나자 미욱서생과 현월이 내심 안도의 한숨을 내쉬었다.

죽는 게 낫다. 그게 아니라도 차라리 썰리는 게 편했다.

"그래도 한 번 해 볼까?"

능운백이 마음을 돌렸다.

쿵!

미욱서생과 현월의 심장은 내려앉았다.

"그러시죠."

적발노괴가 끄덕.

"그래, 이왕 버린 눈인데, 뭐."

동굴 안.

아까의 광경이 재현되었다.

다른 점이라면 피범벅인 바닥 위에 마주 보는 이는 단 두 사람뿐이라는 것 정도.

미욱서생과 현월은 모로 눕혀지며 이제껏 한 번도 해 본 적 없는 '격렬하게 눈동자 흔들기'를 시전했다.

혼원독의가 두 사람 앞에 쭈그려 앉았다.

"누구 탓 마라. 다 네놈들 잘못이니까! 애초에 사람을 잘못 건드렸어. 원래 주군이 뭘 하든 다 엉망진창이 되고 말거든. 마음 편히 갖고 주군께 감사할 준비나 해라!"

혼원독의가 담담히 말하고 춘약을 흡입시켰다.

미욱서생과 현월은 울컥 눈물이 터질 뻔했다.

서러운 감정이란 건 잊은 지 오래라고 생각했는데 아니었다. 화가 나야 하는데 왜 서러운지는 설명할 수 없었다. 하지만 티끌 같은 존재가 된 것 같고 세상에 오직 혼자인 것 같은 생각이 들며 감정이 복받치는 걸 막을 길이 없었다.

앞으로 벌어질 일이 눈에 훤했다.

먼저 이성을 잃을 것이다.

격렬하게 하게 된다.

뛰쳐나가지는 못하리라. 능운백이 바보가 아닌 이상 똑같은 실수를 되풀이 할 리 만무했다.

혈도는 하반신만 풀 것이다.

그 다음엔 다시 점혈하고 해독.

그리고 다시 아혈만 풀어 주고 자백을 요구할 터.

그때 자백하지 않는다면 몇 번이고 반복할 것이다.

그래도 희망은 있다. 죽을 수 있는 기회가 있다.

아혈이 풀려 입을 놀릴 수 있게 되면 그때 혀를 깨물고 죽어야 한다.

실패하면 끝이었다. 단번에 죽어야 했다.

혀를 깨물면 지혈을 시도할 것이니 출혈로 죽는 건 무리. 남겨진 혀를 기도 안쪽으로 말려들게 해 순식간에 틀어막으면 된다. 그 죽음만이 희망이었다.

"독의, 다 했으면 어서 나와!"

능운백이 말했다.

현월과 미욱서생은 머릿속으로 다시금 어떻게 죽어야 할 것인지를 되새김질하다, 급작스럽게 발작했다.

꿈틀꿈틀.

"주군, 혈도를 풀까요?"

"또 도망치면 어쩌지? 흐음, 하반신 쪽만 해혈하자."

"네!"

해혈되자 미욱서생과 현월은 자석마냥 달라붙어 하기 시작했다. 그 짓을 하기엔 허리 아래쪽이면 충분했고, 또 꽤나 격렬했다.

"하여튼 추잡한 새끼들……."

하게 만들어 놓고 능운백이 인상을 찡그렸다.

"아니, 우리가 이걸 보고 있어야 할 이유가 없잖아. 숙부님들이 오시기 전까지 동굴을 막아야겠다. 소하, 쌍창, 바위를 굴려서 막아!"

"네!"

적발노괴와 소요쌍창이 위로 올라가 바위를 밀어 굴렸다.

쿵!

동굴이 말끔하게 막혔다.

바위의 크기는 원래 그 자리에 있었던 듯 딱 적당했던 것이다. 그래도 마찰음과 소리가 새어 나오긴 했지만 아주 들어 주지 못할 정도는 아니었다.

그로부터 일다경이 지났을까, 극락마군이 돌아왔다.

능운백이 서둘러 물었다.

"어떻게 됐어?"

"……."

"뭐야, 이 반응은? 아무도 처리 못 한 거야?"

"그렇게…… 됐다."

극락마군은 등헌이 무사한지 살피느라 힐끔거렸다.

능운백이 폭발한 건 당연했다.

"도대체 어쩌자는 거야! 가긴 간 거야! 근처에서 시간 보내다 온 것 아니냐고!"

이내 등헌을 바닥에 내동댕이쳤다. 극락마군이 놀라 얼른 등헌을 안아 들고 죽일 듯이 능운백을 노려봤다.

"주군에게 무슨 짓이냐!"

"닥쳐! 꼴도 보기 싫으니까!"

적발노괴와 독의며 선의 등은 차가운 시선으로 극락마군을 바라봤다. 모두들 어느 정도 능운백에게 전염된 것도 있지만 극락마군의 행태는 지나친 감이 있는 것이다. 오직 삼괴만이 개친구 안 다쳤냐면서 능운백을 타박했을 뿐이었다.

그로부터 반 시진이 지나 괴완동과 자하진인이 차례로 돌아왔다.

"다 처리하셨어요?"

하지만 두 사람의 얼굴은 완전히 썩어 있었다.

"나쁜 소식이 있고, 더 나쁜 소식도 있다."

괴완동이 오만상을 쓰며 말했다.

능운백의 얼굴도 썩었다.

"나쁜 소식은 뭔데요?"

"두 쌍밖에 처리를 못 했다."

"엑! 열 놈이나 남은 거예요?"

"욘석아, 말도 못 하게 빨라. 본신의 진원진기까지 뽑아 쓰는 모양이더라. 제정신이 아니니까."

"근데 더 나쁜 소식이 또 남아 있다고요?"

"그래, 끔찍하지. 마교 대공자 놈이 있는 곳을 알아냈다. 그놈은 동해삼선의 유적지를 찾았고, 거기에 있는 거다."

"아주 심하게 나쁜 소식은 아닌데요? 놈이 선점했다 해도 우린 장소를 알아낸 거잖아요?"

"멍청아, 그걸 누가 말해 줬겠냐? 탈혼천랑대 놈들이 그 짓을 해 대면서 네놈에게 감사도 하고 동해삼선의 이야기를 떠들고 다닌단 말이다. 그게 무슨 뜻인지 모르겠냐! 꾸에엑!"

다시 상상해 버린 괴완동이 토악질을 해댔다.

능운백은 휘청.

일행 중 말귀를 알아듣는 이들은 모조리 심각해졌다.

탈주한 다섯 쌍의 탈혼천랑대!

천하십대고수조차 따라잡기 힘든데,

그런 그들이 이제 온 천하를 떠돌며 동해삼선의 위치를 말하고 다니는 것이다. 감사도 하면서!

천하인들이 모여드는 것은 시간문제였다.

＊　　　＊　　　＊

이튿날. 마을 아이들이 산을 찾았다.

여느 때처럼 바위를 옮기기 위해 몰려온 아이들의 눈이 휘둥그레졌다.

"동굴이 막혔잖아."

"네가 그랬냐?"

"하하, 무슨 소리야."

"어쨌든 잘된 일이네."

아이들은 신기해하며 동굴을 막은 바위를 만져 댔다.

"잠깐만."

"왜?"

"안에서 무슨 소리가 나는 것 같아."

"어? 정말이네."

아이들이 바위에 귀를 가져다댔다.

"떡방아 소리야."

"아니, 바닥을 쓰는 소리 같은걸?"

"누가 여기에서 떡을 쳐. 숨어서 떡을 만드는 사람이 어딨 겠냐, 짐승 소리겠지."

"불쌍하다. 꺼내 주자."

"뭐가 불쌍해. 호랑이라면 어쩔 건데?"

"그럼 안 되지."

"어쨌든 이제 안심이네."

"바보 할아버지에게 알려 주러 가자."

"하하, 그럴까?"

우르르, 아이들이 동굴을 떠났고, 괴음은 끊이지 않고 이 어졌다.

제6장
선택

　산 전체가 어둠에 잠식당하고 용해봉은 고요했다.

　산짐승들이 깊은 잠에 빠지고 용해봉을 끼고 도는 골짜기의 물소리만이 간혹 울리는 늑대 울음소리와 어울렸다.

　하지만 이 고요한 밤, 대공자 등평은 분주했다.

　그는 손을 깍지 끼었다가 풀어 주무르기를 반복했다.

　이어 턱과 코를 만져 댔다.

　동공은 한 곳에 집중하지 못하고 현란하기 이를 데 없이 불안정하게 흔들렸다.

　식탁 위 떡을 다섯 개나 집어 들고는 그대로 입 안에 욱여넣었다.

"미욱은, 미욱은 왜 아직도 소식이 없는 것이냐!"

다 삼키지도 않고 소리쳤다.

그럼에도 말은 빨랐고, 목소리에는 조급함과 짜증이 묻어났다.

앞에 선 환환마군이 공손히 답했다.

"주군, 이제 곧 돌아올 때가 되었으니 편히 잠을 청하십시오."

등평이 광기로 물든 눈동자를 번들거리며 외쳤다.

"곧! 곧! 곧! 네놈이 할 수 있는 말이라곤 그것밖에 없단 말이냐!"

삿대질하며 고함치자, 떡 파편이 침과 함께 튀었다.

"죄송합니다."

"꺼져라!"

"물러가겠습니다."

"잠깐."

환환마군이 나가려는 걸 불러 세웠다.

"귀곡자를 불러오라!"

"존명!"

귀곡자를 기다리는 동안 등평은 이리저리 왔다 갔다 하며 한시도 가만있지 못했다.

잠시 후 귀곡자가 들어서자마자 등평은 득달같이 달려들어 목을 움켜쥐었다.

"크윽!"

귀곡자의 얼굴이 삽시간에 벌겋게 달아오르고 눈이 튀어나올 것처럼 변했다.

"왜 이렇게 늦은 거냐! 무엇을 하고 있었던 거지?"

"소, 소인은……."

"사실대로 말해라. 네놈이 숨기고 있다는 것을 알고 있다. 난 알 수 있다. 알 수 있어. 네놈은 이곳을 최초로 발견한 놈이 아니더냐!"

"대, 대공자……."

"감추고 있는 것을 말해라! 네놈이 동해삼선에 닿는 건 용납할 수 없다!"

"대, 대공자…… 저는……."

귀곡자의 동공은 공포로 물들었다.

"흐흐흐……."

등평이 한쪽 입꼬리를 올리며 고개를 저었다.

"그래, 너는 모르지. 모를 거다. 만약 네놈이 알아냈다면 네놈이 이미 차지했겠지. 하하하, 이거 미안하게 됐구나."

"그, 그렇습니다."

등평이 목을 놓았다.

그러나 그것도 잠시였다.

등평이 귀곡자의 머리채를 뽑아 버릴 듯 잡아채고는 옆으로 젖혔다.

귀곡자는 눈을 위로 치켜뜬 상태가 되어 흰자위가 흉하게 드러났다.

"아니, 아니지. 네놈이 아직 밝혀내지 못했다면 그야말로 네놈이 쓸모없다는 뜻이니 더 이상 살아 있을 이유가 없다. 어떠냐?"

"……!"

"아니지, 아니야, 아직 죽이긴 이르지. 그래, 그게 좋겠군. 지금부터 너는 석실에 다가가지 마라."

"절, 절대로…… 가지 않겠습니다."

"그래야 한다. 징표는 능운백이 가져올 터. 미욱과 현월이 능운백을 데리고 올 것이고, 동해삼선의 절학은 나의 것이 된다. 내 것이 되어야 한다. 아, 그렇군. 이런이런 놓칠 뻔했구나. 미욱과 현월은 죽여야겠어. 즉시 죽이는 게 좋겠어. 그렇지 않느냐?"

"그, 그렇습니다."

"아냐, 뭔가 허전해. 마음이 놓이지 않아. 오호, 그렇군. 비밀을 아는 건 이 세상에 오직 본좌뿐이어야 하거늘 네놈이 알고 있구나. 역시 네놈을 죽여야겠다. 맞아, 그게 최선이지!"

등평이 우수를 들어 올렸다.

"사, 살려 주십시오."

귀곡자는 팔을 들어 얼굴을 가렸다.

등평이 이내 고개를 저었다.

"역시 죽이는 건 아직 빨라. 만약, 만약에 능운백에게 징표가 없다면, 그럴 리 없지만, 그래선 안 되지만 그럴 수도 있는 거니까, 능운백 그놈도 믿을 수 없으니까 네놈은 살려 둬야겠군."

"옳으신…… 말씀이십니다."

"네놈은 입을 닥치고 있을 수 있겠지?"

"물, 물론입니다. 민, 믿어 주십시오. 그, 그보다 지금 석실로 가 보시는 게…… 어떠신지요?"

그 말에 등평이 입을 쩍 벌렸다.

그 표정에는 왜 여태 그 생각을 못 했는지, 왜 그토록 중요한 걸 잊었는지 싶은 황망함이 고스란히 묻어났다.

"이럴 때가 아니지!"

이내 등평이 귀곡자를 내팽개치고 막사를 빠져나갔다.

덩그러니 버려진 귀곡자가 몸을 가다듬고 일어섰다.

놀랍게도 방금 전 공포에 젖은 모습이 온데간데없이 사라져 있었다. 눈빛은 차분히 가라앉아 심연처럼 깊었다.

가볍게 혀를 찼다.

"쯧쯧쯧…… 제정신이 아니로군. 하마터면 죽일 뻔했구나."

고개를 저으며 나직이 중얼거렸다.

"정녕 나는 옳은 선택을 한 것일까? 지금이라도 놈을 정리하는 것이 맞는 건 아닌지…… 아니, 아니다. 기다려 보자. 능운백이 가져올 결과물까지만…… 그때까지만 기다려 보자."

*　　　*　　　*

한편 등평은 눈동자를 붉게 물들인 채로 정신없이 동굴로 진입했다.

빛 한 점 없이 끝없이 이어질 듯한 꼬불꼬불한 동굴을 직선으로 달리듯 미친 듯이 내달려 석실에 이르렀다.

여기저기 훼손된 석실에 이르러 좌측 벽면에 새겨진 글귀를 읽어 나갔다.

그러면서 등평은 안정을 찾았다.

동시에 미간을 찡그리고 머리를 부여잡았다.

방금 전까지 자신이 어떤 행동을 했는지 떠올랐다.

후회가 밀려들었다.

"젠장……."

어느 날부터인지 시작되었다.

하루가 다르게 미쳐 간다.

잠들 수 없다.

가만히 앉아 있을 수도 없다.

한 가지 생각에 집중할 수도 없다. 이 생각을 떠올리면 어느새 다른 생각이 파고들어 심장이 발작하듯 띈다.

모두가 배신할 것만 같고, 매 순간 의심이 몰려온다.

웃고 있는 모습을 보면 흉계를 꾸미고 있는 것처럼 보였
다. 오직 안정을 찾을 수 있는 건 석실 안에 있을 때뿐이었
다.

등평은 고개를 가로젓고 석실에 남겨진 글귀를 읽어 나갔
다.

동해삼선의 공동전인이 남긴 글.

수백 번도 넘게 이곳에 왔기에 이미 어떤 글자가 새겨져 있
는지 잘 알고 있었다.

심지어 어떤 각도로 획이 그어져 있는지까지 머릿속에 각
인된 상태였다. 그래도 또 미련이 남아 읽고 또 읽는 것이 이
제 습관이 되었다.

이어 등평이 석실의 정면 벽 앞에 섰다.

기를 끌어올렸다.

파아앙!

주변 공간이 기파에 의해 요동쳤다.

등평의 돼지 같은 몸뚱이는 미청년의 모습으로 홀연히 변
모했다.

손을 뻗어 다섯 곳의 방위를 점했다.

정확한 위치에 순서를 맞추어야 하는 것이 핵심이었다. 이
비밀을 알고 있는 것은 온 천하에 두 사람, 자신과 귀곡자뿐
이었다.

등평이 그대로인 벽을 향해 걸음을 옮겼다.

스으윽.

아무것도 없는 것처럼, 환상처럼 벽을 지나 안쪽으로 사라졌다.

관통해 넘어간 곳은 또 다른 석실이었다.

석실의 규모는 거의 백여 평 정도.

천장과 벽면마다 수많은 야명주가 박혀 있어 대낮처럼 밝았다. 그 야명주들 사이사이로는 여러 무늬들이 장식되어 있었다. 사방을 둘러보며 등평은 언제나처럼 황홀경에 빠졌다. 이 빛 안에서는 마치 동해삼선의 절학을 이어받은 것 같은 착각에 빠지게 된다.

한순간 등평의 눈높이로 홀연히 황금빛 점이 나타났다.

사아아아악—

미풍이 나뭇잎을 쓸고 가는 소리와 함께 황금빛이 모래처럼 번지며 글귀로 변했다.

— 연자여, 반갑도다. 부디 그대와 만날 수 있기를 바라노라. 마의 징표를 제시하라. 거짓된 징표로는 살아남을 수 없음을 명심하라.

잠시 후 글귀가 흩어졌다.

그리고 이내 황금 쟁반 형태로 변했다.

징표를 그 위에 올려놓으라는 뜻으로밖에 해석되지 않는

다.

등평은 그저 물끄러미 바라보기만 했다.

마의 징표…….

무엇을 뜻하는지, 무엇과 연관되어 있는지 짐작조차 할 수 없다.

교내에서 찾으려 들면 여러 귀보를 가져올 수는 있다. 하지만 그중 무엇이 맞는지는 확신할 수 없다. 또한 징표라고 해서 그것이 형상을 지닌 것인지, 추상적인 것인지도 가늠할 수 없다.

핵심에 닿기엔 단서가 전무한 셈.

그 기대를 충족코자 일말의 기대를 품고 있는 것이 능운백이었다.

사아아아악―

쟁반의 빛은 이내 흩어졌다.

새로운 글귀가 허공에 수놓아졌다.

― 연자여, 그대 앞에 세 개의 문이 있다.

사아아아악―

글자가 스러지고 글이 바뀌었다.

― 두 개의 문에서 그대를 기다리고 있는 건 죽음.

사아아아악—

— 인연의 문은 오직 한 곳. 그곳을 따라 그대는 연을 맺게 될 것이다. 누구에게나 기회는 주어지나 또한 누구에게나 단 한 차례의 기회가 있을 뿐이다.

등평의 눈동자가 이글거렸다.

우측의 문은 아니다.

이미 열린 바 있다.

동해삼선의 후인은 그 문을 택했고 실패했으며, 죽음에 이르는 상처를 입고 겨우 빠져나왔다.

남은 건 좌측 문과 중앙의 문.

둘 중의 하나.

생각하기에 따라 이보다 간단한 건 없었다.

수백, 수천 개의 문 중에서 하나를 여는 것이 아니다. 그저 두 개의 문 중에 하나를 선택하면 되는 것이다.

하지만 목숨을 걸어야 한다면 사정은 달라진다.

지금의 삶으로도 충분히 의미 있는 자는 망설이게 된다. 지닌 것이 크고 많을수록 그 전부를 잃게 된다는 두려움이 커진다.

만약 내일을 장담하기 힘든 시한부 인생이라면, 오늘도 내

일도 똑같이 좌절뿐인 삶을 살아가는 이라면, 생을 걸어 볼 만하다.

하지만 등평은 가진 것이 너무 많았다. 가만히 있어도 앞으로 그저 얻어지는 것들이 태산과도 같다.

등평이 중앙의 문을 향해 서서히 손을 뻗었다.

문에 손이 닿았다.

황금빛이 천천히 손가락을 타고 물들어 갔다.

스윽.

등평은 황급히 손을 거뒀다.

황금빛이 떨어져 나가고 빛은 모래알처럼 흩어지며 황금 문으로 달라붙었다.

등평이 얼굴을 일그러뜨리며 고개를 저었다.

"아직이다. 기다려야 해. 모든 가능성이 무산되었을 때라도 늦지 않다."

등평은 축 처진 어깨로 들어왔던 벽을 지나 훼손된 석실로 돌아갔다. 질질 발을 끌다시피 하며 빙 둘러보다 석벽의 글귀를 매만졌다.

마지막으로 그대를 위해…… 남겨 두노라.

등평의 눈빛이 저절로 원망스럽게 변했다.

"도대체…… 무엇을 남겨 두었단 말이냐?"

동해삼선의 공동전인은 선택의 순간을 맞이했기에 방책을 마련해 두었던 것이다. 하지만 남겨진 글귀 외에는 모든 것이 훼손된 뒤였다.

"왜 남겨 두고 훼손한 것인가!"

그는 모든 것이 원망스러웠을까?

스스로가 용서가 안 된 것일까?

아니면 삶의 마지막에 정신이 분열된 것일지도 모른다.

하지만 그 어떤 답이라도 의미가 없다.

손을 뻗어도 움켜쥐지 못한 현실이 이어질 뿐이다.

"괜찮다. 결국 내 차지가 될 것이니 괜찮다. 나는 기다릴 것이고 징표를 찾을 것이다. 능운백을 기다려 징표를 찾을 것이다. 만약, 만약 능운백이 찾아내지 못했다면 그놈의 몸을 산산조각 내야겠지."

등평의 눈동자가 불안하게 흔들렸다. 살심이 떠오르자 두 눈에 혈광이 피어났다.

"미옥과 현월도 죽여야 한다. 동행한 탈혼천랑대까지 전부 죽인다!"

살심이 극에 이르자 불안이 스멀거리며 차올랐다.

"잠깐, 환환마군 이놈이……."

환환마군은 지금 무엇을 하고 있을까?

"설마……."

무엇을 하고 있는지 알 것 같다. 아니, 확신이 들었다. 마치 눈앞에서 보듯 지금 환환마군의 모습이 떠올랐다.

환환마군은 귀곡자를 몰아붙이고 있다.

공포에 질린 귀곡자의 눈동자에 비수를 들이밀면서 어서 말하라고, 말하지 않으면 눈알을 파내겠다고 겁을 주고 있다.

귀곡자는 결국 실토하고 말았다.

환환마군이 득의에 찬 미소를 짓는다.

'돼지새끼에게 양보할 순 없지.'

'그, 그렇습니다.'

끄덕이는 귀곡자.

등평이 격하게 머리를 흔들었다.

"아니, 그럴 리 없다!"

하지만 그것도 잠시, 이번에는 탈혼천랑대의 모습이 뇌리를 파고들었다.

'대공자, 너는 끝이다!'

'동해삼선의 절학을 얻는다면 천하를 얻거늘 왜 우리가 네 놈을 따라야 하지?'

'대공자 그대는 잃을 것이 많겠으나 우린 다르다. 어차피 사람답게 살아 본 적이 없고, 앞으로도 없을 우리가 아니더냐?'

'후후후, 한 사람 한 사람 들어가 문을 열 것이다. 실패한다면? 하하하, 어쩔 수 없는 것 아니냐?'

제아무리 인간의 감정이 말살된 탈혼천랑대라지만 온 천하를 거머쥘 힘 앞에서는 욕망이 싹틀 수밖에 없을 것이다.

마교는 강해져야만 살아남을 수 있다.

또한 강한 자가 지배자가 된다.

등평이 주먹을 움켜쥐고 부들거렸다.

"그렇다면, 죽여 주마!"

등평은 허겁지겁 동굴을 빠져나갔다. 한시가 급했다. 불안에 이성이 잠식당해 신형도 틀어져 동굴 벽에 부딪칠 지경이었다.

밖에 있으면 안이 불안하다.

안에 있으면 바깥이 불안하다.

누구도 반역할 수 있다는 망상에 등평의 눈은 돌아간 지 오래였다.

"환환마군! 그래, 이놈을 먼저 찾아야 한다! 만약 귀곡자와 함께 있다면 네놈을 찢어 죽이리라! 그 다음엔 탈혼천랑대, 먼저는 환환마군!"

그렇게 등평이 막 동굴을 빠져나온 순간이었다.

"헉!"

등평이 경악성을 터뜨리며 뒤로 물러섰다.

아니나 다를까 환환마군이 동굴 입구에 서 있었다.

"네놈이 기어코!"

등평이 분노에 차 장력을 발출하려 하자, 환환마군이 그에 맞춰 움직였다.

머리를 조아리며 말했다.

"주군, 교주께서 오시는 중입니다."

"……?"

등평의 몸이 흔들렸다.

장력을 급히 거둬들인 것까지 겹쳐 어떤 급습보다도 더 큰 충격을 받은 모습이었다.

"방, 방금 무슨 말을 한 거냐?"

"파수대가 알려 왔습니다. 잠시 후면 교주님께서 도착하실 것입니다."

"어, 어떻게……."

감시의 눈길이 따라붙은 것을 알아챈 후 셋을 제거한 터였다.

"감시자 중 놓친 자가 있었던 것 같습니다."

"동행한 이들은?"

"파악된 바로는 감시자와 네 명의 장로입니다."

"불행 중 다행이로군."

'불행 중 다행?'

환환마군이 당혹스러운 얼굴로 바라봤다.

"주군?"

불안이 급습했다.

욕망에 사로잡힌 주군은 친부에게조차 동해삼선의 절학을

빼앗기지 않으려 하는 것이다.

반역!

감시자를 처리한 것과는 무게가 다르다.

"너는 어느 쪽이냐?"

등평이 형형히 안광을 빛냈다. 짙은 욕망과 살기가 맹렬히 뿜어져 나왔다.

대답에 따라 삶과 죽음이 엇갈릴 상황.

환환마군이 즉시 엎드렸다.

"설령 죽음이 온다 해도 소인은 주군을 따를 것입니다."

"옳은 선택이다."

등평이 사이한 미소를 머금고 말을 이었다.

"너는 즉시 귀곡자와 공천상, 탈혼천랑대를 불러 모아라."

"주군, 어떤 결정을 내리셔도 소인은 따를 것입니다. 그 전에 드릴 말씀이 있습니다. 혹여 원치 않으시면 지금 당장 제 목숨을 거두셔도 좋습니다."

쿵쿵!

환환마군이 이마를 땅이 울리도록 찧어 댔다.

"말하라."

"교주께서 말씀하신 후계의 조건은 주군께서 이미 이루셨습니다. 그렇기에 만약 교주께서 동해삼선의 절학을 취하신다고 해도 그 절학을 이어받으실 분은 오직 주군이십니다. 지존좌에 오르심과 동시에 동해삼선의 절학을 얻음은 단지 시간의 문제일 뿐입니다. 어느 밤은 영원할 것처럼 길어 보여도 결국엔 아침을 맞이하게 됩니다."

"네 말이 옳다. 삼라만상의 이치가 그러하지. 하지만 사람은 다르다."

환환마군이 올려다봤다.

등평의 눈이 활활 타올랐다.

"언제 어떻게 변할지 한 치 앞을 알 수 없다. 무엇보다 너는 중요한 걸 잊고 있다. 아버지가 마음에 담아 두는 존재는 등헌. 아버지가 동해삼선의 절학을 취한다면 그 뒤는 예측할 수 없다."

환환마군이 땅에 닿을 정도로 엎드렸다.

"주군을 따르겠습니다."

*　　　*　　　*

대공자 등평의 막사 쪽으로 여섯 그림자가 빠르게 다가왔다.

도달한 순간,

"찾아라!"

낮은 외침에 다섯 개의 그림자가 사방으로 흩어졌다.

사사삿.

구름이 흐르며 달빛이 드러났다.

홀로 남은 그림자의 모습이 달빛 아래 선명해졌다.

백발의 노인이었다.

신색이 차분하고 주변을 바라보는 모습은 마치 오래전부터 이곳에 머물러 있었던 사람처럼 자연스럽기 그지없었다. 불어오는 밤바람에 노인의 왼쪽 빈 소맷자락이 제멋대로 움직였다.

잠시 후 속속들이 다섯 그림자가 모여들어 부복했다.

"아룁니다. 대공자는 이미 모습을 감춘 듯합니다."

백발의 노인, 현 마교 교주 철혈마종이 지그시 눈을 감았다.

"곤란하게 되었구나."

그의 목소리는 마치 남의 일을 말하는 듯했다.

하지만 그의 표정엔 방금 전까지는 보이지 않던 씁쓸함이 떠올랐다.

"대공자는 반드시 이곳으로 돌아올 수밖에 없으니 멀리 가지는 않았을 것입니다."

장로 청암마군이 말했다.

그 곁의 적성자가 이견을 냈다.

"외람된 말씀이오나 대공자가 다시 올 때는 더 이상 대화를 하려는 것은 아닐 것입니다. 현재 대공자 산하에는 탈혼천랑대와 환환마군, 공천상이 있으며 자리를 비운 미욱서생과 현월이 절반의 탈혼천랑대와 돌아온다면 양패구상하게 될 것입니다."

"흐음……."

장로들이 침음성을 흘렸다.

받아들이고 싶지 않지만 현실이었다. 감시자들이 척살당한 소식을 접하면서 대공자의 반발은 어느 정도 예상된 바였다. 하지만 그것은 어디까지나 다소의 반발이지 반역에 이를 것이라고는 짐작조차 못한 일이었다.

강호의 시선을 피하고, 최대한 빠른 시일 내에 당도하고자 최소한의 인원으로 온 것이건만 앞날을 예측할 수 없게 되고만 것이다. 이제 와서 본산에 연락을 취하는 건 무리였다.

철혈마종이 멀리 밤하늘을 향해 시선을 던졌다.

"그래, 멀리 가지는 않았을 것이다. 무슨 수를 써서라도 찾아라. 동해삼선의 절학을 잇는 것은 등평이 될 것이다. 그렇게 전하라."

"존명!"

제7장
요동치는 강호

대낮에 오침을 청하고 있던 중문촌 촌장은 화들짝 놀라
깨어났다.

"뭐야, 뭐야!"

뭔가 엄청난 소리가 들렸는데 주위를 둘러보니 아무 일도
없었다. 그제야 꿈이었다는 생각에 실소를 머금었다.

"별 해괴한 꿈도 다 있네. 소리만 들리는 꿈이라니. 흐흐
흐……."

낮술이나 한잔할 생각으로 밖으로 나갈 때였다.

"감사합니다~"

"헉!"

촌장이 휘청였다. 집이 흔들릴 정도로 우렁찬 소리였다.

"꿈이 아니네?"

대체 얼마나 감사한 마음이 들면 이런 식으로 크게 소리를 지르는 것인지 감사의 깊이를 헤아리기 힘들었다. 아니, 그보다 이 정도로 소리를 낼 수 있는 자라면 일명 강호인임에 틀림없었다.

서둘러 뛰쳐나가 마을 중심에 이르자 이미 모여든 마을 사람들 태반이 둘러싸고 있었다.

촌장이 소리쳤다.

"누가 이렇게 감사하고 있는 것이여!"

촌장의 고함에 마을 사람들이 여길 보세요, 라는 듯 쫙 갈라졌다.

촌장이 입을 쩍 벌렸다.

하고 있었다.

대낮에 길거리에서 해서는 안 되는 짓을 하고 있었다.

그것도 건장한 근육질의 두 남자가 실오라기 한 올 걸치지 않고 하고 있는 것이다. 너무나 격렬하고 현란하며 열정적이기까지 해서 하마터면 이 자식들 대단하구나, 라고 감탄해 버릴 뻔했다.

그리고 왜인지, 꾸준히 감사하고 있다.

"이 두 놈, 뭐가 감사하다는 거냐!"

촌장의 말에 옆에 있던 장 씨가 답했다.

"배운 집 자식인가 보죠."

"뭔 소리야! 배운 놈들이 대낮에 이런다는 게 말이 돼!"

"헤헤, 그래도 이 녀석들 해코지는 않네요."

"웃음이 나오냐?"

탈혼천랑대의 격렬한 몸놀림을 보면서도 마을 사람들은 여유가 있었다. 이것도 능운백이 끼친 영향이라면 영향이었다. 놀란 경험이라면 나름 충분한 마을 사람들이었다. 한쪽에서는 건달패들도 삿대질을 하면서 이야기를 나누고 있었다.

"뭐라도 해야 하는 것 아니냐?"

호문천이 말하자, 거쾌가 째려봤다.

"돌았냐? 저 허리 놀림을 보고도 뭘 할 수 있다는 생각이 들어? 무림인이잖아, 그것도 대단한."

"그럼 이렇게 지켜만 보면서 구역질이나 해 댈래?"

"그건 아니지. 저기 대장간 아저씨!"

거쾌가 대장간을 새롭게 맡은 봉와객을 불렀다.

"뭐냐?"

"어떻게 좀 해 보세요. 정체를 숨기고 있는 무림인이잖습니까? 게다가 운백 형님이 마을 사람들한테 잘하라고 했다면서요."

봉와객이 눈알을 부라렸다.

"날 묻으려고 삽까지 들고 온 놈이 할 소리냐?"

능운백과 적발노괴가 다녀가고 반쯤 정신이 나가 있을 때 들이닥친 것은 거쾌와 그 부하들이었다.

옛 생각이 난다는 둥, 오랜만에 시체 치운다는 둥 살벌한 말을 해 대면서 삽을 들고 와서는 멀쩡히 살아 있는 봉와객을 보고는 깜짝 놀랐던 거쾌였다.

'왜 안 죽었지? 살아 있어?'

이게 거쾌가 황당해하며 꺼낸 말이었다.

"그때는 상황이 그랬잖습니까. 운백 형님이 죽일 듯 달려 갔었으니까요. 아, 그리고 솔직히 살았으면 된 거 아닙니까? 아저씨는 그래도 운이 좋은 거예요. 어지간하면 다 죽는단 말입니다."

"그건 됐고. 난 못 한다. 저놈들은 내 수준에서 감당할 수가 없어."

그때 점점 목소리가 커지던 촌장이 급기야 고래고래 소리치기 시작했다.

"뭐가 감사하다는 거냐! 우리는 아무것도 안 했는데! 우리 마을에서 왜 이래!"

"감사합니다. 감사합니다~"

"이놈들아 알았으니까 다른 데서 감사해!"

마을의 지도자, 촌장을 따라 마을 사람들이 삿대질을 하면서 욕을 퍼부었다. 하지 말란다고 안 할 탈혼천랑대가 아니었다. 어떤 상황에도 굴하지 않는다. 이 기쁨을 멈출 건 세상에 없는 것이다.

"감사합니다, 감사합니다~"

"능운백 님, 감사합니다~ 능운백 님~"

순간, 침묵이 사정없이 내려앉았다.

몇몇은 둔기로 얻어맞은 것처럼 몸의 중심을 잃고 휘청거렸다. 봉와객은 사방을 정신 사납게 둘러봤다.

마을 사람들에게, 능운백이 누구였더라? 어디에서 많이 들어본 이름인데? 따위는 있을 수 없었다. 능운백은 마을이 생긴 이래로 역대 최고 유명 인사였고 아직도 술안주 삼아, 혹은 아이가 말을 듣지 않을 때 호랑이 대신 등장하는 인물인 것이다.

촌장이 사방을 둘러보며 악을 썼다.

"능운백 이 미친놈아, 또 온 거냐! 도대체 무슨 짓을 하고 다니는 거냐! 너도 혹시 이러고 다니냐! 부하인 것 같은데 왜 우리 마을에서 이 짓거리를 하라고 한 거냐! 니놈이 양심이 있으면 공야를 생각해서라도 이러는 거 아니다!"

능운백은 모습을 보이지 않았다.

"안 온 거냐! 부하만 보낸 거야!"

몇 번 더 쌍욕을 퍼붓던 촌장이 '에이, 시발' 하면서 돌아섰다. 마을 사람들도 떨떠름한 얼굴로 각기 일터로, 집으로 돌아갔다. 남은 건 거쾌와 호문천 등 건달들과 봉와객뿐이었다.

그 광경에 봉와객이 얼떨떨한 표정으로 거쾌에게 물었다.

"다들 왜 돌아가는 거냐?"

"관심이 없어진 거죠."

거쾌가 어깨를 으쓱했다.

"왜?"

"운백 형님 이름이 나왔잖습니까?"

"그러니까 왜?"

"특별할 것 없다는 거죠."

"왜 특별하지 않은 거냐?"

봉와객은 당최 이해할 수 없었다.

거쾌와 호문천, 전빈이 답답해 미칠 것 같은 얼굴로 바라 봤다. 그러다 호문천이 입을 열었다.

"원래 이렇단 말입니다. 아직도 모르시겠어요? 그냥 운백 형님이 얽히면 이런 식이에요. 그래서 다들 그냥 그런가 보다 하는 거라구요!"

"그게 뭔 소리야?"

*　　　*　　　*

탈혼천랑대 한 쌍은 장강에 나타났다.

보고를 받은 장강수로채의 총채주 동정용왕은 눈살을 있 는 대로 찌푸렸다.

"말이 되는 소릴 해야 할 것 아니냐!"

"저 또한 눈으로 보고도 믿을 수 없었습니다."

"이 세상 천지에 목령선자와 고루법왕을 따라할 미친놈이 어디에 있다는 것이냐! 그런 미친 짓을 간단하게 할 수 있을 리 없잖아!"

"옳으신 말씀이십니다만……."

"만약 헛소리라면 네놈의 혀를 뽑아 버리겠다!"

동정용왕은 자리를 떨치고 일어섰다.

즉시 각 채주들과 수뇌부들을 동반하여 용왕선에 올랐다. 쾌속선 다섯 척이 용왕선을 호위하며 따랐다.

잠시 후, 동정용왕은 목격했다.

환상인 줄 알고 눈을 세 번 깜박거려 보았는데, 눈앞의 광경이 바뀌지 않았다. 현실이었다.

거대한 유람선은 이미 아비규환이었다.

두 놈이 찰싹 달라붙은 채로 유람선을 여기저기 옮겨 다니며 열심히도 해 대는 덕분에 돛대가 부서지고 갑판이 떨어져 나갔으며 수많은 손님들은 비명을 지르면서 살려 달라고 아우성 중이다.

"저, 저, 미친놈들이!"

동정용왕이 신형을 날렸다. 뒤따라 수십 명의 고수들이 유람선에 올라 탈혼천랑대를 향해 공격을 퍼부었다. 배에 머물고 있던 장강의 고수들은 탈혼천랑대가 회피할 만한 공간으로 미리 화살을 날려 댔다.

하지만 상대가 누구인가! 마교 정예 중의 정예 탈혼천랑대가 아닌가!

무수한 도검과 쏘아 대는 화살을 빗겨 내면서도 하던 일은 열심히 해 대고, 늘 그렇듯 감사하는 것도 잊지 않으면서 강대한 장력과 무지막지한 공격을 회피했다. 그럴수록 유람선은 다 부서져 가고 너덜거릴 지경으로 파손되어 갔다.

"뭐하는 놈들이기에 이렇게 강하냐!"

동정용왕이 울화통을 터뜨렸다.

진심 장강수로채의 전력을 기울이고 있는데도 고작 스치는 수준에 불과했던 것이다.

"총채주님, 배가 침몰합니다!"

수하가 외쳤다.

배는 좌현이 기울어지며 침몰 직전을 맞았다.

이쯤 되자 동정용왕도 더 이상 공격만 감행할 수 없었다. 손님들 중 일부는 물로 뛰어들었지만 아직 배 위에는 일반 손님들이 가득이었다.

"공격을 멈춰라! 사람들을 구한다! 야, 새끼야 저기 가라앉는 사람 안 구하고 뭐하냐! 으헉!"

동정용왕이 명을 내리다 말고 놀라 소리쳤다.

배가 흔들리면서 어린 아이 하나가 아버지의 손에서 떨어져 내렸다. 아이의 아버지는 죽을 것도 생각지 않고 아이를 잡으려고 뛰어내렸다. 부근에 있던 부채주 초수태공이 신형을 날려 아이와 아버지까지 끌어안고 쾌속선에 내려앉았다.

동정용왕이 소리쳤다.

"승선객들을 한 사람도 빠짐없이 용왕선으로 옮겨라! 시발!"

적당히 어지간히 해야지, 욕을 안 하려야 안 할 수가 없는 동정용왕이었다.

장강의 고수들은 아직도 열심히 해 대고 있는 탈혼천랑대를 방관하는 대신 일사불란하게 움직여 남녀노소를 끌어안고 용왕선으로 옮겼다. 승객 중 그 전에 물에 뛰어든 이들은 이미 구출 작업이 진행되고 있었다. 위엄 서린 용왕선은 가족을 찾는 목소리와 아이들의 우는 소리로 삽시간에 시장통을 방불케 했다. 유람선이 잠길 지경에 이르자 탈혼천랑대도 배를 떠나 물속으로 들어갔다.

쾌속선으로 옮겨 탄 동정용왕이 얼굴을 있는 대로 찡그렸다.

"징그런 놈들, 헤엄치면서도 하고 있네. 용왕선은 돌아가고, 다섯 척만 뒤쫓는다!"

동정용왕은 쾌속선으로 추격에 나섰다.

하면서 헤엄치는데도 탈혼천랑대는 이동 속도가 거의 생선이었다. 하지만 장강의 주인 된 장강수로채 쾌속선의 속도는 더욱 빨라 간격이 순식간에 좁혀졌다.

거의 따라잡을 정도에 이르자 동정용왕이 명했다.

"속도를 줄여라! 저놈들 죽이기도 힘들다!"

"네!"

공격을 퍼부었어도 피부조차 손상을 주지 못한 터라 동정용왕은 쫓아내기만 할 요량이었다. 어쩐지 계속 할 것 같다만 만약 하다 말고 반격이라도 하면 도리어 낭패를 볼 것만 같았기 때문이었다.

탈혼천랑대는 헤엄치며 능운백에게 끊임없이 감사했다.

동정용왕이 초수태공을 향해 말했다.

"혹시 지금 감사하다는 능운백이란 놈이 일전에 말한 그 놈 아니냐!"

"그래 보입니다. 고루법왕, 목령선자와 하는 짓이 같은 걸 보니 검절의 제자라는 능운백이 맞는 듯합니다!"

이미 고루법왕과 목령선자가 천하를 휘돌며 떠들어 댄 탓에 이쯤에선 모르는 사람이 드물 지경이었다.

동정용왕이 혀를 찼다.

"쯧쯧…… 검절과 그 아우들이 그 난동을 피우더니 이제 제자 놈까지 튀어나와 난리로구만."

슬슬 장강의 영역권 경계가 가까워지자 쾌속선은 이제 거의 이백여 장의 거리까지 떨어졌다.

그때였다.

"……랑대! ……절학은 우리 것이 될 수도……."

감사의 말이 아니었다.

거리가 멀 뿐 아니라 물 위인지라 내력이 실렸다곤 해도 음성이 정확하게 들려오지 않았다. 하지만 '절학'이라는 말은 확실히 들을 수 있었다.

"뭐라고 한 거냐! 방금 절학 어쩌고 했는데?"

"소인도……."

"귀가 먹었냐!"

동정용왕이 성질을 부렸다.

하지만 동정용왕이 듣지 못한 걸 다른 채주들이 들을 수 있을 리 만무한 일이었다.

"속도를 높여라!"

소리는 점점 명확해졌다.

"동해삼선의 절학은~ 우리의 것이 될 수도 있었다~"

"동해삼선?"

동정용왕이 눈을 부릅떴다.

탈혼천랑대의 외침이 이어졌다.

"왜 말하지 못하게 하는 거냐! 이것도 하지 마라! 저것도 하지 마라! 으아악, 좋다아아~ 감사합니다~"

"나는 마교의 탈혼천랑대! 하지만 나도 삶이 있다! 이 삶을 주신 분은 고마우신 능운백 님~"

탈혼천랑대는 물살을 헤치며 번갈아 떠들어 댔다.

철저히 인간의 감정을 죽이는 수련을 해 온 탈혼천랑대였다. 의식이 깨어 있는 매 순간 그들은 금지에 익숙해져 있었다. 하지만 굳건하던 의식이 붕괴되면서 그동안 마음속 깊이 억눌러 두었던 것들이 모조리 쏟아져 나오는 상황이었다.

쾌속선들은 이제 탈혼천랑대와 나란히 나아갔다.

동정용왕이 소리쳤다.

"마교 놈들이었구나. 어쩐지 안 죽는다 했다. 이 마교 놈들아, 고마운 줄 알았으니까 동해삼선 이야기나 더 해라!"

사안이 사안인지라 한 척의 쾌속선에서 그물을 내던져 끌어올리려 했다.

동정용왕이 황급히 소리쳤다.

"무슨 짓이냐! 건지지 마라, 건지지 말라고, 이 미친 새끼야! 그냥 듣기만 해!"

수하들이 뻘쭘해져 그물을 거둬들였다.

탈혼천랑대가 연이어 소리쳤다.

"대공자는 돼지새끼! 그 돼지 놈이 교주님이 되시겠지! 능운백 님, 천세천세천천세~"

"우현산에 있다! 우현산에 있다! 우현산에 있다! 우와아아아, 간다, 가 버려~"

"우현산이라고?"

동정용왕이 환하게 웃었다.

"하하하하! 고맙다, 이 미친놈들아! 아주 바다까지 가 버려라! 모두 철수한다!"

                    *   *   *

한편, 온 천하를 활보하는 탈혼천랑대의 패악질에 모두가
혐오하는 시선을 보낸 건 아니었다.

세상은 넓고 사람은 많지 않던가.

도리어 그들의 폭주를 반기는 곳이 한 곳 있었다.

화화곡(花花谷)!

일명 여인곡이라 불리는 여자들로만 이루어진 집단이었다.

그들이 내력을 쌓는 비술은 남자의 정기를 받는 채양보음
(採陽補陰)이었기에 화화곡주인 채양선자를 비롯한 모든 곡인
들은 한 쌍의 탈혼천랑대에 열광했다. 각 문파와 무림인들이
죽이려고 달려들었다면, 화화곡인들은 옷을 벗고 달려들었
다.

그러나, 탈혼천랑대는 그리 호락호락하지 않았다.

지금 이 순간 세상에는 오직 두 사람뿐인 것이다.

방해받는 걸 용납하지 않았다.

공격을 벗어나는 회피 능력만큼이나 이때도 어김없이 그
놀라운 능력을 발휘해 덮쳐 오는 화화곡인들에게서 벗어났
다. 화화곡인들은 근육 한 번, 털끝 하나조차 건드리지 못했
다.

화화곡 내에서 두 명의 알몸인 남자와 옷을 벗고 달려드는

수백 명에 이르는 여인들이 쫓고 쫓기는 추격전을 벌였다.

그렇게 이틀이 지났다.

소득은 전무. 아니, 구경은 실컷 했다. 하지만 그것이 성에 찰 리 만무한 화화곡인들이었다. 곡주 채양선자가 화가 머리 끝까지 솟은 것은 당연했다.

"왜 우리하고는 안 하냐! 같이 좀 하자!"

말귀를 들어 처먹을 탈혼천랑대가 아니었다.

그저 한없이 감사할 뿐이었다.

"감사하니까 한 번만 하자고, 이 새끼들아!"

해도 해도 너무해서 눈물이 나올 것 같이 되고 만 화화곡주 채양선자였다.

탈혼천랑대는 조롱하듯 열렬히 몸을 놀렸다.

그러다 급기야 대공자 등평과 동해삼선에 대해 떠들고, 이어 능운백에게 감사함을 표하며 절정으로 가 버리더니 화화곡을 떠났다.

곡주 채양선자의 눈이 반짝반짝거렸다.

두 남자의 정기를 취하지 못한 건 여전히 아쉬웠지만 더 큰 것을 얻은 것이다.

채양선자가 곡인들에게 외쳤다.

"능운백을 만나야겠다. 모두 우현산 용해봉으로 가자!"

*　　　*　　　*

이러한 소식은 당연하게도 망우산에서 관망 중이던 정파의 주요 수뇌부들에게도 들어갔다.

개방 제자가 알려 온 말에 방주가 펄쩍 뛰었다.

"우현산 용해봉이라니, 무슨 말도 안 되는 소리냐!"

"온 천하가 난리입니다. 망우산에 보이는 정경은 어쩌면 시선을 붙잡아 두려는 계략인 듯합니다."

이어 보고된 내용은 상세했고, 정황들이 들어맞았다.

즉시 요각신승과 검제, 그리고 개방 방주가 사실 확인을 위해 대공자 등평의 진영으로 떠났고, 그동안 자신들이 사혼문의 역용술에 속아 붙들려 있음을 알아차렸다. 결국 강호에 떠도는 이야기들은 모두 진실이라 할 만했고, 그 여파에 정파 수뇌부는 놀라움을 금치 못했다.

"능운백이 검절의 제자였다니…… 목령과 고루에 이어 마교의 탈혼천랑대마저 증명한 것이니 의심의 여지가 없구려."

개방 방주가 고개를 절레절레 저으며 말했다.

"아니, 검절의 제자라는 놈이 어찌 납치를 서슴지 않고 온갖 살상을 저지르고 다닌단 말이오!"

제갈가주였다.

전후 사정이야 감안한다고 쳐도 딸을 찾았다가 다시 잃어버려 이성을 상실하기 직전인 제갈가주는 가슴을 치며 통탄했다. 그는 아직까지도 제갈영이 어디에, 누구의 손에 있는 것인지도 파악하지 못한 터였다.

그 곁에서 요각신승이 위로의 말을 건넸다.

"나무관세음보살…… 제갈가주, 아직 소식이 들려오지 않음은 도리어 무탈하다는 뜻일 터이니 너무 심려치 마시구려. 능 시주는 빈승이 반드시 불심으로 회개시키겠소이다. 검절을 설득하는 데는 실패했으나 그 제자는 꼭 거두리라. 한 십년 동굴에 들어가 생식에 불경을 읽다 보면 세상만사 다 잊고 불도에 심취할 게요. 허허허…… 나무관세음보살……."

"지체할 시간이 없소."

검제가 말했다.

모두의 시선이 모이자 말을 이었다.

"동해삼선의 절학이 존재하고, 그 사실을 온 강호인들이 알게 되었으니 큰 혼란이 있을 터, 속히 이동할 준비를 하셔야 하지 않겠소이까!"

지당한 말이었다.

만약 동해삼선의 절학이 마교의 손아귀에 떨어진다면 그보다 끔찍한 일은 없었다.

천하십대고수인 검제와 요각신승, 더불어 구대문파 중 오대문파, 십대세가 중 사대세가의 수장과 수뇌들이 움직이기 시작했다.

*　　　*　　　*

반면, 이런 대혼란에도 흔들림이 없는 이가 있었다.

바로 망우산 너머에서 대공자와 정파 사이에서 어부지리를 노리고 있던 마교 이공자 등무였다.

괴옥마군이 입을 열었다.

"주군, 정파의 뭇 고수들이 소문을 따라 우현산으로 이동한 듯합니다. 저희 또한……."

그의 말은 중도에 잘려나갔다.

"너는 이 모든 것이 형님의 귀계임을 간파하지 못한 것이냐?"

"하오나……."

"쯧쯧…… 우현산 용해봉이라……. 실로 그럴 듯하구나. 용은 동쪽을 상징하니, 즉 동해라는 거냐? 하지만 나는 알 수 있다. 그곳이야말로 필경 형님이 파 놓은 함정일 터. 우현산은 피로 물들고 강호인들의 무덤이 될 것이다."

"주군, 탈혼천랑대가 미쳐 날뛰……."

"닥쳐라! 괴옥, 어찌 너마저 혼란에 빠진단 말이냐! 이제 곧 움직일 때가 올 것이다. 차가운 심장으로 그때를 기다린다. 조만간 지존좌는 나의 것이 될 것이다."

이공자 등무의 의지는 굳건했다.

어떤 외부의 비바람이 불어온다 해도 그를 흔들 수는 없을 것 같았다.

*　　　*　　　*

두두두두…….

마차가 내달렸다.

동문촌에서 잠시 휴식을 취했던 말들로서는 다시금 고생이 시작된 셈이었다.

목적지는 당연히 우현산 용해봉!

얼마가지 않아 마차 안에서 아삼이 코를 킁킁거렸다.

"싼 것 같은데."

아두가 고개를 끄덕였다.

"쌌네, 쌌어. 우리 개친구는 처먹은 것도 없는데 왜 싸지? 하하하, 더러워 죽겠네."

"슝슝슝!"

아장이 슝슝거렸다. 말이 심하다고 하는 것 같았다.

"미안, 아장. 내가 잘못했어. 헤헤, 선녀님도 같은 신세인데 그 생각을 못 했네."

"캬악!"

닥치라는 듯 제갈영이 소리쳤다.

아두가 찔끔하고는 등헌을 향해 말했다.

"개친구야, 미안. 냄새가 너무 심해서 몸이 아픈 걸 잠시 잊었어. 마음껏 원 없이 싸."

주화입마에 빠진 등헌은 똥오줌 못 가리고 시시때때로 일을 봤고, 이제 다시 출발한 지 얼마 안 가서 일을 저지른 것이다.

극락마군이 아두를 죽일 듯 노려봤다.

능운백이 발끈했다.

"뭘 그렇게 쳐다봐!"

"아무리 바보라도 말이 너무 심한 것 아니냐!"

극락마군이 소리쳤다.

오냐오냐할 능운백이 아니었다.

"바보라도, 가 아니라 바보니까 그런 거잖아. 그러게 왜 꾸역꾸역 따라와서 이 난리야! 모처에 은신하고 있으면 나중에 우리가 찾아간다고 했잖아!"

"신의가 없이 어찌 하루하루를 보낸단 말이냐!"

"제대로 하는 일도 없고, 미친 듯이 도망치기만 하는 주제에 이제 와서 신의 타령이야!"

"제갈영은 챙기고 주군은 버리겠다는 것이냐!"

등헌의 냄새는 더욱 짙어지고 두 사람의 언성은 높아져만 갔다.

거기에 괴완동이 끼어들었다.

"이 난장이 새끼 보자 보자 하니까 지금 누구한테 눈을 부라리냐! 눈 안 깔아! 눈알을 확 파 버릴라!"

동시에 자하진인이 검에 손을 얹었다. 이내 살을 엘 듯한 예기가 흘러나왔다. 수틀리면 그대로 벨 기세였다.

극락마군이 몸을 움츠리며 항변했다.

"정도에 몸담고 있다는 자들이 어려움에 처한 자를 어찌 이리 멸시할 수 있느냐!"

"우와, 이 뻔뻔한 마교 새끼 보게."

괴완동은 기도 안 찬다는 듯 바라봤다.

능운백도 마찬가지.

"영감, 개소리 좀 작작해!"

"주인님, 마차 좀 세워 주세요. 냄새가 너무 심해요!"

아삼이 외치고 마부석의 적발노괴가 능운백에게 허락을 구하고 마차를 세우면서 난장판은 일단락되었다.

이제 씻기든 닦든 해야 하는 것이다.

극락마군이 등헌을 안고 마차를 나가며 쭈뼛쭈뼛 말했다.

"다, 다녀오겠다."

미안해하는 말투였다.

능운백이 손을 휘저었다.

"알았어. 천천히 하고 와. 일찍 가 봐야 이미 동해삼선이고 나발이고 다 끝나 있을 것 같으니까."

괴완동도 말을 보탰다.

"천천히 냄새 안 나게 빡빡 문대! 하여튼 보면 항상 마교 새끼들이 문제라니까."

나가다 말고 극락마군이 노려봤다.

그 모습에 자하진인이 고개를 갸웃하며 예기를 흘렸다.

극락마군이 얼른 몸을 돌렸다.

"다, 다녀오겠다."

제8장
결전

쿵.

청암마군이 엎드려 머리를 땅에 찍었다.

깊은 어둠에 잠긴 우현산 상산봉 중턱 지면이 울렸다.

"대공자! 교주님의 뜻은 명확합니다."

그 앞에 선 돼지가 한쪽 입꼬리를 올렸다

"그 뜻이 아니라는 건 너도 잘 알고 있을 텐데…… 적성자
가 찾아왔을 때 나는 원하는 바를 분명히 밝혔다. 그럼에도
다시 네가 찾아온 것이니 이를 어찌 해석해야 할까?"

"교주께서 이 먼 길을 오셨거늘 어찌 이대로 돌아가실 수
있겠습니까?"

"아버지의 진심을 증명할 수 있는 건 오직 그 길뿐이다."

"……."

철혈마종 일행이 용해봉에 도착한 지 어느덧 보름여가 흘렀다.

첫 번째 적성자가 뜻을 전했으나 실패.

다시금 오늘 청암마군이 찾았으나 시간이 반복된 듯 교섭은 진전이 없었다.

등평이 원하는 바는 아버지가 본교로 돌아가는 것이었으나, 이는 먼 길을 돌아 아들을 찾아온 아버지를 문전박대하여 돌아가시게 하는 것과 다름없으니 받아들이기 곤란했다.

"앞으로 이틀의 말미를 드리겠노라 전하라."

등평이 입을 열었다.

"말미시라면?"

청암마군이 고개를 들고 놀란 눈으로 물었다.

등평이 조소를 머금었다.

"원치 않는 일이 어쩔 수 없이 일어날 테지."

"……!"

*   *   *

청암마군의 보고에 철혈마종의 동공은 허허로움으로 가득 찼다.

"이틀의 말미라……. 분명 그리 말하였느냐?"

"송구합니다."

청암마군은 마치 자신이 죽을죄를 지은 죄인인 양 어쩔 줄을 몰라 했다.

"아니, 내가 잘못 살아온 것이다."

말을 듣지 않으면 죽이겠다는 의지를 친아들에게서 보게 되리라곤 꿈에도 생각지 못한 일이었다. 어떤 모략과 음모가 꾸며진다 해도 이상할 것이 없으나 그것이 혈육이 되고 또 현실이 되면 그 충격은 상상 이상인 것이다.

비록 등평이 본연의 상태가 아닌 이성을 잃은 모습이라 해도 실망스럽긴 마찬가지였다.

"돌아갈 때는 천천히 가야겠구나. 서둘러 오느라 유람을 즐기지도 못했으니."

철혈마종이 모든 것을 내려놓듯 웃음을 머금었다.

자식에게 문전박대를 당해 꼴이 우습게 되었지만 그에 분노해 자식과 생사를 결하며 싸우는 건 최악인 것이다.

"교주님의 뜻을 따르겠습니다."

네 장로가 입을 모아 답했다.

그때였다.

막사의 문이 열리며 흑혼이 들어섰다.

낯빛은 창백하기 이를 데 없었다. 흑혼은 대공자 등평을 감시하는 눈이었고, 주변을 경계하던 차였다.

"무슨 일이냐?"

"습격입니다."

"이놈이!"

철혈마종의 얼굴이 일그러졌다.

네 장로가 벼락같이 튀어나갔다.

수십 개의 검은 그림자가 솟구쳐 올랐다.

이윽고 단말마의 비명이 터지며 혈향이 짙게 퍼져 갔다. 검은 그림자들은 곧바로 정리되어 갔다. 네 명의 장로와 흑혼의 무위는 놀라워 일격필살이라 철혈마종이 굳이 손을 쓸 필요가 없을 정도로 압도적이었다.

그렇다 해도 철혈마종이 기뻐할 수는 없는 일.

적성자가 셋을 상대하며 끝이 다가올 때, 청암마군이 입을 열었다.

"주군, 살수들입니다."

"내게 경고를 하려는 것이겠지."

탈혼천랑대가 아니었다. 그래도 의미가 달라지진 않는다. 세 아들을 강호로 보낼 때 문파를 포섭하고 장악하는 일 또한 후계의 요건으로 둔 터라 등평은 살수들을 이용해 앞으로 펼쳐질 지옥을 먼저 선보인 것이리라.

적성자가 마무리 짓고 돌아와 놀란 눈으로 말했다.

"주군, 상황이 바뀌었습니다!"

"무슨 말이냐?"

"대공자가 보낸 자들이 아닙니다."

*　　　　*　　　　*

"크아악!"

단말마의 비명 소리가 조용한 산야를 뒤흔들었다.

등평이 눈을 부릅떴다.

이틀이라는 조건을 내걸고 청암마군을 돌려보낸 후 불안한 심기를 감추지 못하고 서성이던 때였다. 혹여 아버지가 분노하여 격전이 벌어진다면 공멸은 피할 수 없었다. 그러던 차에 용해봉 쪽에서 비명이 들려온 것이다.

필수품마냥 곁에 둔 귀곡자가 격렬히 몸을 떨어댔다.

이내 환환마군이 날듯 달려왔다.

"주군, 상황이 변했습니다."

"무슨 일이냐?"

"직접 보시는 것이 좋겠습니다. 멀지 않습니다."

환환마군이 신형을 날렸고, 등평이 귀곡자를 옆구리에 끼고 그 뒤를 따랐다. 얼마 가지 않아 환환마군이 멈췄다.

이십여 장 너머의 인기척을 확연히 감지할 수 있었다. 인원은 대충 열두어 명 정도였다. 검과 도, 극을 쓰는 이들이 뒤섞여 있었다.

등평이 미간을 좁히며 전음을 발했다.

『누구냐?』

『아무것도 아닌 자들입니다.』

『아무것도?』

등평은 황당했지만 더 묻지 않았다. 목소리가 들려온 것이다.

"비명 소리가 깔끔하기 짝이 없군."

"손쉽게 처리하는 걸 보니 그 미친 탈혼천랑대의 말이 틀림없네. 과연 마교 대공자의 솜씨인 게지."

등평은 자신도 모르게 입을 쩍 벌렸다.

환환마군의 말대로 저들은 아무것도 아니었다. 무위는 보잘것없어 그들이 근처에 있음에도 전혀 감지해 내지 못하고 있었다. 그렇기에 더 놀라웠다. 어찌 저런 자들의 입에서 자신과 탈혼천랑대가 거론될 수 있단 말인가!

"불나방이 따로 없구만."

"그 불덩이가 동해삼선의 절학이라면 앞뒤 안 가리고 뛰어들 만하지."

'동해삼선을 알고 있다.'

등평의 안색은 혼백이 빠져나간 듯 창백해졌다.

대화는 계속 이어졌다.

"온 천하가 모두 모여들 테니 용해봉이 피로 물드는 건 시간문제겠군."

"얼마나 기다려야 할지 모르지만 기다리는 자가 승자가 될 테지."

"능운백이란 악귀 놈은 언제쯤 올까? 그놈이 와야 양패구상이 될 텐데."

"안타깝지만 돌아가는 상황을 보면 능운백이 동해삼선의 절학을 차지할 가능성이 크지. 상상을 초월하는 악귀 놈이니."

"하지만 역시나 괴이한 건 천지가 떠들썩하거늘 왜 마교 대공자는 아직도 동해삼선의 절학을 얻지 못했냐는 거야."

"그걸 누가 알겠나. 이미 진입해서 얻고 있는 중일지도 모르는 일이지."

"흐흐, 우리로서는 대공자 놈이 어떤 벽에 부딪혀 아직 접근조차 못하고 있는 쪽이길 바라는 수밖에."

'어, 어떻게……'

등평은 정신이 혼미해졌다. 온몸은 갈기갈기 찢겨나가는 듯하다. 그토록 비밀을 지켰거늘 온 천하가 알고 있었다. 아버지와 척을 지면서까지 지키려고 한 비밀을 보잘것없는 자들까지 알고 있는 것이다.

더 놀라운 건 동해삼선의 절학을 이야기한 것이 탈혼천랑대라는 점이었다. 도저히 믿을 수 없는데, 믿을 수밖에 없는 현실이 눈앞에 있었다.

『주군, 결정을 내리셔야 합니다.』

환환마군이 전음을 발했다.

등평은 선택의 여지가 없다는 걸 깨달았다. 아버지는 대산으로 돌아가시면 안 된다. 힘을 모아야 할 때였다.

『아버지께로 간다.』

*　　*　　*

귀곡자는 부들부들 떨었다.

두려워서가 아니었다. 분노가 극에 달해 참아 내기가 힘들 지경이었다.

찰싹.

철혈마종이 등평의 뺨을 거칠게 내갈겼다.

등평이 붉게 달아오른 고개를 바로 하자 다시금 철혈마종의 손이 날아들었다.

찰싹! 찰싹!

"어리석은 놈!"

부자지간에 참상은 벌어지지 않았다.

철혈마종의 분노는 마교 교주로서가 아닌 평범한 아버지로서의 손찌검이었다.

귀곡자는 뭐건 상관이 없었다.

이제 와서는 서로 죽고 죽인다 해도 관심이 없었다.

그저 상황이 복잡하게 꼬인 것에 분노가 일어 참아 내기가 힘들었다.

상산봉에서 십여 명의 강호인들이 나누던 대화는 가까이 접근하기도 전에 듣고 있었다. 청력이 고도로 발달한 절세고수마저도 이십여 장 부근까지 접근하지 않고는 들을 수 없는 속삭임이었지만 그는 들을 수 있었다.

"용서하십시오."

등평이 머리를 조아렸다.

"다시 말해 주마. 동해삼선의 절학을 잇는 것은 네가 될 것이다. 알겠느냐!"

"네."

부자지간의 갈등은 봉합되었다.

"어찌 이 지경이 되었는지 설명해 보아라."

철혈마종이 물었다.

등평이 그동안의 경과에 대해 말했다.

동해삼선의 절학에 닿기 위해 어떤 절차를 거쳐야 하는지, 마의 징표를 취할 수 있는 길이 능운백에게 있을 수도 있다는 내용들이었고, 능운백이 어떤 방법을 사용했는지 탈혼천랑대가 혼돈에 빠지게 된 듯하다는 내용이었다.

"흐음……."

철혈마종이 침음성을 흘렸다.

귀곡자는 염증이 나려 했다. 모든 의문이 풀려 답답함이 해소되었지만, 또 다른 막막함이 현실적으로 느껴졌으리라.

"능운백에게 확증이 있느냐?"

"정확한 것은 아닙니다. 송구합니다."

부자간의 대화를 들으며 귀곡자는 마음을 붙들려 애를 썼다.

'그래, 아직은 알 수 없다. 하지만 반드시 능운백은 알고 있어야 한다. 그래야만 길고 긴 인내에 보람을 찾을 수 있다. 그때까지 견뎌 주겠다. 나는 그럴 권리가 있는 사람이기에……'

그때였다.

거대한 음성이 산을 쩌렁하고 울렸다.

"흉악한 마교도들이여! 소림의 요각이 여기 왔노라. 내 오늘 살계를 열리라! 나무관세음보살!"

마지막 소리는 빠르고 강해 욕처럼 들렸다.

*　　*　　*

우현산에 가까이 이르렀을 때 마부석에서 적발노괴가 말했다.

"주군, 인파가 많아 더 이상 진입이 불가능합니다."

능운백이 밖을 내다봤다.

"와아, 이거 관광지냐?"

앞쪽으로 사람들이 개미 떼처럼 몰려 있었다. 강호인이 대다수였으나 일반인들로 보이는 이들도 제법 섞여 있었다. 가족 여행이라도 온 듯 아이의 손을 잡고 걷는 부부도 보였다.

"주군, 청묘화괴님이 도와주신다면 가능할 듯싶습니다."

능운백은 바로 알아들었다.

"그렇군. 청은, 부탁할게."

"응."

청은이 마부석으로 가고 적발노괴와 함께 있던 소요쌍창이 들어왔다.

청은이 앳된 목소리를 발했다.

"모두들 여길 봐요."

큰 소리가 아니어도 내력을 사용한 터라 사람들의 귓가로 꽂히듯 파고들었다. 게다가 어린 여자아이의 목소리인 탓에 한순간에 거의 백여 명 정도가 일제히 돌아보았다.

청은이 '여기'라는 듯 손을 흔들어 시선을 끌어 모았다.

눈동자에 청광이 떠오른 순간, 사람들이 잠시 주춤하더니 좌우로 쫙 갈라져 마차 길을 열었다.

마차로 지나가며 청은이 답례했다.

"고마워요. 이제 다들 집에 가서 편히 쉬도록 해요."

섭혼에 빠진 이들이 고개를 갸웃거렸다. 왜 자신들이 이곳에 와 있는지 모르겠다는 말들을 중얼거리기 시작하더니 걸음을 돌리기 시작했다.

마차 창으로 밖을 보던 삼괴가 환호성을 내질렀다.

"청은 아가씨가 최고야!"

"아가씨는 귀엽고 예쁘고 눈알도 대단해!"

"슝슝슝!"

괴완동도 웃음을 터뜨렸다.

"하하, 정말이지 저 꼬마 애와 지내면 하루하루가 엄청 재밌겠다. 운백아, 그렇지 않냐?"

"쩝쩝…… 천하파 부두목으로 삼으시게요?"

"부두목은 무슨, 두목으로 세우고 내가 부두목 해야지. 그나저나 이놈아, 그만 좀 처먹어. 귀한 독약을 무슨 간식처럼 먹어 대냐!"

능운백은 독을 섭취하고 형용키 어려운 고통을 겪은 직후 검상이 말끔히 완쾌되는 신기한 경험을 한 터였다.

오는 동안 혼원독의는 안주머니가 가득 달린 일명 '독 옷'을 만들어 주었는데 그 옷 여기저기에서 조금씩 독을 꺼내 먹고 있는 중이었다.

"쩝쩝…… 미리 먹어 두면 좋지 않겠어요?"

인파가 많다는 건 아직까지 동해삼선의 절학에 아무도 다가가지 못했을 가능성이 큰 것이고 나름 대비를 해야 하는 것이다.

"말짱할 땐 소용없다고! 정작 필요할 때 부스러기만 먹을래!"

"알았어요. 왜 화를 내고 그래요!"

"누가 화를 냈다고 그래!"

"지금도 화내고 있잖아요!"

옥신각신 하던 둘은 이내 입을 닫았다. 다시금 마차가 멈춘 것이다.

"소하, 무슨 일이냐? 다 온 거냐?"

밖은 얼마나 많은 사람이 운집한 건지 온갖 소음으로 소란스럽기 짝이 없었다.

"주군, 산 아래로 근접하였으나 인파는 지나온 사람들보다 많고 청묘화괴님의 기력은 한계에 달하였습니다."

"아!"

당연한 것이었다. 무한히 섭혼을 사용할 수 있을 리 만무했다. 마차 안으로 돌아온 청은은 눈이 풀린 채 혼절 직전이어서 염라선의가 바로 달라붙었다.

"난감하네."

"우리 셋만 가도록 하자."

괴완동이 자하진인과 능운백을 가리켰다.

"다들 여기 놔두구요?"

"멍청아, 우리 쪽 사람들이 보통 사람들이냐? 모두 우르르 내린다면 사람들의 이목을 끌게 되고 난리가 날 게다."

"그렇긴 한데……."

제갈영과 등헌은 말할 것도 없고, 삼괴는 바보라고 생각할 수 없을 만큼 빼어난 외모인데 정작 바보이고 붉은 머리카락이며, 혼원독의는 끔찍한 얼굴에 꼽추요, 청은은 누구라도 머리를 쓰다듬고 싶어지는 여자아이다.

"신법을 펼쳐 간다 해도 난잡해질 뿐이야. 게다가 넌 또 이미 유명 인사가 아니냐! 적발노괴와 극락마군이 제 역할만 하면 별일이야 생기겠냐."

그러면서 괴완동이 극락마군을 노려봤다. 등헌만 챙기지 말고 똑바로 하라는 뜻이 역력했다.

"좋아요. 마군, 믿고 다녀와도 되겠지?"

능운백도 미심쩍은 마음이었다.

"걱정하지 마라."

극락마군이 진중하게 고개를 끄덕였다.

적발노괴에게 당부하고 내리려니 아두와 아삼이 따라나섰다.

"우리가 도와줄게."

"우리 없으면 되는 일이 없다는 거 알잖아."

적발노괴가 아두와 아삼의 뒷덜미를 붙들었다.

능운백과 괴완동, 자하진인이 마차에서 내려 보니 눈앞은 장관이었다.

그야말로 인산인해.

발 디딜 틈도 없을 만큼 운집한 인파는 보는 것만으로 숨이 막힐 지경이었다. 강호에서 칼밥 좀 먹었다는 자들은 대부분 온 듯하고, 순수하게 구경 온 사람들에, 옥수수 팝니다, 라는 팻말을 들고 있는 잡상인들까지 섞여 있어 난리도 아니었다.

"가자!"

괴완동이 사람들의 머리 위로 신형을 날리고, 자하진인과 능운백이 뒤따랐다. 중간중간 등평도수마냥 사람들의 어깨를 짚고 다시 솟구쳐 나아가니 그 광경에 탄성이 터져 나왔다. 일부 강호인들은 그 놀라운 신법에 자신의 수준을 한탄하기도 했다.

어느새 끝이 보였다.

일단의 검수들이 세 겹으로 두텁게 인의 장막을 치고 있는 것이 더 이상 진입하지 못하도록 경계선을 친 형국이었다.

"불가!"

검수들의 머리 위를 넘어서자 중후한 외침과 함께 검격이 쏟아졌다.

"개소리는!"

괴완동이 허공중에 오른발을 쓸자 검수들의 검이 우수수 떨어졌다. 세 사람이 지면에 착지하자마자 뒤쪽의 검수들이 달려들었다.

"검을 거둬라!"

노도사가 외쳤다. 검수들이 황급히 멈추는 사이, 노도사가 자하진인에게 다가왔다.

그의 얼굴엔 기쁨과 놀라움이 뒤섞여 있었다.

"사백께서 어찌 이곳에 오신 것입니까? 아, 아니 그보다 그동안 어떻게 지내셨습니까?"

자하진인이 미소를 지었다.

『주양자, 오랜만이구나. 잘 지냈느냐?』

그는 화산의 장로 주양자였다.

검절의 은거 당시 사라진 사백을 이곳에서 보게 된 것이니 눈으로 보고도 믿을 수 없을 정도였다.

"네, 사백님께선……."

『무탈했다. 형님께 인사하거라.』

"아!"

주양자가 그제야 괴완동에게 눈을 돌리고 예를 표했다.

"주양자가 인사 올립니다."

괴완동이 껄껄 웃었다.

"너도 이제 제법 늙었구나."

"하하……."

주양자는 한 번 힐끔 능운백을 보았을 뿐 괴완동의 제자 쯤으로 생각한 듯 길을 안내했다.

"이쪽입니다."

"마교 놈들이 여태 동해삼선의 절학을 얻지 못한 것이냐?"

괴완동이 물었다.

보이지는 않아도 격타음이 들리고, 기파가 여기까지 감지되는 것이 최고 수준의 공방이 벌어지고 있음을 알 수 있었다.

"진입을 못 한 것으로 추정됩니다. 가능했다면 마교 교주 철혈마종이 마교의 장로들과 함께 격전에 참여할 리 없기 때문이죠."

"철혈마종이?"

괴완동의 눈이 휘둥그레졌다.

"네. 물론 저희 쪽 인원이 많고, 또 계속해서 고수들이 추가로 당도하고 있는 탓에 조만간 끝을 볼 수 있을 듯합니다."

이어 주양자가 정파 고수들의 규모에 대해 설명했다.

구대문파에서는 오대문파, 즉 소림, 무당, 화산, 형산, 점창의 장문인과 장로들이 모였고, 일방의 개방이 힘을 보탰으며, 십대세가는 사대세가에서 칠대세가로 늘었는데 남궁, 제갈, 사마, 황보, 팽가, 서문, 모용에서 가주와 가신들이 대거 합류한 상태였다.

이 중 천하십대고수는 검제와 신승에 이어 소식을 전해 들은 암왕이 열흘 전에 당도했다.

"이 외 검림과 양화문, 장강의 동정용왕, 화화곡 등이 함께 하고 있으나 그들은 부수적인 일처리를 돕고 있는 형국입니다."

괴완동이 혀를 찼다.

"쯧쯧, 수적 놈들과 화화곡이라니, 웃기지도 않는군. 부스러기라도 주워 먹겠다는 건가."

좀 더 나아가니 주양자의 말대로 각양각색의 문파들이 운집해 있었다. 그들 중 일부는 운기하고 있거나 부상을 치료 중이었다. 산 위의 정경도 한눈에 보였는데, 백여 명가량이 서로 뒤엉켜 격전을 펼치고 있었다. 검과 도, 장력이 난무했는데 절정의 기량이 아닌 자가 없었다.

자하진인이 주양자와 함께 화산문인들 쪽으로 향하는 사이 괴완동은 능운백을 끌고 눈에 잘 안 띄는 한쪽 구석에 앉았다.

"흐흐, 마교 놈들 난감하겠구만."

괴완동이 실실거렸다.

매 순간 생사를 결하는 격전이 보름이라 했다.

마교 쪽은 한정된 인원이고 그에 반해 정파 쪽은 교대하면서 힘을 비축하고 상대하는 것이니 결과는 뻔한 것이었다. 마교로서는 동해삼선의 절학을 두고 후일을 도모할 수도 없는 노릇이니 진퇴양난인 셈이었다.

"저 지역을 사수하는 걸 보니 입구쯤 되나 보네요. 그런데 어떤 난제기에 아직도 얻지 못한 걸까요?"

"진법으로 도배를 해 놨겠지. 그거야 시간이 해결할 문제고 만약 정파 쪽에서 동해삼선의 절학을 얻는다면 제갈영이 원래 모습을 되찾는 건 일도 아닐 게다."

"흐흐, 마교 놈들 얼른 얼른 뒈지지 않고 왜 저리 버티는 건가요."

"내 말이."

*　　　*　　　*

그 시각,

귀곡자는 석실 안에서 벽을 매만졌다. 정확히는 좌측 석벽
에 기재된 동해삼선의 공동전인이 남겨 놓은 글귀였다.

그저 바라는 바는 그대가 징표를……

징표라는 글자를 만지면 징표를 얻을 수 있기라도 한 듯
그는 한없이 매만졌다.

"마의 징표는 대체 무엇이란 말인가?"

그의 눈이 회한에 젖었고, 눈앞으로 보이듯 지난 시간이
주마등처럼 스치고 지났다.

용해봉을 찾은 것은 이 년 전이었다.

천문과 기관 진식에 대한 열망으로 천하각지의 심처를 찾
아다니던 중 이곳을 찾게 되었다.

세상을 다 얻은 듯했으나 곧 좌절했다.

남겨진 두 개의 문에서 가로막혔다. 선택할 수 없었다.

길을 찾을 수 있을까 싶어 공동전인이 우측 석벽에 남겨
놓은 무공을 습득했다. 달라진 것은 없었다. 선택에서 실패

한다면 공동전인과 같은 운명에 처할 뿐이었다.

결국 필요한 건 마의 징표였다.

그쯤에 마교를 떠올렸다. 하지만 전 마교도를 상대하는 건 무리였다. 공동전인의 무공은 실로 놀라워 현 강호에서 천하제일인으로 불리기에 손색이 없었으나 경천동지라 할 정도는 아니었다. 무엇보다 그는 피와 살이 튀는 살육 속의 강호인이 되고 싶지 않았다. 누군가를 죽이고 싶지도 않았다. 원하는 바도 동해삼선의 무공이 아닌, 동해삼선이 도달한 학문과 진식일 뿐이었다. 그 신비로움에 닿고 싶었다.

그리하여 징표를 알아내고자 마교 대공자 등평을 끌어들였다. 석벽의 무공과 일부 글귀들을 훼손한 뒤, 대공자 등평이 마의 징표를 가져오길 기다렸다.

그렇게 참고 인내하며 기다렸건만 지금은 모든 것이 뒤틀리고 말았다.

이제 길은 하나였다.

능운백.

"마지막으로 확인하고…… 선택하겠다."

그의 몸이 희미해지는 순간 신형은 어느샌가 동굴의 통로 중간에 이르렀다.

이내 동굴 밖으로 빠져나왔다.

그 앞으로 격전이 한창이었다. 산 아래로는 무수한 강호인들의 모습이 보였다.

여기나 저기나 천하제일인의 열망으로 가득 찬 이들. 모두 욕망에 삼켜진 군상들일 뿐이었다.

귀곡자는 신물이 났다.

"모두 멈춰라!"

웅혼한 내력이 담긴 그의 음성은 청천벽력이어서 멀리 산 부근까지 퍼져 나갔다. 그것은 마치 하늘이 말하는 것 같았다. 정마의 고수들은 일제히 물러났다. 산 아래 쪽에서 지켜보던 이들도 놀라긴 마찬가지였고, 심지어 부상을 치료 중이던 자들까지 억지로 몸을 일으켜 산 위를 올려다볼 지경이었다.

모두가 의문에 차 귀곡자를 바라봤다.

반면 대공자 등평은 믿을 수 없다는 듯 눈을 부릅떴다.

"귀, 귀곡자 네놈은 점혈하였거늘……."

등평은 너무 놀라 말을 잇지 못했다. 격전이 길어지게 되자 귀곡자의 혈도를 점하고 동굴 안에 던져 놓았던 것인데 눈앞에 나타났을 뿐 아니라 측량이 불가능할 정도의 내공성을 발한 것이다.

어찌나 놀랐는지 등평은 자신도 모르게 기운이 흩어지며 돼지 모습으로 돌아오고 말았다. 또 그 모습에 여태 등평과 맞상대를 벌였던 요각신승이 깜짝 놀랐다.

"헉, 아니 웬 돼지가?"

귀곡자가 다시금 노성을 토해 냈다.

"너희는 어찌하여 이리도 어리석단 말이냐! 어찌 하루가 멀다 하고 다투며 살육을 일삼는 것이냐! 강한 힘을 얻는 것이 무슨 의미라고 삶의 대부분을 낭비한단 말이냐! 천하제일인이 된다 한들……."

그 순간 마교 장로 적성자가 귀곡자를 향해 장력을 내뿜었다. 귀곡자가 우수만 들어 올려 연달아 퍼붓는 적성자의 공격을 가벼운 손동작만으로 막아내며 끊김 없이 말을 이어갔다.

"……너희가 얻는 것은 무엇이냐! 명예는 허허로울 뿐이고 권세는 영원하지 않거늘 어찌 욕망에 사로잡혀 허황된 꿈속에 빠져 있단 말이냐!"

말이 끝날 쯤 적성자가 크게 뒤로 밀려나 어깨를 붙들고 비틀거렸다.

지켜보는 모두는 경악을 금치 못했다.

천하십대고수에 비견되는 적성자가 전심전력을 다하였음에도 귀곡자는 적성자에게 시선 한 번 주지 않고, 오직 한 팔만으로 물러나게 만든 것이다.

귀곡자가 이어 말했다.

"나는 동해삼선의 공동전인이 남겨 놓은 무학에 닿았다. 내겐 너희 모두를 멸할 능력이 있으나 그 누구도 해칠 의사는 없다. 자, 이제 묻노라. 능운백은, 지금 어디에 있느냐!"

산 아래쪽에서 능운백이 눈을 부릅떴다.

갑작스러운 천둥소리에 놀라 귀 기울이는데 공동전인 어쩌고 하더니 느닷없이 자신의 이름이 나온 것이다.

괴완동과 자하진인이 슬그머니 능운백 앞으로 나서며 시야를 차단했다.

주변인들은 웅성거리며 주위를 둘러보았다.

능운백이란 이름은 현재 강호를 가장 뜨겁게 달구고 있었으나 정작 직접 대면한 이는 손에 꼽을 정도였기에 부근에 두고도 능운백을 바로 알아보지 못했다.

그때였다.

"능운백이라고? 능운백 그놈이 왔단 말이냐?"

부상을 회복 중이던 제갈가주가 눈에 불을 켜고 두리번거렸다. 분명 두 번째 납치는 능운백의 소행이 아닐 터이나 애초에 능운백이 아니었다면 두 번째 납치도 없었을 것이기에 능운백이라면 이가 갈리는 그인 것이다. 정신없이 사방을 둘러보던 제갈가주가 능운백을 발견하고 노성을 발했다.

"능운백 네 이놈! 내 딸아이를 찾아내라! 나의 아영을 찾아내란 말이다!"

절뚝거리며 삿대질하니 모두의 시선이 능운백에게 쏠렸다.

그 음성을 귀곡자가 놓칠 리 없었다.

"능운백을 건드리지 마라!"

위치를 확인하고 바람이 되었다.

"히익!"

능운백이 하얗게 질렸다.

산 아래로 질주해 오는 귀곡자의 신형은 마치 귀신인 양 어느새 십여 장 앞에 이르러 있었다.

탓!

자하진인이 땅을 박차 발검을 했다 싶은 순간 귀곡자를 베어 갔다. 귀곡자가 멈추지 않고 검결지를 맺어 검을 향해 내뻗었다.

검과 검결지가 부딪힌 순간,

티잉!

맑은 음향이 터져 나오며 자하진인의 몸이 허공중에 핑그르르 회전했다.

손끝과 검이 맞닿은 순간 귀곡자의 중후한 내력이 검으로 스며들었고 그 기운은 실로 강대해 역사(易寫)의 수법으로 풀어낼 수밖에 없었던 것이다.

귀곡자가 눈앞에 이르자, 능운백이 허공을 그었다.

혼원섬이었다.

공간이 찢어발겨지며 귀곡자에게까지 이어졌다.

순간 귀곡자가 멈추지도 않고 신형을 뒤로 한 걸음 물러섰다가 다시 일보를 디디며 허공을 움켜쥐니 혼원섬의 파장이 온데간데없이 소멸되었다.

능운백은 경악에 차 굳어 버렸다.

"제법이구나."

귀곡자가 조소를 머금었다.

"하지만 너는 나와······."

말을 멈추고 귀곡자가 옆을 바라봤다.

그 옆에서 괴완동이 완전히 얼이 나가 있었다. 어떤 기척도 없이 무형장을 펼쳐 냈건만 채 발출을 마치기도 전에 귀곡자에게 우수를 붙잡힌 것이다.

"괴이한 자로군."

귀곡자가 소매를 떨치니 괴완동이 연신 뒤로 밀려나며 휘청였다. 하지만 귀곡자를 향한 공격은 그것이 끝이 아니었다.

"능운백은 본교의 것이다!"

등평의 외침과 함께 철혈마종과 사장로, 환환마군과 탈혼천랑대 등이 일제히 귀곡자를 덮쳤다.

파앙, 팡!

장력이 난무하고 검강이 뻗어 나갔다.

"여태 살려둔 은혜를 모르는구나!"

노성을 터뜨리며 귀곡자가 맞서자 일순간에 탈혼천랑대 셋이 날아가 가슴을 움켜쥐며 꿈틀거렸다.

그 격전에 정파의 절세고수들이 합류했다.

검제와 암왕, 요각신승을 비롯해 오대문파의 장문인과 장로들, 사대세가의 가주들이었다.

정파로서는 정확한 내막은 알 길 없었으나 능운백이 동해삼선의 절학을 취하는 데 중요한 요인이 됨은 확실히 알 수 있었다. 귀곡자와 마교 중 누가 승리하여 동해삼선의 절학을 얻게 되는 일은 막아야 했다.

정작 당사자인 능운백은 왜 자신이 지목되고, 자신을 두고 쟁탈전이 벌어지는지 난감하기 짝이 없는 상황. 그렇다고 열심히들 싸우라고 놔두고 빠져나갈 수도 없었다.

귀곡자의 무위는 경이로워 마교와 정파 고수들의 표적이 되어 무차별적인 공격을 받으면서도 능운백을 잡으려 귀신같이 따라붙으니 몸을 빼낼 여력이 없었다.

그런 능운백 곁에서 자하진인과 괴완동이 호위하듯 맞섰고 격전은 혼전에 혼전을 거듭하는 중에 부상자가 속출했다.

능운백 또한 일생일대의 신위를 발휘하였으나 매순간 위기에 노출되었다. 귀곡자의 손아귀에서 벗어났다 싶으면 마교 쪽에서 공략해 오니 치명적인 격중은 어찌 빗겨 내도 타격을 아예 피하는 건 무리였다.

귀곡자 또한 상황이 좋지 못했다.

초절정 고수들의 진산절예가 일방적으로 귀곡자를 향한 까닭이었다.

"너희는 정녕 내게 살인을 강요하느냐!"

결국 분노에 찬 귀곡자가 탈혼천랑대 하나의 머리에 다섯 손가락을 박아 넣었다.

콰악!

그대로 들고 내력을 가해 휘저었다. 사람이 검도 아니고 내력이 머리로부터 온몸에 가해지니 머리가 갈라져 뇌수가 흐르고 살갗이 떨어져 나갔다.

정녕 끔찍한 광경에 모두가 멈칫해 물러났다.

어찌 살육을 일삼느냐고, 강한 힘을 얻는 것이 무슨 의미냐고 일장 연설했던 귀곡자는 아무 의미 없다는 강한 힘으로 욕망을 드러내고 있는 것이다.

그 광경에 제일 먼저 반응한 것은 개방 방주와 무당파 장로 홍운자였다.

"으으으!"

"허어어업!"

동시에 기괴한 소리를 발했다.

모두 시선을 돌려 바라보니 둘은 마주한 채로 충혈된 눈에 안색이 들떠 있었다.

이윽고,

두 사람이 서로를 잡아먹을 듯 끌어안았다. 입을 맞추고 혀가 춤을 추고, 싸우듯이 옷을 찢어발겼다.

"……."

"……."

"……."

누구 할 것 없이 얼어붙었다.

현실감 없는 광경에 귀곡자조차 손을 박아 넣은 채로 넋이 나갔다.

이러면 안 되는 것이다.

지금은 생사를 결하던 중이 아니던가.

평소에도 어디 안 보이는 데서 해야 하는 일인데, 개방 방주와 무당파 홍운자는 이제 본격적이 되었다. 눈앞에서 미칠 듯이 하기 시작했다.

능운백과 괴완동, 자하진인은 서로를 마주 봤다.

너무 놀라 구역질이 날 틈이 없었다.

어디에서 많이 본 광경인데, 따위는 있을 수 없었다.

문제는 왜 난데없이 이런 일이 벌어졌느냐였다.

그때 요각신승이 사자후를 토해 냈다.

"이 무슨 해괴한 짓인가! 당장 멈추지 못할까! 나무관세……."

말은 이어지지 못했다.

전염병처럼 삽시간에 주변이 뒤엉켜 버린 것이다.

탈혼천랑대가 짝을 맞춰 엉겨 붙고, 소림 장문인 방종이 마교 장로 청암마군과 붙어 버렸다.

"자, 장문인…… 새, 색계를……."

요각신승이 더듬거렸다.

그 사이 대공자 등평은 탈혼천랑대 중 하나와 맺어졌고, 무당파 장문인은 마교 장로 묵광자, 형산파 장문인은 탈혼천랑대 중 하나, 검제는 마교 장로 적성자와 격렬하고 파괴적인 사랑에 빠졌다.

거의 동시다발적으로 남궁가주와 하북팽가의 가주가 각각 탈혼천랑대와 붙었고, 모용가주는 점창파 장문인, 서문가주는 황보세가의 가주와 한 덩어리가 되었으며 그 수는 순식간에 늘어 사십여 쌍이 넘어갔다.

이윽고 불심이 깊은 요각신승이 눈을 부릅뜨고는 마교의 감시자 흑혼의 옷을 찢어발기기 시작했다.

"이놈, 여기 내가 있다~ 나무~ 관세음~ 혀를 내놔라~"

불호 따위는 중간에 종적을 감췄다.

사방에서 거친 신음과 찰싹이는 소리가 경쟁하듯 퍼져 나갔다.

또한 이는 정녕 강호의 대화합!

고금 이래 정과 마가 이렇듯 서로를 간절하게 원하고 아껴 준 적은 없었다. 손을 맞잡는 정도가 아니라 아예 해 버리고 있으니 그야말로 대화합의 장이었다. 하지만 이 와중에도 넋은 나갔어도 멀쩡히 서 있는 이들이 있었다.

귀곡자와 마교 교주 철혈마종, 그리고 능운백 쪽이었다.

"네놈 짓이냐?"

괴완동이 빠르게 속삭였다.

주변에 혼원독의는 없었다. 또한 격전의 부근에서만 증상이 발현되고 있는 것이다.

"그럴 리가요."

능운백은 더 빠르게 부정했다.

괴완동이 인상을 찡그렸다.

"이거 곤란하게 됐네."

뭔가 상황이 정리된 듯 보이나 가장 기피해야 할 대상인 귀곡자가 전혀 중독 증세를 보이지 않고 있는 것이다. 귀곡자는 놀란 나머지 잠시 넋을 놓고 있을 뿐이어서 세 사람의 힘으로는 결코 귀곡자를 어찌할 수 없었다.

그때 뒤늦게 마교 교주 철혈마종에게 변화가 찾아왔다. 철혈마종이 귀곡자에게 뜨거운 눈길을 보내더니 상의를 찢고 귀곡자에게 달려든 것이다.

귀곡자가 쌍심지를 켰다.

"이런 미친!"

그가 들고 있던 탈혼천랑대를 털어내고 다섯 손가락을 교주의 머리에 꽂아 넣으려는 듯 강렬한 기세로 찍어 내렸다.

머리카락을 파고든 순간, 변화가 일었다. 늦어졌다. 귀곡자가 교주의 머리를 부드럽게 쓰다듬은 것이다. 그건 마치 사랑하는 여인을 쓰다듬듯 부드럽기 짝이 없었다. 교주는 수줍은 듯 동공을 흔들었고, 마주 보는 귀곡자의 두 눈은 욕정에 물들어 희번덕거렸다.

"설마……."

능운백이 경악하며 중얼거렸다.

괴완동과 자하진인도 정신이 없었다.

이내 철혈마종과 귀곡자가 뜨겁게 달라붙었다.

천 년을 기다렸다 만난 연인마냥 격렬해 마치 싸우는 것처럼 보일 지경이었다.

온통 활화산.

물고 빨고, 해 대기 시작하는데 그 수는 백여 명에 달했고, 어느 누구 할 것 없이 절륜한 무공을 지닌 탓에 그 격렬함과 난잡함은 상상을 초월했다.

"대체 이 새끼들이 왜 이러는 거지……"

괴완동이 중얼거렸다.

그러다 능운백을 바라봤다.

정확히는 능운백의 상의 쪽이었다.

"서, 설마 너……"

"설마라뇨? 어?"

반문하던 능운백도 괴완동의 시선을 따라 상의를 내려다보다 깨달았다.

상의는 여기저기 뜯겨나가 안주머니가 팔랑이고 독초와 독가루가 어지럽게 묻어 있었다.

독 옷!

지금의 현상은 분명 혼원독의 춘약 증세인 것이다.

다른 것이 있을 수 없었다.

필시 혼원독의는 독 옷을 제작하면서 혹시 몰라 춘약까지 품 안에 넣어 둔 것이리라. 춘약은 능운백이 혼전 중에 이리저리 휩쓸리고 격중당하면서 퍼져 나갔을 터.

그 사실을 깨달은 순간,

"자하, 운백! 모두 대피시켜야 한다."

괴완동이 질색하며 소리쳤다.

독 옷은 수많은 주머니만큼이나 많은 독이 넣어져 있고 그 중 춘약이 어느 정도인지는 가늠할 수 없었다. 흡입만으로도 효력을 발휘하니 자칫하면 죽음보다 더한 대참사가 일어나게 될 터였다.

"춘약이 퍼진다! 모두 바람을 피해 산을 벗어나라!"

"모두 도망쳐! 중독돼서 나에게 감사하지 말고 모두 신속히 떠나!"

괴완동과 능운백이 내력을 끌어올려 외쳤고, 자하진인도 할 수 있는 대로 전음을 발했다. 이미 절세고수들의 대화합인지 발정인지 모를 광경에 정신 나가 있던 각대문파의 고수들이 이 소리에 몸을 빼내 미친 듯 달아나기 시작했다.

대부분이 강호를 혼돈으로 몰아넣었던 탈혼천랑대를 직접 목격하거나 들어 알고 있는 것이다.

부상자들을 들쳐 업고 뛰다 넘어지는 이가 있는가 하면 비탈길을 마다 않고 뛰어내려 굴러떨어지기도 했지만 생채기를 신경 쓸 경황이 없었다.

그야말로 대탈주.

거기에 탈혼천랑대 다섯 쌍이 불난 집에 기름을 붓듯 도망치는 무리 쪽으로 내달리니 비명과 절규가 울려 퍼지며 아비규환이 되었다.

몇몇 중독된 쌍은 경계선 방향으로 움직였다. 무당 장문인과 마교 장로 묵광자가 포함되었는데 무당 장문인은 무량수불에 욕을 섞어 가면서 환희에 차 날뛰었다.

모두 달아나기 바쁜 와중에 뜻밖에도 일단의 여인들이 도주하긴커녕 능운백을 향해 달려왔다.

괴완동과 자하진인이 신형을 날려 가로막았다.

"너희는 왜 도망치지 않는 것이냐!"

괴완동이 분통을 터뜨렸다.

앞에 선 여인은 오십 대 초반으로 곱게 늙어 귀부인처럼 보였다. 그녀는 괴완동을 무시하고 뒤쪽에 있는 능운백을 향해 예를 갖췄다.

"본인은 화화곡주 채양선자예요. 능 공자의 용안을 뵙게 되다니 믿기지 않네요. 부탁드릴게요."

능운백은 일순 무슨 말인지 이해할 수 없었다.

"뭐, 뭘요?"

"저희도 할게요."

채양선자가 요각신승 쪽을 가리켰다.

능운백은 순간 머리에 현기증이 일어 휘청였다.

"저희는 염려 마세요. 처음부터 하려고 작정하고 왔으니까요. 할 수만 있으면 누구라도 상관없답니다."

화화곡주와 그 뒤에 도열한 화화곡인들의 눈빛은 단호하

기 이를 데 없었다. 당장이라도 옷을 벗어 던질 기세였다.

괴완동이 호통 쳤다.

"이 미친년들아, 썩 물러나지 못해!"

"이대로는 절대 돌아갈 수 없어요! 우리는 무슨 일이 있어도 해야겠어요!"

"다 죽여 버리기 전에 꺼지라고!"

화화곡주도 발끈했다.

"당신이 뭔데 우리를 못 하게 하는 거냐! 우리가 하겠다는데 왜 못 하게 해! 우리가 여기에서 부상자들을 돌보기까지 하면서 호시탐탐 얼마나 기회를 엿보고 있었는데 왜 못 하게 하느냔 말이다!"

화화곡주는 거의 악을 썼다.

자하진인이 소매를 휘둘렀다.

풀썩.

혼혈이 짚인 화화곡주가 맥없이 쓰러졌다.

이어서 괴완동이 화화곡인들을 한 바퀴 휘돌자 모두들 추풍낙엽처럼 무너져 내렸다.

"내 살다 살다…… 운백, 너는 가까이 오지 마라. 자하, 저쪽으로 옮겨 놓자."

괴완동과 자하진인이 바람이 불어오는 방향으로 화화곡인들을 멀찍이 옮겨 놓았다.

능운백이 겨우 현기증에서 벗어나 뒤쪽의 기척을 느끼고

돌아보았다. 마차에서 기다리고 있던 혼원독의 등이 달려오고 있었다. 수많은 인파의 대탈주에 더 기다릴 수 없었던 것이다.

"독의 너!"

능운백이 소리쳤다.

"죄, 죄송합니다!"

독의가 응당 맞을 걸 생각했는지 머리를 내밀었다.

"잘했다, 잘했어!"

"네?"

"덕분에 겨우 살았다."

"헤헤……."

기분이 좋아진 혼원독의가 끔찍하게 웃었다.

한편 제갈영은 캬악거리기 바빴다.

어디론가 가 버린 이들보다 아직까지 눈앞에는 열심히 해대고 있는 이들이 훨씬 많았다. 그 광경은 적나라하기 이를 데 없고 연신 짐승 같은 신음 소리가 울려나오고 있는 것이다.

"슝슝슝!"

아장이 제갈영을 품에 안고 귀를 막아 주었다. 청은은 진작 눈을 가리고 귀를 막은 채로 어쩔 줄 몰라 했다.

하지만 배려의 화신인 아두와 아삼은 칭찬하기 바빴다.

"미친 스님은 굉장히 잘하네. 아주 중후하고 묵직해!"

"아니 마교 교주도 못지않아! 피나는데도 굴하지 않잖아!"

"인내심이 저 정도니까 교주도 하는 거겠지."

"그러네. 다 잘해야 하는 거네."

등헌을 안은 극락마군은 이 광경이 보이지 않도록 등헌의 시야를 차단했다.

그때였다.

품평하는 것을 듣기라도 한 것처럼 느닷없이 마교 교주 철혈마종과 귀곡자가 한 몸인 채로 산 위로 내달렸다. 뒤이어 대공자 등평과 탈혼천랑대가 하나 되어 그 뒤를 쫓았다.

"절학은 나 귀곡자의 것이다아아! 헉헉, 오직 나만이 자격이 있다아아아~"

등평이 뒤따라 외쳤다.

"아무에게도, 아무에게도, 아무에게도, 알려 주지 않아!"

두 사람의 목소리는 한껏 들떠 있었다.

아두가 갸웃했다.

"저놈들은 예의가 없네. 어째서 감사를 안 하지?"

하지만 일행에겐 그것이 문제가 아니었다.

감사를 하지 않는 것이야 누구 덕택에 이리된 것인지를 모르기 때문일 뿐, 정작 중요한 것은 무의식의 각인을 쫓아 동해삼선의 절학이 있는 곳으로 가고 있다는 것이었다.

"따라 가자!"

괴완동이 말했다.

"네."

능운백이 대답하고 독의를 향해 말했다.

"독의 너는 염라영감과 함께 남아서 해독하도록 해. 명심할 건 아무나 다 해독하면 곤란하다는 거야. 무슨 말인 줄 알겠어?"

이어 시선을 돌려 말을 이었다.

"극락마군이 남아서 도와줘. 나머지는 같이 간다."

"능 공자, 저도 남겠습니다."

소요쌍창이 말했다.

"그렇게 해."

하오문주는 이도저도 못 하고 어정쩡하니 자리를 지켰다.

동굴로 들어간 귀곡자와 등평 등의 움직임은 매우 빨라 이미 보이지 않았지만 신음 소리가 끊이지 않았고, 계속 외쳐 대고 있었기에 쫓아가는 건 어렵지 않았다. 이내 석실이 나타났고, 두 쌍은 집에라도 돌아온 듯 아주 작정하고 자세까지 현란하게 바꿔 가며 정신없이 해 대기 바빴다.

"두 개의 문, 두 개의 문~ 나는 알고 있어, 나만 알고 있어~"

귀곡자가 좌측 석벽에서 말했다.

등평은 맞은편 석벽에서 허리를 부지런히 놀렸다.

"헉헉, 이것은, 헉헉, 비밀~ 아무에게도 말해 줄 수 없지~ 여기여기 이렇게 하면 문이 열리지."

능운백 등이 석실의 글귀를 훑어보고 있을 때 까막눈인 삼괴는 등평 옆에서 구경 중이었다.

"야, 문이 안 열리잖아!"

아두가 정신이 나가 버린 등평에게 버럭 화를 냈다.

아삼이 아두를 말렸다.

"밀어 보지도 않았잖아."

그러고는 벽에 손을 가져갔다. 아삼의 손목이 쑤욱 들어갔다. 아삼이 비명을 내질렀다.

"으아악! 내 손이 사라졌어! 내 손! 내 손!"

곁에서 아장이 미칠 듯 슝슝거렸다.

아삼의 고함에 모두 그 앞으로 모였다.

"주인님, 살려 주세요! 제 손이 사라졌어요!"

"빼 보거라."

적발노괴가 차분히 말했다.

"네?"

아삼이 손을 빼냈다. 멀쩡하자 손이 돌아왔다며 좋아 방방 뛰었다.

능운백이 등평에게 장력을 날렸다. 등평과 탈혼천랑대는 장력을 벗어나 구석에서 열심히 해 대며 힐끔거렸다.

괴완동이 벽에 손을 가져갔다.

손은 들어가지 않고 돌의 질감이 그대로 전해졌다.

"방금 어떻게 했냐?"

"두목, 이렇게이렇게!"

아삼이 등평이 했던 대로 다섯 곳을 점했다.

괴완동이 다시 손을 가져갔다. 쑥 들어갔다.

"숙부님, 들어가 보세요. 조심하시구요."

능운백이 말했다.

괴완동이 끄덕이고 벽을 관통해 들어갔다.

"나도 들어가 볼래."

아두가 다섯 지점을 점한 뒤 손을 내밀었다. 하지만 어느새 벽은 그야말로 벽이 되어 딱딱한 상태였다.

"와아, 신기해!"

"진짜 신기하다! 두목님이 특별한 사람인가 봐!"

아두와 아삼이 감탄했다.

하지만 모두는 안쪽으로 누군가 들어가 있다면 열리지 않는 것임을 알아차렸다.

잠시 후 괴완동이 거짓말처럼 벽을 뚫고 나왔다.

"허허허, 여태 못 얻을 만하구만."

허탈한 표정이 역력했다.

"뭘 보신 건데요?"

능운백이 물었다. 모두 호기심 가득한 눈동자를 빛냈다.

"입 아프다. 차례로 들어가 봐라."

자하진인이 관통해 들어가고, 다음으로 능운백, 적발노괴, 청은까지 다녀왔다.

누구 할 것 없이 허탈함을 금치 못했다.

어찌 보면 이보다 간단한 조건은 없는데, 선뜻 나설 수가 없는 것이다. 또한 마의 징표가 도리어 선택을 가로막는다는 것을 알게 되었다. 죽음을 불사하지 않아도 절학에 닿을 수 있는 길이 있기에 어떻게든 찾아내야겠다는 생각을 하게 만드는 것이다.

"너한테 있냐?"

괴완동이 능운백에게 물었다.

능운백이 피식 웃었다.

숙부의 말인즉 모두 그리 오해를 하고 네놈에게 달려들었다는 뜻이었다.

"캬악!"

제갈영이 무슨 일이냐는 듯 소리쳤다.

모두 죄지은 것처럼 제갈영을 똑바로 쳐다보지 못했다.

"주인님, 저희도 들어가 볼래요."

아삼이 말했다.

"안 된다."

적발노괴는 단호했다.

"그냥 구경만 하고 올게요. 주인님, 제발요. 너무 궁금하잖아요."

"소하, 보내줘. 눈 돌아갈 만큼 멋지긴 하잖아."

능운백이 말했다.

적발노괴가 근심 띤 얼굴로 삼괴에게 말했다.

"아무것도 만져선 안 된다. 보기만 하고 돌아와야 한다."

삼괴가 환호성과 슝슝을 내질렀다.

아두가 먼저 들어갔다.

나오더니 광분하며 끝내준다고 팔짝팔짝 뛰었다.

"아두야, 차분해야지."

아삼이 엄히 꾸짖고 들어갔다. 하지만 나오자마자 아삼은 아두보다 배는 미쳐 날뛰었다. 아장이 제갈영을 향해 슝슝거리고 적발노괴에게 건넸다.

"캬악! 캬악!"

제갈영이 떨어지기 싫은 것인지, 조심하라는 것인지, 까마귀마냥 연신 괴성을 발했다.

"슝슝!"

걱정 말라는 듯 아장이 웃어 보이고 안으로 들어갔다.

"마의 징표는 무엇일까나……."

괴완동이 혼잣말처럼 중얼거렸다.

능운백도 갸웃했다.

"근데 왜 하필 마의 징표일까요?"

"그러게 말이다."

괴완동도 아리송하긴 마찬가지였다. 세간에 알려진 동해삼선의 행적은 도리어 마교를 억제했던 것이다.

그때였다.

스릉!

느닷없이 자하진인이 검을 빼 들었다.

자하진인의 시선을 따라간 모두 경악을 금치 못했다.

귀곡자가 석실의 입구 쪽에 서 있었다.

마교 교주는 여전히 귀곡자의 몸을 부벼 대고 있건만 귀곡자는 형형한 안광을 빛내는 것이 중독에서 완전히 벗어난 모습이었다.

그가 비록 알몸이라도 웃을 수 없었다.

상대는 천하제일인 그 이상인 것이다.

귀곡자가 좌수를 휘둘렀다.

퍼석!

들러붙던 마교 교주 철혈마종이 뇌수가 터지며 절명했다.

귀곡자의 안면이 실룩거렸다.

"네놈이 마의 징표를…… 모른다고?"

깨어나며 괴완동과 능운백의 대화를 듣게 된 귀곡자였다. 그토록 기다렸건만 능운백은 아무것도 아니었다. 아니, 도리어 세상 그 무엇과도 비교할 수 없는 치욕에 빠졌다.

얼굴을 일그러뜨리며 부들부들 떨었다.

"나는 너희를…… 죽이지 않을 것이다. 너희는……."

분노에 찬 귀곡자가 이를 부드득 갈았다.

"……죽어서는 안 된다. 무슨 일이 있어도 너희를 죽지 않게 하겠다. 나는 너희의 무공을 폐할 것이다. 단전을 파괴할 것이고…… 심맥을 절단할 것이며…… 그 다음 팔과 다리를 자를 것이다.”

“……”

누구 할 것 없이 공포에 질렸다.

귀곡자가 그렇게 하겠다면, 그렇게 되는 것이다.

귀곡자가 살기 어린 눈빛으로 말을 이었다.

“팔과 다리가 잘려 나간 너희는…… 길거리 한복판에서 밤이고 낮이고 뒹굴 것이다. 나는 그것을 지켜볼 것이다. 언제까지라도.”

한 마디 한 마디에 잔혹한 저주가 서렸다.

아두와 아삼이 공포에 질려 미칠 듯이 몸을 떨다 결국 다리 힘이 풀려 주저앉았다.

『소하, 숙부님들과 틈을 내 보겠다. 무슨 일이 있어도 빠져나가도록 해!』

능운백은 연이어 청은에게도 같은 전음을 발했다.

『주군……』

『운백……』

귀곡자의 양손에 백색광망이 떠올랐다.

그 순간 세 사람이 일시에 덮쳐 갔다.

능운백과 괴완동이 좌우를, 자하진인은 눈동자를 자줏빛으로 물들인 채 귀곡자의 면전에 검광을 발했다. 귀곡자가 검광을 향해 손을 뻗었다. 쇠라도 베어 낼 검광이건만 귀곡자는 거침없이 빛 안으로 파고들었다. 이내 빛을 휘어잡고 비틀어 돌렸다.

검광이 역회전하며 회오리처럼 검을 휘돌았다.

촤촤촤촹!

그 사이 괴완동의 무형장과 능운백의 연혼장은 동시에 귀곡자에게 닿아 갔다.

촤촤촤촤앙!

검이 검 끝에서부터 조각조각 나며 파편이 되어 튀어나갔다. 때를 같이해 혼신을 담은 무형장과 연혼장이 귀곡자를 격중했다.

"환(環)!"

귀곡자가 짧게 외친 순간, 그의 옷자락이 회오리처럼 휘날리는가 싶더니 괴완동과 능운백이 튕겨 나갔다.

"크윽!"

"크아악!"

쿵, 소리가 날 정도로 석벽에 부딪혀 떨어졌다.

괴완동은 겨우 몸을 추슬렀으나 능운백은 가슴을 움켜쥐고 몸부림치며 피를 토해 냈다.

"쿨럭⋯⋯."

환의 수법!

귀곡자는 신공을 발휘하여 괴완동의 무형장을 능운백에게 돌리고, 능운백의 연혼장은 괴완동에게로 돌려놓은 것이다.

자하진인은 망연자실한 상태였다. 되돌아온 검광에 검은

손잡이만 남은 채였다. 이내, 쿨럭하며 선혈을 토해 내고는 그대로 앞으로 쓰러졌다.

풀썩.

검을 타고 스며든 귀곡자의 기운이 이미 자하진인의 온몸을 헤집어 놓은 것이다.

절세고수 세 사람의 합공은 허무하기 짝이 없었다.

단 일수.

그 압도적인 무위에 적발노괴와 청은 등은 빠져나가기는커녕 완전히 얼어붙어 숨조차 제대로 쉬지 못했다.

슥.

귀곡자가 귀신같이 움직여 능운백 앞에 섰다.

목을 움켜쥐고 들어 올렸다.

"으으윽!"

능운백이 목에 핏대가 오르고 얼굴이 벌겋게 달아오른 채 발버둥 쳤다.

"먼저 네놈의 단전을……."

귀곡자가 등 뒤로 손을 휘둘렀다.

"크헉!"

뒤에서 급습한 괴완동이 날아갔다. 쿵쿵 연달아 부딪혀 떨어져 몇 번 몸부림치다 이내 축 처졌다.

귀곡자의 말은 그대로 계속 이어졌다.

"……파괴하겠다."

능운백의 명치 아래 우장을 댄 순간 백색광채가 복부 아래까지 퍼져갔다.

"크아아아아아아아아아아악!"

능운백이 눈을 치켜뜨고 비명을 내질렀다.

"하하하! 더 크게 소리 질러라!"

"으아아아아아아아아아아악!"

"더! 더! 더!"

눈을 부릅뜨고 비명을 내지르던 능운백이 이내 축 처졌다. 감길 듯 말 듯한 눈동자에서 생기가 사라졌다.

"흐흐흐, 이제 시작일 뿐이다. 나는 너의 심맥을 조각내고 네 팔과 다리를 자를 것이다."

순간 귀곡자가 고개를 돌렸다.

전면의 석벽 쪽이었다.

벽에서 쑤욱 하고 사람 얼굴 하나가 나온 것이다.

"슝슝!"

아장이었다. 놀라 눈이 휘둥그레져 있었다.

적발노괴가 소리쳤다.

"아장, 들어가라! 어서!"

아두와 아삼도 악을 썼다.

"아장, 나오면 안 돼! 나오지 마!"

"아장, 나오지 말고 황금 문으로 들어가!"

귀곡자는 예상치 못한 상황에 굳어 있다가 아장을 향해 손을 뻗었다.

아장이 쑥 들어갔다. 대신 가공할 허공섭물에 석벽의 표면이 뜯겨지며 돌가루가 튀었다.

"어, 어떻게……."

귀곡자가 능운백을 내던지고 허겁지겁 석벽 앞에서 다섯 지점을 찍었다.

몸을 던졌다.

그저 쿵 소리가 나며 관통되지 않았다.

"안 돼! 이럴 순 없다, 안 된다! 선택하면 안 돼! 나와라! 나와!"

귀곡자는 제정신이 아니었다.

새파랗게 질려 정신없이 소리치고, 손을 덜덜 떨고 머리를 움켜쥐었다가 목을 매만지고 마른침을 삼키고 숨이 거칠어졌다.

"들어가면 안 돼. 안 돼. 그건 안 돼. 네놈의 것이 아니란 말이다!"

밖에서 말을 해도 안에서는 들리지 않는다는 것을 생각해내지도 못했다.

"아, 아니 이미 들어갔어. 끝났다. 다 끝났어. 아, 아니 잘못된 선택을 했을지도 모른다. 틀림없다, 틀림없어. 내가! 내가 들어가야 해! 나의 것이다!"

귀곡자가 석벽을 향해 장력을 날렸다.

쿠웅!

돌가루가 사방으로 뛰어올랐다.

"나의 것이란 말이다아아아!"

쿵쿵쿵!

반쯤 미쳐 온 내력을 다해 연달아 장력을 내뻗었다.

쿵쿵쿵쿵! 콰앙!

"부서져라. 부서져! 동해삼선은 나의 것이다! 부서져!"

쿵쿵쿵! 콰앙, 쾅!

가히 산악을 무너뜨릴 정도의 장력이 연이어 발출되었고 그 여파만으로 아삼의 몸이 뒤로 밀려났다.

쩌적!

석벽에 금이 갔다.

"으하하하하하하하하, 열린다. 열려!"

귀곡자가 장력을 펼치는 대신 두 손을 석벽에 대고 내력을 운용했다. 양손에 맺힌 백색광망이 점점 부풀어 오르더니 온몸을 휘감을 지경이 되었다.

쿠르르르……

석실이 요동치기 시작했다. 지면이 갈라지고, 천장까지 균열이 일며 돌무더기가 여기저기 떨어져 내렸다.

붕괴될 지경이라 적발노괴가 한 손으로 제갈영을 안은 채로 아두와 아삼을 잡아끌었다.

청은은 능운백을 안고 자하진인 쪽으로 향했다.

귀곡자는 이제 완연히 광망에 휩싸여 분노를 토해냈다.

"으아아아아악!"

쿠콰과광…….

폭발하듯 석벽이 산산이 튀어 부서져 내리며 석실 안쪽의 광경이 드러났다.

세 개의 황금 문이 열려 있었다.

그 앞쪽으로 아장이 멍하니 서 있다가 돌아봤다. 안쪽도 이미 붕괴가 진행되어 천장이 무너져 내리고 지면이 갈라지기 시작했다.

귀곡자가 광기 어린 미소를 발했다.

"착하구나, 잘했다."

"슝슝슝?"

"아장, 문으로 들어가거라!"

적발노괴가 외쳤다.

"슝슝?"

아장이 갸웃했다. 그때 지면이 무너져 내리면서 아장이 휘청이더니 중앙의 황금 문으로 빨려들 듯 떨어졌다.

"안 돼!"

귀곡자가 허공섭물을 펼쳤다. 하지만 황금 문에 닿은 아장은 그대로 빛에 함몰되어 갔다.

이제 남은 선택은 하나뿐. 귀곡자가 좌측의 황금 문으로 뛰어들었다.

쿠콰콰콰쾅…….

붕괴가 가속되었다.

그때였다.

— 욕망이 너희를 파멸로 이끌리니! 멸하리라!

천상의 소리인 듯 위엄 서린 음성이 울려 퍼졌다.

어느새 아장의 몸은 황금빛으로 물들어 갔다.

그 광경은 정녕 신비하기 이를 데 없었고, 아장은 황금 인간이 된 듯 보였다.

이내 더욱 짙은 황금빛이 아장의 복부 쪽에 맺히는가 싶더니 전신에 퍼지듯 사방팔방으로 뻗어나갔다.

정녕 황홀한 광경 속에 아장의 몸이 찢겨 나갔다.

빛의 갈라짐을 따라 수천수만 개로 조각났다. 머리가 갈라지고 몸통이 수천 조각 나며 피가 튀고 뼈가 산산이 부서졌다.

파아아앙!

빛이 한차례 더 폭주하고 수천 개의 빛다발이 일며 아장은 더 이상 조각날 수 없을 정도가 되어 스러졌다.

"아장, 아장!"

"아장! 아장—"

아두와 아삼이 피를 토하듯 외쳤다. 적발노괴가 덜덜 떨었다. 눈물이 흐르는 것도 모른 채 입술을 바들거렸다.

귀곡자도 그 광경을 보았다. 그는 이제 막 금빛에 휩싸인 채였다.

"안 돼…… 안 돼에에에에!"

경악에 차 빛을 빠져나오려 몸부림쳤다.

그 순간 수천 다발의 빛이 폭사했다. 뼈와 살이 흩어지고 피가 튀어오르며 빛 안에서 귀곡자가 소멸되었다.

제갈영이 비명처럼 괴성을 내지르고, 충격에 아두가 기절했다.

이제 석실은 붕괴가 절정에 달했다. 그럼에도 적발노괴와 청은 등은 망연차실 넋을 놓고 있었다.

능운백이 아장의 마지막 모습을 잡으려는 듯 손을 뻗었지만 아장은 어디에도 없었다. 의식이 점점 옅어져 갔다. 희미한 의식 속에서 헛것이 보였다.

석실 입구로 검제와 신승을 비롯한 몇몇이 보였다. 그들은 숙부님들과 청은 등을 들어 올리고 있었다.

제9장
고금제일마

우현산 용해봉의 사건은 일명 '광마동해혈겁'으로 불리며 빠르게 온 천하로 퍼져 나갔다. 광마는 능운백을 칭했다. 혹은 '고금제일마'로 불리기도 했지만 가장 많이 쓰이는 건 광마가 되었다. 사망자가 많지 않았음에도 혈겁이라 한 이유는 절세고수들이 차라리 죽는 것이 낫다 싶을 정도의 욕됨을 당했기 때문이었다.

그들 면면의 명성은 천천만만을 대신할 만큼 무겁거늘 세상은 술 한잔과 함께 한탄하는 척하며 그 이야기를 반복하는 것이다. 그러다 술잔이 늘어나면 급기야 '내가 직접 봤는데 그 장문인이 무공에 비해 작더라고'라거나 '그 짓이 한 번으로 그칠 리 없지. 그렇게 좋아하던걸'이라며 술안주 삼아 자근자근 씹어 대니 당사자의 고통은 상상을 초월하는 것이었다.

하지만 그 무엇보다 이 사건의 중대함은 현재까지도 진행 중이라는 점이었다.

목령선자와 고루법왕의 소식은 잠잠했지만 대신 기존의 탈혼천랑대들은 왕성히 활약하고 있었으며, 거기에 추가로 용해봉에서 당한 이들 중 해독되지 못한 스무 쌍 가까이가 온 천하를 헤집고 다니는 중인 것이다. 그중에는 무당 장문인과 개방 방주를 비롯한 정파의 주요 인사들과 마교의 장로들과 탈혼천랑대가 포함되어 있으니 해당 문파의 충격과 분노는 상상을 초월했다.

*　　　*　　　*

이렇듯 혈겁의 진상이 밝혀지는 와중, 여전히 위치를 고수하며 때를 기다리던, 가히 인간 말뚝이라 해도 과언이 아닌 마교의 이공자 등무도 소식을 접했다.

"주군, 때가 되었습니다. 속히 귀교하시어 지존좌에 오르셔야 합니다."

괴옥마군이 예를 표했다.

"흐음……."

등무가 침음성을 흘렸다.

무거운 표정을 짓는 것으로 얼떨떨함을 감추려 했지만 실패. 조금은 멍한 얼굴을 드러내고 말았다.

원래 계획대로긴 하다.

때를 기다려 얻는다.

그래도 이건 조금 심했다 싶어 잠시 현기증이 돌았다.

아버지와 형의 비참한 최후에 마음 한켠이 아려 오는 건 어쩔 수 없다지만 그것과 별개로 정녕 한 것이라곤 가만히 서 있었을 뿐인데 덜컥 교주 자리에 오르고 만 것이다. 내력을 끌어 올리거나 누군가의 심장 한 번 후벼 내지도 않았고, 용해봉의 고수들처럼 추한 짓을 한 것도 아닌데 말이다.

어쨌든,

"가자!"

어부지리의 혜택자 등무가 드디어 기다림을 끝내고 명을 내렸다. '기다린다'와 '가자'로 교주 자리에 오르게 된 등무의 신형은 비쾌하기 이를 데 없었다.

등무가 신형을 날리며 중얼거렸다.

'혼원독의는 반드시 죽어야 한다.'

*　　　*　　　*

한편 능운백과 괴완동 등의 일행은 용해봉이 붕괴되기 직전 구조되어 소림으로 옮겨졌다.

요양 목적이 아니었다. 절세고수들과 각대문파, 세가 등이 지도부의 붕괴로 받은 타격은 죽음 이상이어서, 능운백에게 책임을 묻는 한편 혼원독의를 세상으로부터 영원히 단절시키고자 함이었다.

그로 인해 능운백은 참회라는 이름하에 창살 없는 감옥인 절암동에 머물게 했고, 혼원독의는 탈출이 불가능한 소림의 뇌옥인 무저옥에 감금되었다. 일행들은 결속과 모의를 막기 위해 분산시켰다. 괴완동과 자하진인은 운신이 불가할 정도의 중상을 당한 고로 한곳에 두었고, 소요쌍창은 아두와, 적발노괴는 아삼, 청은은 제갈영, 극락마군은 등헌과 하오문주와 각각 머물게 되었다.

이들 각 처소는 서로 왕래가 불가했고, 외부와도 철저히 차단되었다. 오직 염라선의만이 치료를 목적으로 이동할 수 있었는데, 그것도 열흘뿐이었다. 염라선의가 독의와 함께 괴약을 제조했으리라는 의구심을 품은 소림이 염라선의마저 무저옥에 감금한 것이다. 덕분에 억울한 것은 염라선의였다.

"형님, 나는 대체 왜 여기에 있어야 하는 거요?"

"그럼 나 혼자 있으란 말이냐!"

혼원독의가 역정을 내며 몸을 움직이면서 발목에 묶인 쇠고랑 소리가 찰랑거렸다.

무저옥은 진법으로 절벽인 양 위장된 곳에 위치했고, 진입하기 위해서는 다시금 다섯 개의 절진을 통과해야만 했으며, 그 안쪽의 뇌옥은 굳건한 쇠창살과 함께 현철로 제련된 쇠고랑으로 발목이 채워져 움직일 수 있는 거리는 고작 일 장여가 전부였다.

"아니, 춘약을 제조하는 방법을 내가 형님에게 전수라도 받았으면 억울하지나 않지, 이게 대체 뭐요!"

"누구 앞에서 발뺌이냐! 날 무시하는 거냐! 아니면 널 무시하라는 거냐!"

혼원독의가 카랑거리자, 염라선의가 끙, 하고 앓는 소리를 냈다. 그저 스윽 훑어보는 것만으로도 그 해당 조합을 추론해 내고 복제해 낼 수 있는 염라선의인 것이다.

"아, 물론 알긴 알지요. 그래도 저는 그걸 만들지 않잖소."

"됐고. 그나저나 주군이 걱정이다!"

"그러게 말입니다. 능 공자의 고통이 얼마나 심할지…… 한 달만 견디면 지옥 같은 통증은 잦아들 텐데 그 전에 별일이 없길 바라야지요."

둘은 자신들의 처지도 잊고 능운백을 염려했다.

단전이 파괴됨은 단순히 내력을 상실함에 그치지 않는다. 잔존 내력이 소실되는 과정에서 내장이 수천수만 번 갈가리 찢기는 통증이 수반된다. 그 뒤에 찾아오는 상실감은 차치하고 그 극통을 한 달 가까이 견뎌야 한다.

능운백의 치료는 소림의 의불들이 맡을 것이나 그들 수준에서는 통증을 다스리는 것은 고사하고 목숨을 연명시키는 것조차 버거울 것이 문제였다. 그동안 능운백은 지옥을 수백 번 넘나들 테니.

"주군에게 아무 일이 없어야 할 텐데……."

＊　　　＊　　　＊

한편 소림은 소림대로 큰 변고를 맞고 있었다.

"현 장문인이 없이 어찌 차기 장문인을 거론할 수 있습니까?"

"그렇다고 억지로 장문인을 모셔 올 수도 없지 않소이까."

"사안이 중대한 만큼 반드시 모셔 와야 합니다."

"의중을 모르는 바 아니나 장문인의 심정을 생각한다면 모시는 것이 오히려 장문인을 욕되게 하는 것임을 어찌 모르시는가."

소림 만불각.

장로들과 각주들이 둥그렇게 모여 신임 장문인을 추대하여 급박하게 돌아가는 현 상황을 타개코자 하였다.

하지만 추대를 논하기도 전에 현 장문인 방종의 참여 여부로 좀처럼 의견 일치를 보지 못했다.

그때 요각신승이 우렁찬 불호를 터뜨렸다.

"나무관세음보살!"

모두의 이목이 집중되자 요각이 노한 기색으로 입을 열었다.

　"그 일을 직접 경험하지 않은 자는 입을 다물라! 방종이 이 자리에 오지 않았다 하여 누가 그를 탓할 수 있단 말인가!"

　모두 숨을 죽였다.

　소림 최고 배분인 요각신승의 말 때문이기도 했지만 몇몇은 장문인과 마교 장로가 열정을 불태운 끔찍한 장면을 목격했고, 직접 보지 못한 자들도 소림으로 돌아온 장문인이 한밤에 절규에 가깝게 오열하던 소리를 들었던 터였다.

　요각신승이 말을 이었다.

　"색계를 범했노라 말하는 자가 없다 하여도 색계를 범한 것이다. 빈승도 우현산에서 마교도와 그 짓을 하였느니라. 이런이런, 나무관세음보살……."

　성급히 불호를 외며 요각신승이 진저리를 쳤다.

　"하지만 장문인은 빈승과 다르다. 그는 성정이 온순하고 법도를 중히 여기는 자인지라 말로 형용하기 힘든 충격을 받았을 터."

　좌중은 숙연해졌다.

　요각신승의 음성은 점점 커져 갔다.

　"그러한 성정 탓인지 장문인은 마교도에게 당했다. 여인이 아닌데 여인처럼 엎드려서 당하는 쪽이었다. 물론 빈승은 당하지 않았도다. 신승이라 불리는 빈승은 사납게 하면 했지당할 수는 없는 노릇이니까!"

좌중이 순간 멍해졌다.

요각은 그러든가 말든가 말을 이어 갔다.

"그뿐이 아니다. 장문인은 빨기까지 했다. 차라리 빨렸다면 좋았을 것을 그렇게 되지 않은 것이다. 그리고 깨어나 당한 것을 떠올린 게지! 모두 생각해 보라. 장문인 스스로 그 광경을 떠올리면서…… 아, 이런 염병…… 나무관세음보살…… 부처님 자비를 베푸소서. 나무관세음보살, 나무관세음보살……."

자기가 말해 놓고 자기가 상상해 버렸는지 요각신승이 정신 사납게 불호를 읊었다.

이제 좌중은 정신이 혼미해질 지경이었다.

"그 아픔이 얼마나 컸을지, 당해 보지 않은 자는 알 수가 없다. 피가 나고 찢어지고 헐고…… 빈승은 아직도 따갑도다. 아아, 나무관세음보살…… 그럼에도 혹여 장문인이 기쁨을 느낀 것이라면…… 오오오, 나무관세음보살, 나무관세음보살…… 물론 빈승은 느끼기보단 그 반대로 분노가 치밀어……."

"사숙님, 충분히 이해했습니다. 장문인 없이 추대를 하도록 하지요!"

장경각주 방온이 서둘러 말했다.

그는 여태 가장 강경한 태도로 현 장문인이 참석해야 한다고 주장했던 터였다. 하지만 요각신승의 말을 듣고 있자니 현 장문인은 물론이고 모두에게 몹쓸 짓을 한 것 같았다. 신승의 말을 더 들어 주기 난감하던 차라 장로와 원주들이 너도 나도 동의를 표했다.

그 다음은 속전속결이었다.

나한각주 방요가 장문인으로 적임하다고 의견 일치를 보았고, 방요 또한 수락하며 일단락되었다.

방요가 예를 갖춘 후 입을 열었다.

"먼저 절암동에 감금된 능운백에 관해서 논의했으면 합니다. 아시다시피 능운백으로 인해 소림을 위시한 각대문파는 큰 혼란에 빠졌고 아직까지 다 추스르지 못하고 있습니다. 이에 이십 년의 참회 기간을 갖도록 하였으나 동해삼선의 절학이 마교나 귀곡자의 손에 떨어지지 않게 된 공로와 이미 그의 무공이 소실된 점을 감안하여 그 연한을 감축하자는 의견이 있었습니다. 이 자리에서 각기 생각을 말씀해 주십시오."

모두 대답이 없었다. 감축을 주장했다는 이가 누군지 몰라도 그조차 나서지 않았다.

이내 요각신승이 나섰다.

"나무관세음보살…… 장문인, 능 공자는 아직 젊다오. 이십 년은 긴 세월이나 무림은 능 공자를 잊을 시간이 필요하지요. 혈겁에 당한 이들의 상처를 씻는 것은 그만큼 간단치 않은 겝니다. 또한 강호인들의 상처가 채 아물지 않은 때 능

공자가 강호로 나섰다간 틀림없이 보복을 당할 터이니 소림은 최소 이십 년 동안은 그를 보호해야 하는 게요. 과거 검절이 마교 교주의 팔을 썰어 사단이 났을 때 빈승은 검절을 지키려고 절암동을 권유했다가 말도 못 하게 처맞았…… 흠흠, 나무관세음보살…… 하지만 검절의 제자만큼은 반드시 지켜낼 것이오. 아마도 빈승의 생각에는 면벽에 들어간 방종도 그 정도의 세월이 지나야 겨우 회복될 것이라고 보오. 방종은 성정이 온순하여 여인처럼 결국 당하는 입장이……"

"네, 이십 년으로 하지요. 다른 의견이 있으십니까?"

방요가 서둘러 봉합했다.

다른 의견이 나올 리 만무했다. 아니, 다른 의견을 내면 안 되는 분위기였다.

방요가 말을 이었다.

"두 번째 논의는 사안이 중합니다. 혈겁 이후 돌아갔던 각 대문파가 혼원독의, 아니 정확히는 괴약에 관한 우려로 소림으로 모여들고 있습니다. 이미 무당과 점창, 거기에 삼대세가의 주축이 도착했고, 하루가 멀다 하고 천하각지에서 모여들고 있습니다. 이는 단순히 혼원독의와 염라선의를 무저옥에 평생 가둬 둔다는 것으로 해결될 문제가 아닌 게지요."

이 사태는 충분히 예견된 바였다.

혼원독의가 제조한 춘약은 무림 역사상 전례 없는 파괴력과 추잡함을 겸비하였고, 단 한 호흡만으로도 효력이 발생하니 독의와 선의가 살아 있는 한 정과 마를 가리지 않고 그 누구도 안심할 수 없는 것이다.

"그렇다고 죽일 수도 없는 노릇이네. 그건 아니 될 말이지."

요각이 진중히 말했다.

장경각주 방온이 말을 받았다.

"이렇게 하는 건 어떻습니까. 혼원독의가 이미 해독약을 우리에게 전하였으나, 이제 그보다 더 방대한 양의 해독약을 제조케 하는 것입니다. 각대문파에게 충분한 양을 소지케 하거나 미리 복용시킨다면 괴약은 더 이상 두려움의 대상이 아니게 되지 않겠습니까?"

"흠, 좋은 생각이구려."

장문인 방요가 고개를 끄덕였다.

요각은 물론이고 다른 이들도 하나같이 동감을 표했다. 아예 해독약의 제조법까지 전 무림이 나눠가지면 더 이상 이 일로 문제될 것이 없다는 말까지 나왔다.

그때 장로 요성이 나섰다. 그는 요각신승의 사제였다.

"빈승의 생각은 다르외다. 모두가 간과하고 있는 듯하구려. 혼원독의는 불세출의 신의라오. 그렇기에 그러면 당연히 지금의 해독제마저도 무용지물로 만들 수 있는 새로운 괴약을 제조할 수 있을 것이오. 아마도 강호인들도 그리 생각하지 않겠소이까."

좌중은 이내 찬물을 뒤집어쓴 듯 침묵에 빠졌다.

혼원독의라면, 가능한 일이었다. 또 염라선의라면.

다시금 논의는 원점이었다. 답답한 공기가 방 안을 가득 메웠다. 신의들을 죽이면 간단한 일이지만 죽이지 않으려 하니 답이 보이지 않는 상황이었다.

요각의 얼굴이 울그락불그락해지더니 이내 버럭 소리쳤다.

"요성! 너는 왜 쓸데없는 소리를 해서 머리를 복잡하게 하는 것이냐! 그런가 보다 하고 넘어갔으면 모두 좋았지 않느냐!"

요성이 슬그머니 눈을 피했다.

요각이 목소리를 높였다.

"모두 들으시오! 태산북두라는 소림은 어디로 가고, 벌벌 떠는 소림만 남았는가! 어찌하여 모두들 탈출이 불가능한 무저옥에 감금된 신의들을 죽이자는 말이 누군가의 입에서 나오길 기다리는 겐가! 장문인, 두 신의를 죽이는 건 있을 수 없는 일이오! 소림이 무저옥에 감금하겠다면 각대문파는 그런가 보다 하고 응당 믿고 따라야 할 것이오!"

좌중은 깊은 침묵에 잠겼다. 요각신승의 말에는 소림의 자긍심이 가득 담겨 있는 것이다.

이내 장문인이 진중히 고개를 끄덕였다.

"빈승도 같은 생각입니다. 누구라도 다른 의견이 있으시면 말씀해 주십시오."

모두들 동의를 표했다.

장문인이 입을 열었다.

"자, 그럼 마지막으로 괴완동과 화산의 자하진인에 대해 논하지요. 감금되기 전 염라선의는 괴완동과 자하진인이 완쾌되는 데 반년이 소요된다고 하였습니다. 극락마군은 자신의 주군의 안위를 살피느라 반발할 여력이 없으니 그들을 억제하는 데는 문제가 없으리라 봅니다. 하지만 화산파가 자하진인을 지지하고 나설 터라 그 경우 일이 복잡해질 수 있습니다. 그렇기에 우리 중 누군가 화산을 설득했으면 싶습니다."

"제가 화산과 인연이 있으니 설득해 보겠습니다."

장경각주 방온이 말했다.

다른 이들이 모두 고개를 끄덕였다.

"방온 사제, 그럼 수고로움을 부탁하네."

장문인 방요가 합장했다.

＊　　　＊　　　＊

논의를 마친 후 늦은 밤이 되어 요각신승은 절암동으로 향했다.

동혈은 길게 이어졌고, 끝에 다다르니 빛이 보이기 시작했다. 본래 절암동은 어둠과 적막뿐이나 능운백의 치료를 위해 야명주를 박아 둔 터였다. 능운백은 등을 벽에 기대고 앉아 있었다. 안색은 초췌하기 이를 데 없었다.

탁.

요각신승이 두 개의 그릇을 내려놓았다.

생쌀과 물이었다.

"능 공자, 이제 고통은 다 지난 것 같군. 그동안 죽을 둥 살 둥 쌍욕을 해 대며 버둥거리느라 고생이 많았네. 아미타불……."

요각이 마주 앉았다.

능운백이 물그릇을 들고 마셨다.

요각이 웃음을 터뜨렸다.

"하하하, 나무관세음보살…… 이리 차분한 모습을 보니 보기 좋군. 어떠한가? 지금에 와선 이 빈승에게 '요각, 이 시 발 새끼 찢어 죽인다, 차라리 죽여 달라' 소리친 것이 부끄럽 지 않나?"

입을 닦으며 능운백이 노려봤다.

요각이 갸웃했다.

"왜 그러는가?"

"미친 새끼가 아주 입만 열면 개소리야."

"이, 이놈이!"

요각이 눈을 부릅떴다.

능운백이 인상을 찡그렸다.

"뭘 잘했다고 눈을 부라리냐!"

"능 공자, 예의를 갖추시게. 몸이 아팠을 때야 그러려니 했지만 지금은 상호 예의를 갖춰야 하지 않나!"

"예의를 아는 놈이 내게 이러는 거야? 단전이 파괴되고 무공을 소실해 죽기 일보 직전인데 동굴에 처박고 신의들은 불러오지도 않는 게 요즘 새로 생긴 예의인가? 거기다 이젠 안 아픈 것 같으니까 죽 대신 생쌀을 먹으라는 게 예의라는 거냐?"

"무엄하다! 정녕 네놈은 무엇을 잘못했는지 모른다는 것이냐!"

요각이 노를 발했다.

"뭘 잘못했는데?"

"정녕 모르는가! 그 짓을 하느니 차라리 귀곡자의 손에 죽는 것이 백번은 더 나았단 말이다!"

"내가 억지로 그런 것이 아니잖아! 이 미친 새끼야!"

"욕을 삼가라! 어쨌든 일이 벌어졌고 그 원인이 너와 독의인 것은 분명하지 않느냐!"

"나는 나대로 무공을 잃고, 아장까지 잃었어. 한 달 내내 지옥을 거닐었으면 됐지 뭘 더 바라는 거냐, 이 미친 중 놈아!"

"욕하지 말라고 하지 않았느냐, 이 시발 새끼야!"

요각은 자신도 모르게 욕을 내뱉고는 깜짝 놀라 연신 불호를 읊었다.

"나무관세음보살…… 용서하소서. 나무관세음보살……."

겨우 노를 추스른 요각이 고개를 절레절레 젓더니 염주를 굴리기 시작했다.

"능 공자, 내 금강삼매경을 암송할 테니 들으며 마음을 다스리도록 하게."

요각이 불경을 읊기 시작했다. 낮으면서도 정갈한 음성에 이내 동혈 안은 경건한 분위기가 되었다.

능운백이 반응했다.

"시끄럽다, 요각아!"

요각은 흠칫해 불경을 읊는 소리가 잠시 흔들렸다.

그때부터 신승의 불경 소리와 능운백의 꺼지라는 욕설이 기묘하게 어우러졌다. 누가 먼저 멈출지 내기를 한 것처럼 둘 다 고집을 부렸다.

그러다,

"말을 들어 처먹질 않는구만. 이러니까 사부님께 처맞은 거지."

불경소리가 뚝 그쳤다.

능운백의 승리.

요각은 이를 앙다물고 울 것 같은 표정이 되고 말았다. 살다 살다 이런 경우는 처음이었다. 욕을 하고 요각아, 요각아 하는 말투야 억지로라도 참아 낼 수 있었다. 한 달 내내 그렇게 소리쳤으니 당장 고치는 것도 무리일 것이다. 하지만 무공의 소실로 상실감에 젖어 낙담할 만도 하건만 전혀 그런 기미도 없이 도리어 절암동의 주인인 양 행세를 하는 것이다.

능운백이 손을 휘저었다.

"요각아, 기분 상했다면 잘됐다. 그 기분 그대로 나가 봐."

"어찌 너는 이리도 고약한 것이냐!"

"됐고. 반년이랬지? 내가 반년은 여기 있어 줄게. 그때 가서 딴소리하면 죽는다."

"허허……."

죽는다는 말에 요각이 어이없어져 허허거렸다.

능운백에게 반년이라고 말한 것은 사실이었다. 그 고통 중에 이십 년이라고 사실대로 말할 수는 없었다. 또 지금은 무공을 상실한 충격도 추슬러야 하는 것이다. 육 개월이 지나면 그때 가서 어물쩡 기한을 넘기면 그만이었다.

"나무관세음보살. 능 공자, 빈승은 이만 물러가겠네."

요각이 몸을 일으켰다.

능운백이 작별인사를 건넸다.

"그래, 얼른 꺼져."

요각이 보이지 않게 됐을 때, 동혈을 타고 '에잇 시발' 소리와 '나무관세음보살'이 연달아 들려왔다.

능운백은 고개를 젓고 좌정했다.

반년 동안이나 동혈에서 썩을 수는 없었다. 아니, 요각의 정신 상태를 보면 반년이 아닐 수도 있었다. 숙부님들의 상세도 중하고, 혼원독의를 어찌한 것은 아닌지도 염려스러웠다.
어떻게든 무공을 되찾아야 했다.

정신을 집중해 운기했다.

그 순간,

"크아아아아아아악!"

단전에 벼락같은 통증이 몰려왔다. 능운백은 복부를 움켜
쥐고 나뒹굴었다. 한 달 내내 끔찍하게 괴롭혔던, 이제 다 사
라졌다고 생각한 극통이 다시금 살아난 것이다.

*　　　*　　　*

그로부터 열흘 후, 요각은 다시 절암동을 찾았다.

하지만 곧바로 들어가지 않고 한참을 정신 사납게 서성거
렸다. 그 모습에 절암동을 경계하고 있던 나한들이 도리어 어
찌할 바를 몰라 했다. 나한들로서는 알 수 없는 노릇이나 실
상 요각은 능운백으로부터 '요각아, 요각아'부터 시작해서
막말을 들을 생각을 하니 벌써부터 가슴 한켠이 답답해져 온
것이다.

"후우, 후우, 후우……."

숨을 토해 내며 애써 진정하려 했다.

"후우, 후우, 후우…… 또 욕을 할 텐데 큰일이군, 큰일이
야…… 그럼 나도 욕을 하게 될 테고…… 이런이런…… 나무

관세음보살."

요각이 중얼거리고는 동혈 안으로 걸음을 옮겼다.

천천히 불호를 외며 나아갈 때였다.

"크아아아아아아아악!"

"헉!"

느닷없는 비명에 요각이 한달음에 달려가니 능운백이 귀를 틀어막고 소금에 절여진 지렁이처럼 발버둥 치고 있었다.

"왜, 왜 그러는 겐가! 이, 이런…… 아직 끝난 게 아니었던 겐가?"

"크아아아아아아악!"

요각이 끌어안았지만 능운백의 몸부림은 진정되지 않았다. 이전과 상태가 비슷했다. 분명 억지로 운기행공을 한 것이 틀림없었다.

"나, 나무관세음보살. 이를 어찌한다. 이를 어째. 아, 그렇군. 능 공자! 그때처럼 욕을 하게! 욕을 해! 실컷 욕을 토해내란 말이네!"

요각은 당황한 나머지 해결책이랍시고 연신 욕을 하라고 소리쳤다.

"이런 시발! 능 공자, 어서 쌍욕을 하란 말일세! 나무관세음보살!"

"크아아아악! 소리가! 소리가! 크아아아아악!"

"무, 무슨 소리가 들려?"

능운백이 발버둥 치며 이번엔 두 손을 눈에 가져가며 눈을 파낼 듯 후벼 대기 시작했다. 요각이 황급히 손을 붙들었다.

"크아아아아악! 눈, 눈! 소, 소리! 너무 많아! 한꺼번에! 머리가 터질 것 같아! 크아아아악! 요, 요각! 요각! 사, 살려 줘! 아, 아니 나를 죽여, 죽여 줘! 제발, 제발! 크아아아아아악!"

"빈, 빈승이 여기 있네. 진정하게! 아, 아니 의불들을 불러와야겠군. 잠시만 기다⋯⋯."

그때, 능운백이 비명을 뚝 그쳤다. 눈을 뜨고 죽은 것처럼 부릅떴는데 어찌나 충혈되었는지 붉은빛이 뿜어져 나오는 듯했다. 기이하게도 검은 눈동자 테두리로 혼탁한 청광이 불완전하게 띠를 이루고 동공은 쉴 새 없이 요동쳤다. 그러다 이내 축 늘어졌다.

죽은 건 아니어서, 요각은 그제야 놀란 가슴이 진정되었다. 어찌나 긴장했는지 이마에 맺힌 땀이 물처럼 떨어져 내렸다. 능운백을 똑바로 눕혀 놓고 한숨을 내쉬었다.

"휴우, 못할 짓이로고. 차라리 욕을 듣는 게 낫겠군. 이 고통이 언제 끝이 나려는지⋯⋯."

이런 광경을 계속 지켜봐야 한다는 건 반가운 일이 아니었다. 그래도 한 가지 얻은 것은 있었다. 이 고통 중에서도 능운백이 쌍욕을 안 하고 버텨 낸 것이다. 괜히 대견하고 흐뭇해져 자신도 모르게 미소를 지었다.

그때였다.

사사삿……

바닥이 쓸리는 소리에 요각이 흠칫 놀라 고개를 돌렸다.

"응?"

소리는 분명 좌측 벽에서 났는데 아무것도 보이지 않았다. 워낙 경황 중이었다 해도 누군가 사람이 들어온 것은 아니었다. 그걸 못 알아차린다는 건 불가능이었다. 설혹 괴완동이 정상 상태라도 무리였다.

요각은 동혈을 천장부터 빙 둘러봤다.

이상할 건 없지만 또 이상한 점이 있었다. 동혈 구석마다 거미줄이 가득했다. 거미줄마다 거미들이 대여섯 마리씩 기어 다니고 있는데, 열흘 전까지만 해도 분명 못 보던 것이었다.

"허허, 괴이한지고."

요각은 대수롭지 않게 넘기고 능운백 앞에서 불경을 외기 시작했다.

능운백이 깨어난 건 그로부터 한 시진이 지나서였다.

인상을 잔뜩 찡그리고 머리를 움켜쥐며 능운백이 간신히 몸을 일으켜 앉았다.

"몸은 어떠한가?"

"어, 요각아…… 휴우, 아까는 죽는 줄 알았다."

능운백이 고개를 절레절레 흔들었다.

요각은 반말을 들었는데도 기분이 좋아져서는 껄껄 웃었다.

능운백이 미간을 구겼다.

"웃기냐?"

"허허허, 그 고통 중에도 욕을 하지 않다니 빈승은 매우 감격했다네."

"미친 새끼가 별 쓸데없는 걸로 감동을 받네."

요각의 얼굴에서 웃음기가 싹 증발했다.

"그러니까 개소리 좀 작작 하라고."

"몸을 살펴봐야겠네!"

요각이 손을 뻗어 능운백의 맥을 짚었다.

능운백의 이 막무가내의 자신감이 혹시라도 무공을 회복하고 있기 때문인가 확인해야 했다. 하지만 맥은 일반인들처럼 미약하여 일체의 내기가 잡히지 않았다. 명문혈에 장심을 대고 살펴도 봤지만 마찬가지였다.

"거참……."

요각이 미간을 찡그렸다. 역시 애쓴다고 될 리 없는 일이다. 능운백은 그냥 그렇게 생겨 먹은 것이었다.

"뭐하냐?"

"어허! 능 공자, 그대는 언제까지 말을 함부로 할 작정인가! 에잇!"

요각의 얼굴이 울그락불그락해지더니 벌떡 일어나 뒤도 돌아보지 않고 걸음을 옮겼다.

        *   *   *

시무룩해진 요각이 땅만 쳐다보고 처소로 걸음을 옮길 때였다.

둥둥둥!

북소리가 산 아래로부터 들려왔다.

절로 미간이 일그러졌다.

"허허, 이자들이……."

얼마 전부터 이미 숭산 아래는 무림인들로 인산인해였다. 각대문파와 세가들이 몰려들어 혼원독의를 처리하라 압박 중인데, 오늘은 아예 북을 치고 있는 것이다.

둥둥둥!

북소리는 멈출 줄 모르고 계속 들려왔다.

요각이 산 아래로 내려가 한바탕 훈계를 해야 하나 고민할 때, 나한각주 방현이 한달음에 달려와 예를 취했다.

"무슨 일이기에 정신이 없는 게냐?"

"사숙께 아룁니다. 장문인께서 급히 오시라는 전갈입니다."

        *   *   *

불린 건 요각만이 아니었다.

소림의 주요 원로들이 빙 둘러 앉았는데 한 통의 서찰로 인해 방 안의 공기는 한없이 무거워졌다.

그 내용인즉, 혼원독의와 염라선의를 세상에서 지워 내지 않는다면 이십 일 후 각대문파의 연합이 전면전을 불사하겠다는 것이었다. 거기에 마교 측에서도 무력대가 오늘 도착하여 숭산 아래에 집결해 있음이 보고되었다.

장문인 방요가 입을 열었다.

"저들의 마음도 이해가 되고, 또 그렇다고 혼원독의를 죽이는 것도 곤란하니 심히 난감한 일입니다. 어찌하면 좋을지 말씀들 부탁드립니다."

"장문인, 이해가 되다니 그게 무슨 말씀이신 게요?"

요각이 은은히 노성을 발했다.

장문인이 합장하며 답했다.

"현재 무당파의 경우 장문인이 마교 장로 묵광자와 함께 강호를 종횡하고 있습니다. 무당에서는 쫓고 있긴 하나 아직도 붙들지 못하였고, 언제까지 그 상태가 이어질지 알 수 없는 상태입니다. 아시다시피 괴약에 당하면 자신의 신분이며 여러 말들을 소리치고 다니지 않습니까. 또한 무당은 장문인뿐 아니라 장로 홍운자가 개방 방주와 그리 되었습니다. 남궁가주와 팽가주는 탈혼천랑대와 얽혀 천지를 휘돌고, 사마세가의 가주는 가문의 장로, 모용가주는 점창파 장문인이며, 서문가주와 황보가주는 서로 간에 불미스러운 일을 행한 후

현재 칩거 상태입니다. 그 외 다수의 문파까지 그와 같은 일을 수습하려 힘을 쓰고 있으나 아직까지 붙들었다는 곳이 없으니 이는 명문정파로서의 명예도 명예지만, 혹여 자신의 모습이 될 수도 있다는 두려움이 모두를 움직인 것이지요."

노를 발하려던 요각은 그만 고개를 끄덕이고 말았다.

천하십대고수인 검제와 암왕조차 해독이 되어 가까스로 능운백 일행을 구한 다음, 홀연히 종적을 감추고 만 것이다. 어쩌면 이대로 영원히 사라진 것인지도 모른다.

"흐음, 그 상태로 굉장하게 뛰어다니긴 하지…… 흐음, 나무관세음보살……."

이어 장경각주 방온이 입을 열었다.

"마교 쪽도 상황이 다르지 않습니다. 그들의 교주와 대공자가 죽음을 맞이하였고, 일시에 여러 고수들을 잃었습니다. 그들로서는 본 문이 혼원독의를 이용하여 자신들을 멸할 수도 있다는 두려움에 사로잡혀 있는 게지요. 그와 같은 일은 있을 수 없겠으나 만약 일어난다고 가정한다면 마교가 사라지는 것은 시간문제입니다."

"허허……."

곁에 있던 요성이 답답한지 고개를 저어댔다.

누구에게 들은 이야기라면 해괴한 소리 말라고 할 테지만 실제 일어났고, 또 보았으며, 현재도 이루어지고 있는 일이기에 정녕 난감하기 이를 데 없었다.

이어 모두들 이 사태에 관하여 말을 하였으나 어느 누구도 선뜻 죽이자는 말을 꺼내지 못한 채로 시간만 흘려보냈다. 결국 장문인이 회의를 매듭지었다.

"우선 기일이 남았으니 그동안 고민을 부탁드립니다. 빈승 또한 각대문파의 대표와 이야기를 나누어 보겠습니다."

*　　*　　*

보름 후,

밤이 깊은 시각, 소림 장문인의 처소에 장경각주 방온, 나한각주 방현이 자리했다. 나방 한 마리가 호롱불 주위를 번잡스럽게 날아다녔다. 나방의 날개색은 흔히 볼 수 없는 것이었지만 이 자리에서 그걸 논하는 이는 없었다.

"장문 사형, 결정을 내리셔야 합니다. 혼원독의와 염라선의가 무저옥에 평생을 갇혀 있다는 건 사실 죽은 것과 다를 바 없지 않습니까?"

"흐음……."

방온의 말에 장문인은 두 눈을 감고 침음성만 흘렸다. 방온이 말을 이었다.

"요각 사숙을 제외하고는 모두 의견을 한데 모았습니다. 소림 또한 혼원독의의 괴약으로 인하여 큰 피해를 입은 당사자이기도 하거늘 어찌 온 강호를 상대로 피를 흘리며 싸운다는 말입니까."

지난 회의 이후로 방온은 방현과 함께 사전 작업에 들어갔고 의견을 한데 모을 수 있었다. 장문인은 그럼에도 고심하고 있었다.

방현이 말을 보탰다.

"생각을 바꾸면 간단해지는 일입니다. 신의들은 살해당한 것이 아니고 자결한 겁니다. 그들도 무공을 익힌 자이니 스스로 사혈을 짚어 자결하는 것은 충분히 가능한 이야기지요."

사혈을 찍어 살해한 다음, 자결로 위장한다. 이후 소림은 안타까움을 표하며 마무리 짓는 것이다.

일다경가량 침묵을 지키던 장문인이 눈을 떴다.

"결행은?"

"굳이 시간을 둘 필요는 없다고 생각합니다. 자정을 넘긴 축시로 하겠습니다."

장문인이 고개를 끄덕였다.

"단 요각 사숙께는 어떤 일이 있어도 알려져선 안 되네."

"물론입니다."

"그리고…… 이건 다른 이야기네만……."

장문인이 호롱불 쪽에 시선을 던지며 말을 이었다.

"요즘 부쩍 나방과 거미들이 많이 보이지 않나?"

*   *   *

축시가 되어 네 사람의 은밀한 걸음이 무저옥으로 향했다.

방온과 방현, 그리고 무당의 현오진인과 마교의 마륜자였다. 현오진인과 마륜자가 동행함은 소림이 술수를 부릴 것을 염려함이었다. 그들은 신의들의 죽음을 두 눈으로 똑똑히 확인해야만 안심할 수 있는 것이다.

"기묘한 밤이로구려."

현오진인이 밤하늘을 올려다보며 나직이 말했다.

그야말로 밤하늘은 칠흑 같았다. 그 어느 때보다 어두워 빛이라곤 찾아볼 수가 없었다. 마치 이 어둠이 당당하지 못한 자신들의 치부를 숨겨 주려는 것 같았다.

하지만 마륜자는 밤이 어떻든 관심 밖.

"괜한 술수를 부리지 않길 바라오."

각인시키듯 중얼거렸다.

네 사람이 걸음을 멈춘 것은 숭산의 동쪽 절벽이었다.

"다녀오리라."

장경각주 방온이 절벽 끝에 이르더니 훌쩍 몸을 날리고는 이내 허공에서 사라졌다.

"시간은?"

마륜자가 물었다.

"일다경이면 충분하오."

방현이 답했다.

이제 남은 건 기다리는 것뿐.

그 어느 때보다 시간이 더디게 흘렀다.

이미 계획을 알고, 무저옥 주변에 은신한 나한들조차 일각이 여삼추처럼 느껴질 정도.

그러던 한순간, 절벽 아래로부터 방온의 신형이 솟구쳐 올랐다. 세 사람이 의문에 찬 얼굴로 방온을 바라봤다. 당연히 옆구리에 끼워져 있어야 할 두 신의가 보이지 않았다.

"없, 없소이다."

방온이 창백해진 낯빛으로 더듬거렸다.

현오진인과 마륜자가 갸웃하고 방현이 서둘러 물었다.

"사형, 없다니 무슨 말입니까?"

"염라선의와 혼원독의가 사라졌네, 사라졌어."

방온은 여전히 당혹을 감추지 못했고, 그건 어떻게 봐도 꾸미는 것처럼은 보이지 않았다. 하지만 마륜자와 현오진인의 얼굴은 차갑게 굳어졌다.

"개소리를 잘도 지껄이는군."

"무저옥은 탈출이 불가하다고 한 것이 소림이거늘 무슨 소리를 하는 것이오!"

"사형, 어찌 된 일인지 자세히 말씀을 해 보십시오."

방현조차 그것은 납득할 수 없는 말이었다.

무저옥은 다섯 개의 절진을 통과해야 하고 이후 깊은 수렁을 타고 내려가야 한다. 게다가 무저옥에 감금된 자는 현철로 제련된 쇠사슬에 매여 움직이는 범위는 일 장여가 전부였다.

방온이 입을 열었다.

"절진을 돌파한 게 아닐세. 묶어 둔 쇠사슬이 녹아 있는데 그 곁에는 청록색 지네가 죽어 있고, 바닥에는 사람이 지날 만한 구멍이 뚫려 있었네. 구멍으로 내려가 봤지만 어찌 된 것인지 중도에 막혀 더 진입할 수가 없었던 걸세."

"오호, 그렇게 된 것이었군."

마륜자가 조소를 머금고 이어 쏘아붙였다.

"소림은 지금 누굴 희롱하려는 것이냐!"

방온이 황급히 손을 저었다.

"함께 무저옥에 들어가서 확인해 봐도 좋소이다."

현오진인이 코웃음 쳤다.

"흥! 들어가 보면 역시나 말씀하신 대로 쇠사슬이 녹아 있고, 구멍은 뚫려 있겠지요. 도대체 소림은 언제부터 혼원독의를 빼돌리고 무림을 기만할 계획을 세운 것이오?"

"잠깐…… 설마 우리가 두 신의를 빼돌렸다고 생각하시는 게요?"

"그럼 누가 할 수 있단 말이오? 몸져누운 괴완동과 자하진인이 했겠소? 아니면 단전이 파괴된 능운백이 하였겠소? 그것도 아니면 독의와 선의가 사실은 절세 고수였던 게로구려. 더 이상의 이야기는 의미가 없겠소이다."

현오진인이 바로 신형을 날리고, 마륜자가 뒤를 이었다. 지체하다간 도리어 이 자리에서 소림에 당할 수도 있다는 우려 때문이었다.

방현이 멍해져 물었다.

"사형, 혹시 저도 모르는 비밀 계획이 있었던 것입니까?"

"너는 무슨 말도 안 되는 소리를 하고 있는 것이냐!"

방온은 거의 울상이었다.

잠시 후.

댕, 댕, 댕……

소림 전역에 위기를 알리는 종소리가 울려 퍼졌다.

각대문파를 대표했던 무당의 현오진인과 마륜자의 말에 숭산 아래에 자리하던 이천여 명에 이르는 고수들이 소림으로 밀어닥치는 것이다.

*   *   *

그 시각, 절암동에서도 변고가 벌어졌다.

가장자리 쪽 땅바닥이 푹, 하고 구멍이 뚫리면서 붉은 개미 떼들이 울컥거리며 와르르 기어 나왔다.

능운백이 그 광경을 바라봤다.

개미 떼는 이제 수천만 마리에 가깝게 솟아나는데, 만약 사람에게 달라붙어 한 입씩 물어뜯는다 해도 뼈조차 남지 않을 정도로 공포스러운 광경이건만 능운백은 그저 태연할 따름이었다. 아니, 도리어 옅게 미소를 지었다.

개미 떼들은 계속해서 흘러나와 능운백에게는 한 치도 다가가지 않고 동혈 천장이며 벽이며 바닥으로 흩어져 바글거렸다.

그리고 이내, 구멍에서 비명 소리가 새어 나오는가 싶더니 개미 떼들에 뒤덮인 두 사람이 빠져나왔다.

"으어어어어어어억!"

"허아아아아아악!"

버둥거리는 두 사람의 몸에서 개미들이 썰물 빠지듯 떨어져 나가자 혼원독의와 염라선의의 모습이 드러났다. 두 사람은 몸에 이미 개미 한 마리 붙어 있지 않음에도 한참을 개미를 떨쳐내려 허우적거렸다.

그럴 만도 한 것이 무저옥에서 잠을 자던 중 정신을 차려보니 느닷없이 개미 떼들에게 뒤덮여 지하로 지하로 파들어가면서 여기에 이른 것이다.

겨우 정신을 추스른 두 사람이 서로를 확인하고 주변을 둘러봤다. 개미들은 왜인지 몸에 더 이상 달라붙지 않았고, 근처에도 얼씬거리지 않았지만 이곳이 서식지인 양 여기저기 온통 바글거렸다.

"개미 지옥? 지옥이란 게 이렇게 생겼던……."

"대체 어찌 된 일인……."

둘이 중얼거리다 말고 얼어붙었다. 능운백을 발견한 것이다. 능운백이 이 개미 떼를 보고도 그저 편안하게 등을 기대고 웃고 있으니 그저 모든 것이 현실감이 없었다.

"주, 주군…… 언제 죽으신 겁니까?"

혼원독의가 더듬거렸다.

주군이 태연한 걸 보니 지옥에 먼저 와서 적응을 끝낸 모습이었다. 그래서 정녕 이곳은 지옥이 틀림없었다.

능운백이 실실거렸다.

"죽긴 누가 죽어."

"주군, 모르시겠습니까? 여긴 어떻게 봐도 지옥…… 어?"

그제야 독의는 개미들 사이의 야명주를 발견했다. 지옥에 야명주가 있을 리 만무한 것이다. 그나마 빠르게 제정신을 차린 염라선의는 이미 야명주와 능운백을 보고 상황을 짐작했다.

"능 공자, 혹시…… 천허만취입니까? 혹시 이 독충까지……."

"그렇지. 결코 유쾌하지 않은 길."

능운백이 미소를 짓고 몸을 일으켰다.

그 순간 혼원독의와 염라선의가 경악하여 입을 쩍 벌렸다.

능운백이 무릎을 세우고 허리를 펴며 일어서는데 방금 전까지의 허허로움은 온데간데없고 순식간에 거대한 산악 같은 기세를 드러낸 것이다. 또한 안광이 번쩍였고, 기이하게도 검

은 눈동자 테두리로 투명하리만치 맑은 청광이 띠를 두르듯
나타나 있었다.

"주군, 경하드립니다! 도대체 어떻게 이루신 것입니까?"

독의가 바보 같은 얼굴로 물었다.

"어떻게라…… 그게 말이지……."

*　　　*　　　*

이 일이 시작된 건 절암동에서 첫 운기행공을 하면서였다.

처음 결과는 참담했다.

단전뿐 아니라 온몸이 갈가리 찢기는 통증에 미칠 듯이 바
둥거려야 했다. 하지만 다른 방법이 없기에 또 고통이 올 걸
알면서도 그날 하루만 수십 번을 시도했다. 상황은 달라지지
않았다. 그러길 이틀째, 극통에 뒹굴고 있을 때 무엇인가에
발목이 물려 쳐다보니 팔뚝만 한 지네였다. 놀라 떨쳐낼 틈도
없이 급속도로 통증이 사라지며 전신이 쾌적해져 갔다.

퍼뜩 떠오른 건 만독만약이었다.

독지네라면 독으로 몸을 고칠 수 있는 것이다.

능운백은 지네를 그대로 둔 채 운기행공에 들어갔다.

운기를 함에 더 이상 고통이 일지 않을 뿐 아니라 진기의
흐름을 느낄 수 있었다.

하지만 놀라움은 거기에서 그치지 않았다.

수많은 독충들이 벽과 천장, 바닥의 틈새에서 나와 다가온 것이다. 지네와 거미, 개미도 있고, 태어나 처음 보는 괴이한 곤충들도 있었다.

너무 놀란 나머지 심법을 거두니 독충들은 더 이상 다가오지 않고 멈췄다. 그러다 이내 무슨 일이 있었냐는 듯 사라져 버렸다.

다시 심법을 운용하니 독충들이 다시 기어 나왔다.

몇 번을 반복해도 같은 현상이 일어났다.

심법이 독충을 부른다.

과거 어떤 경우에도 심법을 운용함에 독충들이 반응한 적이 없었다. 그제야 이 일이 만독만약이 아닌, 천허만취임을 알게 되었다. 천허는 곧 단전이 파괴되어 모든 것을 잃은 상태를 말함이요, 만취는 그 이후에야 따라오는 것임을.

또한 숙부님의 말씀이 떠오르며 당시 사부가 왜 갈등하였는지도 깨달았다.

"형님은 거기에 대해서는 억지로 가야 할 길이 아니라고 하셨다. 그 길로 들어섰다는 건 결코 유쾌한 상황이 아니라고도 하셨지."

어쩔 수 없는 상황이면 모르겠으나 사부가 세 번째 길에 가려면 스스로 단전이 파괴되는 등의 모든 것을 잃는 과정을 지나야 한다. 거기엔 형용키 힘든 고통이 수반되며, 그 뒤 무위를 드러낸다 해도 이 강호는 또 시간이 지나면 그대로일 것이라 생각하셨으리라.

심법을 유지하니 독충들은 머리부터 발끝까지 달라붙어 물기 시작했다. 어느 것은 입 안으로 기어 들어갔다. 그것들은 그대로 씹어 삼켰다. 독충에 물릴 때마다 온몸이 쾌청해지며 기운이 일었다. 능운백은 독충들이 죽지 않도록 심법을 일정 시간만 유지하고 멈춰 돌려보냈다. 독충들의 사체를 본다면 의심을 살 수 있는 것이다.

그로부터 하루가 다르게 단전이 빠르게 복구되고, 심맥이 타통되며 거대한 기운이 전신에 쌓여 갔다. 대체 어느 정도의 내공력이 몸 안을 감돌고 있는지 능운백 스스로도 가늠이 안 될 정도로 그 속도는 가공하고 또 방대했다. 그 과정에서 천허만취의 놀라운 사실을 하나둘 알게 되었다.

첫째는 반박귀진의 극대화였다. 괴완동 숙부의 독문절기와 같이 전혀 기운을 외부로 노출시키지 않을 수 있음이었다. 내부에서 허허로워지며 가라앉아 어떠한 동요도 없다.

두 번째는 정녕 기괴했는데, 그건 독충들과의 의식의 연동이었다. 어느 순간 의지를 통해 독충을 제어할 수 있다는 것을 알게 되었다. 또한 연동된 독충들을 통해 그것들이 보는 것을 보고, 그들이 듣는 것을 들을 수 있었다. 처음 그 현상을 맞을 때는 한꺼번에 쏟아진 소리와 광경들에 혼절하는 사

태를 맞이하기에 이르렀다. 몇 번을 거치며 그것들을 자연스
럽게 취사선택하여 보거나 차단하는 등 원하는 것을 원하는
대로 볼 수 있게 되어, 천 리 밖을 보고 들을 수 있었다.

소림의 각 처마다 자리한 독나방과 독거미, 그 외 숱한 독
충들을 통해 소림의 귀계를 알 수 있었고, 숭산 아래 모여든
이들의 면면이며, 그들의 대화, 일거수일투족까지 낱낱이 듣
고 볼 수 있었다.

*　　　*　　　*

능운백과 두 신의가 절암동을 빠져나오니 여덟 명의 나한
이 신속히 가로막았다. 그리고 그들은 나타날 때만큼이나 신
속하게 그 자리에서 풀썩 쓰러졌다.

"헉!"

혼원독의와 염라선의가 동시에 경악성을 토해냈다.

능운백이 해결할 것이라고 생각은 했지만 정작 능운백은
소맷자락 한 번 휘두르지 않고 모두를 혼절시킨 것이니 도무
지 무공의 경지가 어떠한지 추측할 수 없었다.

능운백이 입을 열었다.

"숙부님들 쪽에 가 있어. 아무 걱정 말고 저놈들을 따라가
면 돼."

저놈들이라는 것이 뭔가 봤더니 땅을 파고 또 끌고 왔던

개미 떼들이었다. 이미 절암동을 나서면서 호위병처럼 개미 떼들이 능운백의 뒤를 따랐는데 스쳐 지나가더니 어느새 앞쪽에 바글대면서 먼저 가고 있었다.

"주군께서는?"

독의가 물었다.

"원만하게 대화를 해 봐야지."

"원, 원만하게…… 네, 알겠습니다!"

독의가 더듬거렸다. 과거 주군은 화용문과도 원만하게 대화한다고 말한 뒤 화용문주의 머리를 날려 버리고 통째로 멸문시킨 전례가 있는 것이다.

독의와 선의가 신형을 날려 개미 떼를 쫓아가고, 능운백은 소림의 대연무장 쪽으로 걸음을 옮겼다.

이미 대치국면인지 큰 목소리가 들려왔다.

"소림은 온 강호를 적으로 돌릴 셈인가!"

능운백은 실제 소리도 소리지만 그 음성을 바로 곁에서 듣는 것처럼 들을 수 있었다. 또한 지금 말한 이가 무당의 현오진인임과 그의 표정이 지금 어떠한지, 장내의 상황이 어떠한가까지도 볼 수 있었다.

모인 장소는 소림의 대연무장.

소림과 각대문파는 서로 대치 상태.

소림은 장문인과 그 곁을 호위하는 팔대호원, 장로들과 각원주와 각주, 거기에 백팔나한들까지 포함하여 무승들 천여 명이 자리했다.

반면 각대문파는 무당을 위시로 형산, 점창, 아미, 청성, 공동, 곤륜, 종남파와 개방에, 사천당가, 하북팽가, 산동악가, 진주언가, 남궁세가, 황보세가, 서문세가, 모용세가, 사마세가, 독고세가 등의 세가 고수들이 버티고 섰으며, 그 외에도 장강수로채와 화화곡, 검림의 고수들이 포함되어 있는데 그 수는 이천여에 달했다.

이중 제갈세가의 입장은 달랐는데, 가주 제갈학은 독의와 선의가 딸의 치료를 위해 살아남길 바랐다. 하지만 뭇 군웅들의 분노에 이러지도 저러지도 못하면서 그저 전전긍긍할 따름이었다.

청성파 장문인이 목소리를 높였다.

"소림이 수작을 부린 것이 아니라면 어찌 두 신의가 사라질 수 있다는 것이오!"

이에 소림 장문인 방요가 말한다.

"모두 진정하시오. 소림의 명예를 걸고 말하건대 정녕 이 사태는 소림이 관여하지 않았소이다."

그의 낯빛은 당혹스러움이 고스란히 묻어 있었다.

"소림은 명명백백히 진상을 밝히시오. 소림의 무저옥에서 독의와 선의가 땅을 파고 탈출했다는 것을 세상 천지에 그 누가 믿을 수 있겠소!"

곤륜의 장문인 허부진인의 말에 이어 당문 가주가 소리를 높였다.

"소림은 전대 장문인과 신승이 그 일을 겪었으면서도 괴약을 사용하려는 것인가!"

그 뒤로 연이어 울분이 이어졌다.

"하북팽가의 팽균입니다. 소림은 이 사태의 심각성을 전혀 모르고 있습니다. 현재까지 아버님은 마교의 탈혼천랑대와 강호를 종횡하고 있거늘 어찌 독의와 선의를 살려 이 강호를 불안에 떨게 하시는 겁니까!"

"제 아버님은 황보세가의 가주님과 함께 어디론가 계속 이동하고 계십니다. 소림은 도대체 얼마나 많은 사람들이 그처럼 천지를 배회해야 만족하시렵니까!"

"모용세가도 마찬가지입니다! 아버님은 지금도 점창파 장문인과…… 흑흑흑…… 아버님……."

이 세 사람은 능운백으로서도 만난 적이 있었다. 녹림왕 등을 대신해 마차를 끌 뻔했던 신기오룡 중 팽균과 서문영, 모용후인 것이다.

하지만 모두가 소림을 성토한 것만은 아니었다.

용해봉에서도 보았던 화화곡주가 나서며 목청을 높였다.

"강호동도 여러분, 진정하세요! 본 곡이 이 사태를 매듭짓겠어요. 소림은 부디 두 신의와 능 공자를 저희에게 맡겨 주세요. 본 곡은 절대로 어떤 사내도 한 번 발을 들이면 빠져나오지 못한답니다. 우리 화화곡에 한 번 맛을 들이면 끝이죠!

한 번도 맛을 못 본 자는 있어도 한 번만 맛을 본 자는 없답니다!"

그때도 정신이 나가 있더니 여전히 정상인이 아니었다. 당연하게도 곧바로 비난이 쏟아졌다.

"도대체 화화곡은 무슨 소리를 하는 것이냐!"

"화화곡은 망발을 삼가라!"

"왜 화화곡이 여기에 있는 것이냐! 당장 끌어내라!"

화화곡주와 곡인들이 붙들려 끌려가면서 부르짖었다.

"소림이 독의를 몰래 빼낸 건 너무 잘했어요! 앞으로도 무슨 일이 있어도 혼원독의만은 지켜 주세요! 혼원독의만이 빛이요, 길이요…… 으어업!"

화화곡주는 입이 틀어막혔고 장문인 방요는 울화통을 터뜨렸다.

"무슨 말도 안 되는 소리를 지껄이는 것이냐!"

"소림사는 위대해요, 소림은……."

손을 떨쳐 내고 외치던 화화곡주가 점혈당해 푹 고개를 떨궜다.

그야말로 난장판인 상황에 방요가 사자후를 터뜨렸다.

"모두 들으시오! 본 문은 무림의 태산북두라 불리며 여태껏 단 한 번의 불미스러운 일을 자행한 적이 없소. 또한 불제자로서 어찌 수많은 동도들 앞에 거짓을 고하겠소!"

그의 장대한 음성에 일순 정적이 일었다.

하지만 이내 광소가 터져 나왔다.

"하하하하하! 불제자라니 우습구나."

마교의 마륜자가 말을 이었다.

"소림이 우리와 협약한 바가 무엇이었는지 벌써 잊은 것이냐! 장문인 당신이 두 신의를 죽인 다음 그들을 자결로 위장하고 철저히 비밀로 하자고 한 것이 아니냐! 정녕 부끄러움을 모르는구나!"

그 말에 요각신승이 놀라 눈을 부릅떴다.

방요가 바로 답했다.

"빈승은 모두를 위한 결정을 내린 것이오. 또한 그것을 수용했음은 소림이 두 신의를 빼돌리지 않았음을 증명하는 것이 아니겠소!"

즉시 요각신승이 노를 발했다.

"장문인! 그게 사실이란 말인가! 어찌 빈승 몰래 그런 흉계를 꾸밀 수 있나!"

"사숙께선 고정하십시오!"

"이놈, 내가 고정하게 생겼느냐!"

장문인과 소림 신승 사이로 불꽃이 튀었다.

그 광경은 어찌 봐도 꾸미는 모습이 아니어서, 이내 장내가 술렁였다.

만약 소림이 술수를 부린 것이 아니고, 다른 누군가에 의한 탈출이라면 더욱 큰일인 것이다.

하나의 문파가 해체되는 것은 순식간이며, 괴약은 눈이 없어 일가친지나 남녀노소를 구분하지 않으니 그 참상은 끔찍하기 짝이 없을 것이다. 자칫하면 가족 간에 천지를 벌거벗고 뛰어다니게 될 수도 있는 것이다.

그때 현오진인이 조소를 머금었다.

"흥, 하마터면 속아 넘어갈 뻔했군."

"속아 넘어가다니 무슨 말이오?"

방요가 되물었다.

"이제 보니 장문인과 신승은 이미 장단을 맞춘 것이 아니오! 신승이 이 일을 모를 리 없을 터. 도대체 소림은 무슨 꿍꿍이인 게요? 아니, 설마하니 지금 이 상황은 시간을 벌려는 게요?"

장내가 순간 술렁였다.

"왜 시간을?"

"무슨 시간을 번다는 거지?"

"설마 괴약을 만들 시간?"

몇 사람이 중얼거리는 소리가 삽시간에 사방에 퍼지고 공포가 전염되듯 번져 나가 급격히 혼란스러워졌다. 만약 소림이 괴약을 살포하고 소림만 해독이 가능한 상태라면 이 자리가 지옥이 되는 것이다.

능운백은 그러한 상황을 지켜보며 어이가 없어 웃음조차 나지 않았다.

이 세상에서 두려워할 것은 혼원독의의 춘약만이 아니다. 아니, 온 천지에 무서운 것이 한가득이었다. 칼에는 눈이 없으니 이 세상에 있는 칼들은 모조리 없애야 하고, 무공을 익힌 자는 언제 미쳐 날뛸지 모르니 모든 무림인들은 그 전에 죽여 놔야 한다. 산에 있는 절벽은 위험하니 산도 깎아야 하고, 바다의 물들은 퍼내야 할 것이다. 그렇게 미리미리 염려로 다 죽이고 없앤다면 이 세상에 존재할 건 아무것도 없는 것이다. 그러면서도 자신들의 칼은 안전하고, 독의는 믿을 수 없다는 것이다.

능운백은 신형을 솟구쳐 일시에 그들의 중앙에 내려섰다.

쿵!

지축이 울리고 뿌옇게 흙먼지가 일어날 정도라 소림이며 각대문파며 주춤 물러섰다. 먼지가 걷히며 능운백의 모습이 드러나니 여기저기서 알아보고 소리쳤다.

"헉, 저건……."

"능, 능운백이다!"

"단전이 파괴되었다는 능운백이 어찌……."

"설마 이 또한 소림의 기만이었단 말인가!"

능운백을 본 각대문파와 마교의 당혹감은 이루 말로 할 수 없었다. 하지만 그 어느 곳보다 소림의 놀라움은 그 이상.

소림 장문인 이하 거의 모든 지도부가 능운백의 상세를 확인하였고, 소림의 의불들 손 아래에서도 한 달 가까이를 고통에 신음하던 능운백이건만 방금 전 날아든 광경은 지축이 울리고 나서야 알아챘을 만큼 놀라워 무공이 소실되기 전보다 일취월장한 모습인 것이다.

현오진인이 외쳤다.

"소림은 답하라! 능운백이 무공을 회복한 것인가, 아니면 애초에 무공을 잃지 않은 것인가! 두 신의는 사라졌고, 능운백은 멀쩡히 나타났으니 도대체 소림은 어디서부터 어디까지 흉계를 꾸민 것인가!"

소림이 답할 수 있을 리 만무. 정작 소림도 누군가에게 묻고 싶을 지경이었다.

현오진인이 이어 외쳤다.

"강호 동도들은 들으시오! 우리는 오늘 무슨 일이 있어도 혼원독의와 염라선의를 찾아 죽여야 하고, 능운백까지도 처단하여 소림의 귀계를 무너뜨려야 하오!"

이쯤 되니 누구 할 것 없이 소림이 능운백과 작당하여 두 신의를 빼돌렸다고 확신했다. 군웅들이 일제히 함성으로 답하자 소림이 떠나갈 듯했다.

"이봐, 다들 진정해."

능운백의 잔잔한 음성에 함성이 잦아들었다.

능운백이 빙 둘러보며 입을 열었다.

"듣자듣자 하니 개소리가 한이 없군. 내가 마음만 먹는다면 이 자리에 있는 모두가 당장 송장이 되는 건 시간문제지

만 난 그럴 생각이 없다. 나는 그저 원만하게 대화로 풀어
나……."

"능운백, 닥쳐라! 이제 와서 원만히라니!"

소림 장문인 방요였다.

그가 모두를 향해 말을 이었다.

"소림이 귀계를 꾸미지 않았음을 증명하겠소. 이 일은 소
림이 시작하였으니 끝도 소림이 낼 것이오. 능운백은 감금될
것이고, 두 신의 또한 찾아낼 것을 약속하오. 소림은 백팔나
한진으로 능운백을 제압할 것이오!"

방요의 말에 군웅들은 다시금 혼란에 빠졌다.

백팔나한진은 소림의 상징이며 최고의 전력이었다.

그러한 백팔나한을 동원하여 능운백을 어거한다고 하니,
소림과 능운백의 관계며 능운백의 무공 소실 여부, 두 신의의
행방이 어디에서 시작되고 어떻게 이루어진 것인지 종잡을 수
없게 되었다.

그때 요각이 버럭 소리쳤다.

"장문인, 말씀을 거두시게! 정녕 두 신의를 죽이는 것이 부
처님의 뜻이라고 말하는 겐가!"

요각은 당장이라도 뛰어가 멱살이라도 잡을 기세였다. 소
림에서 요각의 지위는 가히 소림 그 자체인 것이라 소림이 일
시 동요했다.

하지만,

"요각은 들으라!"

장문인 방요가 엄히 말했다.

요각이 쌍심지를 돋우며 입을 벌리려는 순간, 방요가 녹옥 불장을 내밀었다.

"소림 제자 요각은 녹옥불장 앞에 당장 부복하라!"

소림의 장문영부인 녹옥불장(綠玉佛杖)은 무소불위의 권위 가 담겨 있다. 이를 부정함은 곧 소림의 제자가 아님을 뜻했 다.

요각은 당혹을 금치 못하고 눈을 이글거렸다.

"요각은 파문을 각오함인가!"

다시금 엄히 말하니 요각도 어쩔 수 없었다.

"소림 제자 요각이 장문인의 명을 받듭니다."

그 광경에 뭇 무림인들은 놀라는 한편 또 머리가 복잡해졌 다. 이쯤 되니 두 신의를 빼돌린 것은 소림이 아니라 능운백 의 소행이라 할 만한 상황인데, 능운백이 어떻게 무공을 회복 하고, 또 무저옥을 넘나들었는지 도무지 이해할 수 없었다. 능운백은 놀라는 대신 요각을 보며 그저 한심한 듯 혀를 찼 다.

"쯧쯧쯧…… 요각 저놈은 나무관세음보살이나 할 줄 알지 제대로 하는 게 없구만."

그때 서쪽 윗편에서 목소리가 들려왔다.

"야, 능운백! 정말 무공을 회복했구나!"

"운백아, 난 원래부터 믿고 있었어. 너 같은 독종은 세상 어디에도 없는 거잖아! 하하하!"

아두와 아삼이 마구 손을 흔들며 반가워했다.

그 곁으로 괴완동과 자하진인, 적발노괴, 청은 등의 모습이 보였다. 괴완동과 자하진인의 몸은 이제 겨우 거동을 할 수 있는 정도에 불과했지만 능운백이 세 번째 길에 도달했다는 말과 개미 떼들이 멋대로 인도하는 것을 보고 대연무장 부근에 오게 된 것이다.

능운백이 웃으며 손을 들었다.

하지만 그것도 잠시, 마륜자와 건곤철혈대 사십팔인이 신형을 날려 일제히 일행을 에워쌌다.

마륜자가 조소를 머금었다.

"능운백, 무슨 수로 무저옥에서 빼낸 것인지는 모르나 고작 탈출시켜 놓고 이 꼴이라니 우습구나. 혼원독의와 염라선의는 오늘 죽는다!"

극락마군과 적발노괴, 소요쌍창, 그리고 청은이 독의와 선의를 보호하듯 막아섰다. 오직 그들만이 현재 제대로 된 몸 상태인 것이다.

아두와 아삼이 소리쳤다.

"야, 너희들 이러다 다 죽는 수가 있어! 지금 상황이 어떠냐면 개미들도 막 말을 알아들어. 굉장하다구!"

"맞아, 거기다 이제껏 운백이를 건드려서 좋은 꼴 본 사람이 없어. 최소 병신이 되거나 죽는다고!"

괴완동도 분통을 터뜨렸다.

"이놈들이 보자 보자 하니까! 운백아, 오늘 아예 다 죽이
자!"

다른 이들이 세 사람의 말뜻을 이해할 수 있을 리 만무했
다.

능운백은 분노 대신 고개를 내저었다.

"후우…… 아니, 원만하게, 원만하게. 강호의 은원은 끝이
없지 않은가…….."

그렇다. 강호의 은원은 그 끝이 없다.

사부님은 은거까지 했음에도 그 남겨진 은원이 대를 이어
자신에게 이르렀고, 그와 같은 일들은 앞으로도 계속 반복될
터였다. 사부님의 유언을 따라 평온한 삶을 살고자 한다면
강호의 은원에서 벗어나야 했다. 이제껏 경험한 강호는 그 은
원이 오해든, 진실이든, 상대의 잘못이든 구분하지 않고 따라
다니는 것이다.

하지만 이내 능운백은 고개를 갸웃했다.

'잠깐만?'

다시 갸웃하며,

'이게 아닌데…….'

또 갸웃했다.

'은원이라…….'

생각해 보니 뭔가 미묘하게 놓치는 부분이 있었다.

원래라면 이쯤에서 원만히 마무리된다면 그동안 당했던 설움 정도는 없던 일로 하고, 오늘 이후 다시는 세상에 춘약이 나타나지 않도록 할 것과, 용해봉에서 아직 해독되지 않은 이들을 모두 찾아내 해독을 해 주겠다, 는 말을 하려고 했었다.

그런데 스스로를 돌아보니 그럴 필요가 없었다.

'은원이 생길 수가 없잖아!'

은원이란 것도 넘볼 만해야 가능한 일이다. 꿈조차 꿀 수 없다면 이는 은원이 아닌 경외가 되는 것이다.

'그렇지! 대체 누가 날 대적해? 어느 놈이?'

없었다. 아무리 생각해도 없었다. 지금은 설령 귀곡자가 눈앞에 나타난다 해도 그대로 잡고 절반으로 찢어 버릴 수 있을 정도였다.

더 이상 생각할 이유가 없었다. 남은 건 실행뿐.

능운백의 몸이 일순 백색광망에 뒤덮였다. 그것은 정녕 눈이 멀 것 같은 빛무리여서 주위마저 훤히 밝혔고, 삽시간에 증폭되었다.

군웅들이 일제히 동요했다. 여태 능운백이 갸웃거리며 중얼중얼거리자 이제야 비로소 현실을 깨달았나 싶었는데 느닷없이 눈부신 광채를 드러낸 것이다.

그때 괴완동이 소리쳤다.

"원, 원심취정…… 운백아, 멈춰라! 그건 아니다! 죽이면 안 된다! 나는 그냥 해 본 말이야!"

괴완동뿐 아니라 자하진인도 당혹에 빠져 눈을 부릅떴다. 과거 두 사람은 대형 검절의 원심취정을 단 한 번 견식한 적이 있었다.

이는 파괴와 섬멸! 자비란 없다!

원심취정의 범위 내에 존재하는 것들은 한 줌 혈수로 녹아내리는 것이다. 세 번째 길에 도달한 능운백의 원심취정이라면 여기 모인 무리의 태반은 살아남지 못할 터였다.

하지만 늦었다.

파아아아앙—

공간에 균열을 일으키는 맑은 음향과 함께 수천수만 개의 새하얀 빛 조각이 사방으로 뻗어갔다. 빛들은 가히 빛의 속도로 일제히 퍼져 나가 회피할 틈조차 없이 소림과 각대문파의 군웅들, 그리고 마교도들의 몸에 수십 개씩 관통하며 사라졌다.

그 결과,

모두가 혈수로 녹아내리지 않았다.

그저 쓰러졌다. 그들은 일제히 오른쪽 반신이 마비되어 쓰러졌고, 왼쪽 반신은 움직일 수 있게 되어 널브러진 채 어떻게든 일어나 보려고 버둥거렸다. 그중 무공이 탁월한 몇몇이 몸을 일으켰다가 균형을 잃고 쓰러지고 또 일어서기를 반복했다.

일행이 능운백에게 달려갔다. 아두와 아삼이 도대체 어떻게 한 거냐면서 펄쩍펄쩍 뛰면서 좋아했고, 청은은 안도와 함께 기쁨의 눈물을 흘리며 능운백에게 안겼다. 능운백은 청은의 머리를 부드럽게 쓰다듬었다. 반면 괴완동은 울화통을 터뜨렸다.

"이놈아, 말을 해야지, 난 또 다 죽이는 줄 알고 심장 떨어진 줄 알았잖냐!"

능운백이 청은을 한 손으로 안은 채로 웃음을 터뜨렸다.

"하하하, 죄송해요."

자하진인은 그저 흐뭇하게 바라보고, 적발노괴는 축하의 말을 건넸다.

제갈영은 당연히도 "캬악!"

장내는 이제 버둥거림 속에서 현실을 파악해 가고 있었다. 단 일수였다. 이는 천외천이요, 신의 경지에 이른 무공이니 여기저기서 용서의 말들이 쏟아졌다.

"능 공자, 우리가 잘못했네. 우리가 잘못했어!"

"능 대협, 부디 용서하십시오! 우리가 어리석었습니다!"

세상에 누가 있어 이러한 경지를 내보일 수 있을 것인가! 이제 소림과 군웅들은 이대로 능운백이 다 죽인다고 해도 어찌할 수 없음을 받아들일 수밖에 없었다. 설령 이후 세상 모든 문파들이 대연합을 이루어 복수를 꿈꾼다 해도 능운백에겐 소용없는 일인 것이다. 아니, 도리어 죽음으로 끝난다면 다행일 정도였다. 혹여라도 혼원독의가 복수심에 불타 괴약을 흡입케 한다면 이곳은 산지옥으로 변할 것이다.

하지만 모두가 다 두려움에 떠는 건 아니었다.

도대체 어떤 수법으로 언제 깨어난 것인지는 알 수 없으나 화화곡주가 누운 채 크게 소리쳤다.

"능운백 님! 저희 화화곡은 이리될 줄 알았답니다. 확고히 믿고 있었죠. 자, 이제 시작하세요. 어서 춘약을 뿌리세요! 다 같이 부둥켜안도록, 어서요, 어서!"

그 와중에도 성토가 쏟아졌고, 화화곡주가 '너희들도 좋잖아!'라고 맞서면서 소란이 가중되었다.

"주군, 이대로 끝내실 생각이신지요?"

적발노괴가 다정하게 물었다.

그건 마치 '이 정도를 지옥이라고 하기엔 약소합니다만' 같은 뜻이었다. 그렇기도 한 것이 적발노괴로서는 아장을 잃은 슬픔도 여전하거늘 강호인들이 혼원독의를 죽이려 한 사실에 치를 떨고 있음이었다.

괴완동이 끼어들었다.

"무슨 소리냐! 우리 모두 무사하니 꼭 누굴 죽여야 할 필요는 없다! 운백, 이 가운데 한 명이라도 죽이는 날엔 앞으로 영영 날 볼 생각 마라!"

『운백, 그리하거라.』

자하진인도 전음을 보냈다.

능운백이 웃음을 터뜨렸다.

"하하하, 아니, 제가 살인마도 아니고 누굴 죽이겠어요. 절대로 그런 일은 없으니 안심하세요."

"오냐, 그래야지."

괴완동이 기분이 좋은지 껄껄거리고 자하진인도 흐뭇하게 미소를 머금었다. 그러나 그것도 잠시, 칠흑 같은 밤하늘에 먹구름이 물러가고 달빛이 소림 전역을 비췄다. 더불어 그동안 달빛을 가리고 있던 것이 먹구름이 아님이 드러났다. 먹구름이라고 생각했던 것은 실상 수천만 마리의 독나방 떼였다.

독나방 떼가 군웅들을 덮쳐 갔다.

"이, 이게 무슨…… 으아아아악!"

"나, 나방, 사, 사람 살려! 으아아아악!"

"어, 어떻게 이런 일…… 우우웁!"

독나방 떼는 몸에 들러붙는 것만이 아니라 비명을 내지르는 군웅들의 입 속으로 파고들어갔다. 널브러진 삼천여 명, 소림의 천여 명과 이천여의 군웅들은 몸의 절반은 그나마 움직일 수 있는 탓에 몸부림치는 광경은 지렁이 떼를 보는 듯했다.

하지만 이는 시작에 불과했다.

어디서 나온 것인지 수천 마리의 독사 떼가 드글거리고 모두의 몸을 뒤덮으며 꿈틀거렸고, 그 사이사이마다에는 독거미며, 독개미, 독지네, 심지어 독두꺼비까지 일제히 출몰하니

가히 사람 한 명당 독충 천 마리 이상씩이 매달리는 형국이
되었다.

군웅들은 비명은 질러야겠으나 비명을 지르면 두꺼비가
들어오든, 독거미가 들어오든 하는 탓에 이미 수십 마리씩 먹
어 치운 자들이 등장하기 시작했다.

괴완동이 멍해져서는 물었다.

"그러니까……. 안 죽이기만 하는 거였냐?"

능운백이 태연히 대답했다.

"네, 숙부님. 저래 보여도 안 죽어요. 물지 말라면 안 물거
든요."

"그, 그러냐?"

괴완동이 더듬거렸다.

보복을 바랐던 적발노괴조차 '이게 아닌데'라며 작게 중얼
거릴 지경.

하지만 모두가 피해를 입고 있는 건 아니었다.

유일하게 독충들이 뒤덮지 않는 인물이 한 명 있었으니 바
로 요각이었다. 요각은 그저 반신이 마비된 채로 꿈틀거리고
있을 뿐이라 가히 특별한 혜택을 받고 있는 셈이었다.

아두와 아삼이 그런 요각을 보고 물었다.

"야, 능운백! 저기 미친 스님은 봐주는 거야?"

"그러게, 미친 스님 주제에 생쌀은 잘 챙겨 줬나 보네."

"하하하!"

능운백이 웃음을 터뜨리며 말했다.

"우리 요각이 의외로 사람 됨됨이가 괜찮아."

이어 요각을 향해 손을 뻗자, 요각의 몸이 붕 떠오른 채로 끌려와 능운백 앞에 내려앉았다.

요각이 버둥거리며 입을 열었다.

"나무관세음보살! 능 공자, 그만하시게! 이 무슨 해괴한 짓인가! 괴완동, 그대가 좀 말려 주시오!"

괴완동이 실실거렸다.

"흐흐, 형님에게 쥐어 터지고 그 제자에게 이 꼴이라니. 이보게, 신승. 아무도 안 죽는다니까 걱정 붙들어 매. 혼자 혜택받고 있으니까 고맙다는 말 정도는 하고 말이야."

괴완동 등은 요각이 홀로 소림과 전 강호를 상대로 독의와 선의를 죽이는 것을 반대하며 외치던 말을 들었던 터라 충분히 능운백의 의중을 헤아리고 있었다.

요각이 버둥대면서 분노를 터뜨렸다.

"너무들 하는구려. 차라리 빈승 혼자 모든 독충들을 다 감당할 테니 모두를 놓아 주시오! 나무관세음보살!"

"그럴래?"

능운백이 히죽 웃으며 말하는 순간, 요각의 몸으로 독나방이며 독거미, 독사들이 득달같이 달려들어 뒤덮었다.

"으아아아악! 내가 지옥에 가지 않으면, 꾸에에엑! 누가 가리오! 나무관세음…… 으아아악!"

요각은 그 어떤 누구보다 더 많은 독충들에 뒤덮여 거의 형체가 전혀 보이지 않을 정도로 몸부림쳤다. 하지만 그렇다고 다른 이들이 독충에게 해방되었느냐면 그것도 아니었다. 그저 요각은 말 한마디 잘못 꺼냈다가 덩달아 당하고 만 것이었다.

요각이 한 손으로 눈두덩이 쪽을 쳐 내다 여전히 소림과 모든 강호인들이 독충에게 뒤덮인 것을 보고 소리쳤다.

"능, 능 공자……. 으아아아악! 이, 이야기가 다르잖은가! 꾸에에엑!"

말끝에 독거미 수십 마리가 입 안으로 파고들었다.

능운백이 고개를 저었다.

"요각아, 너도 죽이지만 말자고 했을 뿐 솔직히 잘한 건 없잖아. 나는 이십 년, 독의와 선의는 죽을 때까지 가둬 둔다는 것이 죽이는 것과 다른 건 뭐냐? 안 그래?"

괴완동을 비롯한 일행들은 멍하니 '과연 능운백'이라는 얼굴이 되고 말았다.

그 사이 사태는 점점 더 크게 확산되었다.

독개미들이 소림의 계율원과 약왕전 등에 새까맣게 달라붙는가 싶더니만 한 입씩 뜯어 먹어 버린 탓에 순식간에 건물이 스러져 갔고, 그 기세는 맹렬하기 이를 데 없어 소림의 전각들이 하나둘 사라져 갔다. 이대로라면 소림은 폐허로 변할 지경.

장문인 방요와 요각신승 등 원로들은 발버둥 치면서도 마음이 찢어져갔다.

"대, 대웅전이 무너진다! 안돼에에! 우우웁!"

방요가 처절하게 부르짖자, 그의 입 안으로 뱀이 타고 들어갔다.

"능 공자, 장경각은 남겨 두시게. 장경각만은! 나무관세…… 우와왁! 퉤퉤퉤!"

요각이 장경각이고 뭐고 침을 뱉어 냈다.

이처럼 사람이며 건물이며 온통 독충들에 뒤덮인 광경과 쏟아지는 비명과 처절한 절규에 소림은 그야말로 생지옥이자 아비규환이 따로 없었다.

모두는 중독의 두려움과 이대로 독충들에게 물어뜯겨 뼈조차 남지 않게 될 것이라는 극도의 공포, 그리고 어쩌면 이것이 끝이 아니고 이후로 괴약에 당해 천지를 배회할지도 모른다는 미지의 두려움 속에 발버둥 쳤다.

그 혼란의 때,

"응?"

능운백이 갸웃하며 동쪽 하늘을 바라봤다.

"왜 그러느냐, 뭐가 보이냐?"

괴완동이 물었다. 따라서 하늘을 봤지만 아무 것도 볼 수 없었던 것이다.

그러나 이내 괴완동도 눈을 부릅떴다. 한줄기 빛이 동쪽에서 밤하늘을 가로지르며 유성처럼 소림으로 다가온 것이다. 빛은 순식간에 날아와 소림 위 하늘에 둥둥 머물렀다. 그것은 둥그런 빛의 덩어리였고, 황금빛을 찬란하게 발산했다.

아두와 아삼이 탄성을 질렀다.

"와아, 멋지다!"

"하하, 운백이 저놈이 추잡한 것만 할 줄 아는 게 아니네?"

"내가 아니야."

능운백이 말했다. 이미 능운백의 얼굴은 심각해져 있었다. 안력을 돋워도 황금빛 덩어리가 무엇인지 전혀 볼 수가 없었고, 위협까지 느꼈다. 이윽고 황금빛 덩어리가 변화를 일으켰다. 빛을 번져 내는가 싶더니 한순간 확장되어 폭발했다.

파아앙!

폭죽처럼 밤하늘 사방으로 퍼져 나갔다. 그것은 여태까지 본 어떤 폭죽보다 크고 아름다웠으며 황홀하기까지 했다. 그 어떤 폭죽 장인도 만들어 내지 못할 황홀한 빛의 광휘였다.

"와아, 예뻐⋯⋯."

아삼이 중얼거렸다.

빛이 퍼지고 점멸되는가 싶더니 이내 다시금 빛무리가 터졌다. 그러면서도 내내 황금빛 덩어리는 그대로였다.

팡! 파아앙! 파앙!

이번엔 빛이 퍼져 감이 달랐다. 그것은 명확히 형상화되었다.

"와아!"

아두와 아삼이 입을 모아 감탄했다.

빛이 그려 낸 것은 아름다운 자태를 드러내고 있는 여인의 전신인데, 그건 마치 하늘에서 막 강림한 선녀처럼 보였다.

"아삼아, 근데 어디서 본 것 같지 않냐?"

"보긴 어디서 봐. 정신 나갔냐!"

"선녀님 닮았잖아!"

"엥? 그러고 보니 그러네."

제갈영도 마치 자신이라고 말하고 싶은 듯 연신 캬악대기 시작했다.

그 광경은 생지옥에 빠진 이들의 눈에도 들어와 몇몇이 놀라 입을 벌렸다가 독두꺼비가 파고들어 우웝거렸다.

소림의 반응은 놀람으로 그치지 않았다.

"오오! 미, 미륵보살님! 우웝!"

요각신승이 외쳤고,

"부처님의 가호가 소림에 임하였…… 케엑, 켁!"

장문인 방요가 기쁨을 금치 못하고 크게 외치다가 그만 실독뱀이 목까지 차고 들어가 켁켁거렸다.

그 소리에 능운백이 코웃음 쳤다.

"홋, 미륵?"

말의 여운이 끝나기도 전에 독나방 떼가 황금 덩어리로 향하며 뒤덮으니 황금빛 덩어리가 요동쳤다.

이어 능운백이 날아오르려 할 때였다. 그 안에서 다급한 음성이 흘러나왔다.

"슝슝슝슝!"

"아장?"

능운백이 눈을 부릅떴다.

슝슝이란 소리를 내는 자가 세상천지에 어디에 있단 말인가!

슝슝 소리에 아두와 아삼도 황금빛 덩어리를 바라보며 입을 쩍 벌렸다. 지금껏 수만 번 이상을 들은 아장의 슝슝이었다. 이 소리는 아장이 틀림없었다. 둘은 기쁜 나머지 한 마디 말조차 못 하고 눈물부터 흘렸다. 제갈영은 연신 캬악거렸고, 적발노괴와 혼원독의는 벼락을 맞은 것처럼 굳어 버렸다.

"슝슝!"

다시금 터져 나온 슝슝 이후 황금빛 덩어리가 사라졌다. 대신, 일행들 앞에 언제 어떻게 나타난 것인지 아장이 나타났다. 붉은 머리카락 대신 칠흑같이 검은 머리카락이 된 중후한 미남자.

아두와 아삼이 달려들어 끌어안았다.

*　　　*　　　*

용해봉 붕괴의 그날.

— 연자여, 반갑도다.

스스로 죽은 줄 알았던 아장은 들려온 소리에 눈을 번쩍 떴다. 놀란 눈으로 자신의 손이며 몸을 둘러봤다. 분명히 죽었는데, 죽었다고 생각했는데, 산산조각 난 듯싶은데 온몸이 멀쩡한 채 살아 있었다.

— 연자여, 놀랐을 것이다. 거쳐 온 길은 삶과 죽음의 경계를 지나는 길. 죽음을 경험하였을 뿐 그대는 살아 있노라.

다시 들려온 음성에 아장이 사방을 두리번거렸다.

온통 하얗다. 벽이며 천장을 구분할 수 없었고, 바닥조차 새하얗기에 떠 있는 것인지 딛고 서 있는 것인지 모를 지경이었다. 소리가 어디에서 나오는지도 가늠이 되지 않았다.

— 안심하여라. 너는 우리와 인연이 닿은 자이니.

자상한 할아버지의 음성에 아장이 대답했다.

"슝슝!"

— 허허허, 너는 괴이한 소리를 내는구나. 예를 갖추어라. 우리는 동해삼선이니라.

너털거린 건 다른 음성이었다.

"슝슝슝!"

아장이 고개를 숙이며 답했다.

— 응?

— 또 슝슝?

— 허어, 이거 괴이하도다.

세 노인이 일제히 의문을 표했다.

"슝슝슝?"

왜 그러냐는 듯 아장이 물었다.

— 어허, 이거 뭔가 크게 잘못된 듯하구려…….

— 어찌 이런 일이, 보아하니 짐승이 안배에 들어온 것 같소이다.

동해삼선은 남겨 놓은 진원지기로 시간을 초월해 연자와 감응하여 의사소통을 할 수는 있었으나 그 형체를 분별할 수는 없음이었다.

"슝슝슝슝!"

아장이 아니라는 듯 강하게 슝슝거렸다.

— 두 분은 이런 소리를 들어본 적이 있소?

— 이건 개도 아니고 새도 아닌 듯합니다만…….

— 혹시 어디가 아픈 것인가?

"슝슝슝슝!"

아프지 않다고 말했다.

— 이런, 이런, 계속해서 슝슝거리고 있소!

— 흠, 그런데 듣고 보니 억양이 미묘하게 다르구려.

— 연자여, 그대는 사람인 것인가?

"슝슝!"

— 이번엔 두 번이구려. 그렇다는 것 같은데…….

— 그대는 짐승인가?

"슝슝슝슝!"

— 오호! 명확히 다르오, 달라! 사람인가 보오! 사람!

— 다른 것을 물어야겠소. 그대는 어떤 삶을 살아왔는지 말하거라.

아장이 갸웃하고는 입을 열었다.

"슝슝, 슝슝슝, 슝슝슝슝! 슝슝슝슝! 슝슝슝슝슝슝, 슝슝, 슝슝슝슝, 슝슝슝슝슝, 슝슝슝! 슝슝슝? 슝슝슝슝슝슝, 슝 슝슝슝슝슝! 슝슝슝……."

아장이 지나온 날들을 부지런히 슝슝거리며 말했다.

— 그만, 그만해라! 언제까지 슝슝거릴 참이냐!

— 이거 정신이 하나도 없구려.

— 아무래도 인생 전부를 듣는 건 무리겠소이다.

책망조에 아장이 고개를 폭 숙였다.

— 그래도 이번엔 굉장히 슝슝거리는 것을 보니 말뜻을 분명히 알아듣고 말하는 모양새가 아니오?

"슝슝."

— 이보시오, 그렇다고 하지 않소이까. 허허허……

— 두 분은 어쩌실 생각이시오?

— 흐음, 쉽지 않구려. 제자 왕종이 패악한 이후 괜한 근심이 생기니……

— 철저히 준비했으니 우리가 우리를 믿어야 하지 않겠소.

— 흐음, 맞는 말이오.

— 그리합시다.

들어도 뭔 소리인지 몰라, 아장이 숭숭거렸다. 아장으로서는 그저 빨리 이곳을 나가고 싶은 것이다.

— 연자는 듣거라.

"숭숭."

— 허허, 이제 적응이 좀 되는구려.

— 연자여, 마의 징표는 애초에 없었느니라. 그것은 마를 촉발하여 섬멸하고자 하는 뜻. 또한 세 개의 문은 사실 하나이며 어디를 택하여도 그 결과는 같느니라.

"숭숭."

— 오로지 순결무구한 결정체만이 어떤 선택에도 우리와 닿게 되어 있으며 그 외는 멸이 임하도다.

"숭숭?"

— 허허허…… 그렇단다. 또한 그러한 연자만이 우리의 절학을 온전히 습득할 수 있느니…….

— …….

— …….

'온전히 습득'에서 말이 중단되었다. 침묵은 길게 이어졌다. 온전히 습득이 될 것인가에 의문과 혼란에 빠진 것이다. 순결체임에는 틀림없으나 연자는 숭숭거리기만 하는 것이다.

아장은 가만히 기다렸다.

잠시 후,

— 그, 그렇게 되지 않겠소이까?

— 되, 되어야 하지요.

— 이는 연자이니, 될 것이외다.

"슝슝!"

아장이 걱정 말라는 듯 힘차게 슝슝거렸다.

그것이 도리어 걱정을 촉발해 또다시 깊은 침묵이 일었다.

잠시 후,

— 연자여, 그대는 우리의 절학을 이어 천외천의 경지에 오를 것이다.

목소리가 바뀌었다.

— 하지만 그대가 유일하게 염두에 둘 것이 있으니 그것은 바로 천검독황의 후인에 대한 것이다. 천검독황의 무학은 또 다른 천외천이며 정상의 범주에 있지 않으니 그의 후인을 경계하라. 또한 기묘한 무학만큼이나 그들의 정신도 기묘하기 이를 데 없으니 되도록 마주하지 않도록 하여라.

— 자, 그럼!

말과 함께 아장의 눈앞에 황금빛으로 번쩍이는 세 개의 실타래가 나타났다.

"슝슝슝?"

놀라 눈이 휘둥그레진 아장의 몸에 세 개의 황금빛 실타래가 각기 관통했다.

한순간 빛이 폭사하며 아장은 빛에 감싸였고, 빛은 아장의 온몸 각처를 질주했다.

"승승승승승승승승승승승승승!"

제10장
사랑한다

소림 생지옥 이후 보름.

깊은 밤, 마교 교주 등무는 문득 들려온 소리에 눈을 떴다. 한 청년이 침상 곁으로 의자를 끌어오고 있는 것이 보였다. 그 모습이 너무도 태연하기 그지없어 등무는 자신이 꿈꾸고 있다고 생각했다. 그럴 수밖에 없는 것이, 이곳은 삼중의 호위대가 방비하는 천마각 내 자신의 처소이기에 이 세상 어떤 절세고수라도 꿈이 아닌 이상 침투는 불가능한 것이다.

"안 놀라네?"

청년이 갸웃했다.

등무는 피식 웃었다.

"썩 물러가라. 꿈속에서 살인을 자행하고 싶지 않다."

청년, 아니 능운백이 미간을 찡그렸다.

"뭐라는 거야?"

"허허……."

등무는 너털웃음을 지었다. 정녕 꿈일진대 현실감이 살아 있다. 이런 꿈을 자각몽이라고 하던가, 라고 내심 중얼거렸다.

반면 능운백은 이제 심각하게 갸웃거리기 시작했다. 막 놀라고 허둥댈 거라 생각했고, 그러면 비웃어 주려고 했는데 어찌된 게 이놈이 웃고 있는 것이다.

등무가 입을 열었다.

"후후후, 훗날 네놈과 인연이 있을 모양이니 네 얼굴을 기억해 두겠다."

능운백이 앉으려던 의자를 들어 올렸다.

등무가 너털거렸다.

"허허허, 의자로 내려치기라도 하겠다는 것이냐? 어디 한번 해 보아라."

능운백이 마다할 인물이던가? 그대로 등무의 머리 쪽으로 의자를 내리찍었다.

꽈작!

의자 파편이 튀어 올랐고, 등무의 머리가 깨져 피가 주륵 흘러내렸다.

"……."

그제야 등무는 얼어붙었다. 통증이 느껴진다. 그럼에도 눈에 보이는 건 그대로이다. 꿈이 아니다. 게다가 소리가 제법 크게 났는데도 아무도 들어오지 않고 사방은 고요하기 이를 데 없었다.

"이제 정신이 드냐?"

능운백이 물었다.

"누, 누구……."

등무가 더듬거렸다.

"알 것 없고. 마불도도 챙겨야 하니까 짧게 말할게. 내가 온 것은 너를 세상에서 감쪽같이 지워 버리기 위해서야. 두 가지 중에서 선택해. 하나는 네놈을 한 줌 혈수로 녹여서 물걸레로 닦아 내는 것이고, 다른 하나는 쥐도 새도 모르게 해남도로 가서 평생 행복하게 사는 거야. 둘 중 뭐가 마음에 드냐?"

"나는……."

등무가 말을 꺼내며 왼손으로 비상 단추를 더듬어 찾았다. 맞서는 건 애초에 불가능한 일이었다. 단추를 누르는 순간 침상은 지하석실로 신속하게 내려앉고 침상이 있던 자리는 차단된다.

찾았다. 등무는 내심 회심의 미소를 짓고 단추를 눌렀다. 순간 '차앙~' 하는 금속성과 함께 침상이 놀라운 속도로 푹

꺼져 내려갔다.

등무는 절로 웃음이 터져 나왔다.

"하하하하!"

어떤 술수를 부려 잠입한 것인지 그 경지는 놀랍기 이를데 없으나 이제 적은 마교의 모든 고수를 상대해야 할 것이다.

하지만 웃음이 끝나기 전 덜컹하고 침상이 중도에 멈췄다. 등무는 꿀꺽하고 마른침을 삼켰다. 이게 아닌데…… '지이잉' 하며 침상이 다시 올라가기 시작한 것이다. 빨리도 아니라서, 어디 도망갈 곳도 없어서, 등무는 식은땀을 주륵 흘렸다. 분명 웃음소리를 들었을 텐데, 라는 쓸데없는 걱정이 들면서 몸이 부들부들 떨려왔다.

텅!

차단문이 열리고 침상이 원래 자리로 돌아왔다. 등무는 죽은 척할까 하다가 포기하고 능운백을 어색하게 바라봤다.

능운백은 한심하다는 듯 쳐다보는 중.

등무는 다시 꿀꺽.

두 사람은 그렇게 한참을 말없이 바라보았다. 먼저 입을 연 것은 능운백.

"참는 건 이번이 마지막이다. 어떻게 할 거냐?"

"해, 해남도로……."

녹아내린 후 물걸레로 닦여 사라질 수는 없었다.

"함께 가고 싶은 사람은?"

"괴, 괴옥마군……."

"좋아. 내려와서 서신을 작성해라."

등무는 능운백이 불러 주는 대로 서신을 남겼다. 그저 평범히 살고 싶어 떠나며, 등헌을 추대한다는 내용이었다.

"저기……. 동생과는 어떤 관계가 있으신지……."

등무가 물었다.

"친구야."

"그, 그렇습니까? 바, 반로환동하시고는 어째서 동생하고……."

"네가 일일이 신경 쓸 것 없잖아. 녹을래?"

"아, 아닙니다. 저기…… 그, 그런데 마불도는 왜 필요하신지……."

등헌과 친구라는 말은 대충 하는 말이라고 치면 그만이지만, 반로환동한 것이 틀림없는 경세절학을 지닌 이 절세의 고수에게 왜 마불도가 필요한지는 정녕 이해할 수 없었다.

능운백이 어이없다는 얼굴로 웃었다.

"하하하, 너 인마 처분을 기다리는 주제에 무슨 질문이 이렇게 많아?"

"죄, 죄송합니다."

"좋아하는 여자가 있어."

"아! 그, 그분이 성장이 멈췄습니까?"

"그렇지."

"저기……. 무공을 잃을 텐데요?"

"멍청아, 내가 있는데 무공이 무슨 소용이겠냐?"

"아, 그렇지."

등무가 바보같이 고개를 끄덕였다.

"하하, 웃긴 놈이네!"

능운백은 그만 웃고 말았다. 등헌과는 또 다른 면에서 묘하게 정감이 가는 놈이었다.

"등무야?"

"네?"

"해남도에서 얌전히 지내라. 언제 술 마시러 가마."

"네? 네……."

*　　　*　　　*

한 달 후, 역대 마교 교주 중 최단 기간의 재임기록을 수립한 등무는 해남도 앞 바다의 작은 배 한 척 위에서 환호성을 질렀다.

"걸렸다, 제대로 걸렸어!"

함께 보내진 괴옥마군이 옆에서 덩실거렸다.

"주군, 월척입니다. 정녕 훌륭하십니다!"

"하하, 기다리면 끝내 얻는다고 하지 않았느냐!"

어부지리로 마교 지존좌에 잠시 올랐던 등무는 말 그대로 소박한 어부가 되어 있었다.

*　　　*　　　*

이 년 후 중문촌.

온 마을이 분주한 가운데 능운백은 대장간에 딸린 방에서 우두커니 벽에 걸린 마불도를 바라보고 있었다.

청은이 마불도로 들어간 것은 일 년 반 전인데 마치 어제 일처럼 아직도 생생하다.

'다녀올게. 내가 늦으면 저 안에서 운백보다 멋진 남자를 만난 것이라고 생각해. 하지만 그 전엔 절대 한눈팔면 안 돼!'

마불도의 새하얀 백지 속으로 청은이 들어가자 놀랍게도 울긋불긋 아름다운 꽃 그림이 나타났고 청은은 꽃길을 따라 사라졌다. 그녀가 사라진 뒤에도 꽃은 실제 꽃처럼 아름답게 남아 있었다. 능운백은 날마다 그 꽃길을 아가씨가 된 청은이 걸어 나오는 모습을 상상했다.

"마불도의 징조는 사람마다 달라. 어떤 이는 하늘의 구름이, 또 어떤 이는 칼의 숲이, 또 다른 이는 수많은 글자가 나타났다지. 나오는 기간은 각기 다르나 보통 일 년 정도. 문제가 없는 건 아니야. 몇몇은 마불도 안에서 영영 나오지 않았다고 하거든. 그림이 달라지고, 다시 백지가 되면 다시 나올 수 없어. 이유? 그 안쪽의 세계가 더 현실 같고 행복해 보인다고 하더군."

등헌은 마불도에 대해 이렇게 말했다.

일 년이 되던 날 능운백을 비롯한 모두가 청은을 환영하기 위해 마불도 앞에 모였다.

그날 마불의 꽃이 시들었다.

모두 얼어붙었고, 그 여파는 두어 달가량이나 지속되었다. 그리고 이제는 아무도 기대하지 않는다. 지금에 와선 아무도 청은의 이름을 꺼내지 않았다. 능운백도 그저 습관처럼 행복을 빌어 줄 뿐.

"청은, 네가 그곳에서 행복하다면 그것도 괜찮은 것이겠지."

그때였다.

"응?"

능운백이 눈을 휘둥그레 떴다.

*   *   *

정오의 햇살 아래 혼원독의가 아기를 위로 던졌다 받아 들었다. 아기는 까르르 웃음을 터뜨렸다.

"아기가 독의를 보고 웃는군요."

언제나 다정한 적발노괴가 부드럽게 말했다.

혼원독의는 기분이 좋아져 소름이 쫙 끼칠 정도로 끔찍한 웃음을 지으며 연달아 아기를 들었다 내렸다 하며 노래를 불렀다.

"어디에서 이렇게 예쁜 녀석이 왔을까! 하늘에서 왔을까, 바다에서 왔을까!"

엄청 쇳소리를 내며 카랑거리는 것이 노래인지 성질내는 것인지 분간이 안 갈 지경이었다. 그럼에도 아기는 해맑게 웃으며 독의의 노래에 장단을 맞추듯 입을 내밀며 소리 냈다.

"슝슝슝, 슝슝!"

"하하하! 잘한다, 잘해. 슝슝슝!"

그러다 독의가 한 곳을 보고 인상을 찡그렸다. 다섯 제자 중 대제자인 설추가 정신 사납게 달려오고 있는 것이다.

"이놈, 무슨 일인데 호들갑이냐!"

설추가 다가와 머리를 조아렸다.

"사부님, 봉와객에게 문제가 생겼습니다."

"봉와객?"

봉와객이라면 강호를 떠나 은거할 곳을 찾다 하필이면 검절과 주군의 대장간에 들어선 자였다.

"혹시 주군께서 봉와객의 머리를 후려갈기신 거라면 내가 많이 맞아 봐서 아는데 괜⋯⋯."

"주화입마를 당했습니다."

"뭐?"

"은거한 주제에 무리하게 운기행공을 하고 있었나 봅니다. 주군께서 지금 쳐 죽일지 말지 고심하고 계신데 여차하면 원래 세상에 없었던 셈 치겠다고 하시는 중입니다."

혼원독의가 오만상을 찌푸렸다.

"봉와객, 이 미친 새끼! 염라는 어디 갔냐!"

"자하진인, 소요쌍창과 함께 장을 보러 가서, 아직입니다."

"손유랑 한참 즐거웠건만! 젠장, 알았다!"

혼원독의가 투덜대며 손유를 적발노괴에게 건네려 할 때, 아두와 아삼이 들이닥쳤다.

"주인님, 제가, 제가 안을게요."

아두가 손유를 얼른 받아 들었다.

아삼이 두리번거렸다.

"그런데 아장은 어디 갔지? 주인님, 아장 못 보셨어요?"

"산에 있지 않겠느냐."

"아, 또 연습하는 거구나. 오늘은 무슨 일이 있어도 해내겠다고 했는데 어쩌려나."

한편 혼원독의는 대장간으로 날듯이 달려갔다.

문밖에 하오문주가 뻘쭘하게 서 있는 것이 보였다. 그냥 슬쩍 보고 안으로 들어갔다.

능운백이 봉와객의 머리를 짓밟은 채 소리쳤다.

"독의! 손유를 네놈이 낳았냐, 왜 이렇게 꾸물거리는 것이냐!"

"죄, 죄송합니다!"

혼원독의가 죽을죄를 진 양 굽실거리고 봉와객을 살폈다. 능운백은 분이 풀리지 않는지 봉와객을 향해 연신 삿대질했다.

"아니, 은거한다고 온 작자가 죽을 둥 살 둥 운기하는 건 또 뭐야! 대충 하는 줄 알고 그러려니 했더니만 아주 마을이라도 지킬 기세야! 우리 마을에 누가 살고 있다고 생각하는 거냐! 도대체 생각이 있는 거냐, 없는 거냐!"

"주군, 이곳은 제게 맡겨 주십시오!"

"대충대충 치료해. 잘 할 필요 없어."

"네……."

능운백이 대장간을 나서자 하오문주가 쭈뼛거렸다.

능운백이 미간을 좁혔다.

"뭐야?"

하오문주는 아침 일찍 마을에 도착했고, 여태 주변을 얼쩡거리면서 계속 이런 태도였던 것이다.

"저기……."

"하오 영감, 오랜만에 찾아와서는 왜 대놓고 수줍어하는

데? 기뻐 마땅한 손유 돌잔칫날 기분 나빠지려 하잖아."

"말씀을 드려야 할지 말아야 할지 판단이 서질 않아
서……."

"어차피 말할 거 아냐?"

"그, 그렇긴 하죠. 그럼……."

하오문주가 품에서 서책을 꺼냈다.

"최근 돌고 있는 책입니다요."

"책? 책이 뭐가 어때서? 재밌어? 유명한 거야?"

"곧…… 유명해질 것 같습니다."

능운백이 받아 들고 보니 겉에는 아무 표기도 없었다.

앞장을 펼치자, 비로소 큼지막한 글귀가 나왔다.

　　〈고금께일마!〉

큰 글귀가 보이고 그 아래 기본 내용이라는 표기와 함께
내용이 간략히 요약되어 있었다.

　　태어난 곳은 확인 불가.

　　구 세 때 중문촌으로 이주.

　　동 나이 때 어린아이 열둘을 살해. 돌로 찍음.

　　은거 중이던 검철을 만나게 되며 악귀에게 날개가

　　달림.(이때 검철은 노망난 것으로 추정).

십이 세 때 소년 셋을 생매장. 마을은 공포에 휩싸임.

십구 세 때까지 무공 연마.

동 나이 때 마을 건달들을 수하로 부림.

평화롭게 유람 중이던 귀문방주의 아들을 토막 내 살해. 시체는 불태움.

귀문방은 검걸과 고금제일마에 의해 절반이 몰살.

마을을 떠나 강호로.

단지 시끄럽다는 이유로 녹림산채를 몰살.

제갈가에 침입. 절세미녀 제갈영을 납치.

적발노괴와 혼원독의, 염라선의까지 수하로 거둠.

화용문을 몰살하고, 불태움. 그 이후…….

탁!

거기에서 능운백이 책을 덮었다.

능운백으로서도 처음 보는 것이었다. 독충들과의 연동으로 시야를 확보할 수 있는 거리는 천 리에 이를 뿐이었다.

하오문주가 식은땀을 흘리며 흘깃거렸다.

하지만 이내 능운백은 실실 웃기 시작했다.

"이거 과장이 너무 심하잖아. 흐음, 그래도 숙부님이 보시면 좋아하실 것 같긴 하군."

능운백이 하오문주를 없는 사람 취급하고 천천히 걸음을

옮겼다. 하오문주는 능운백의 뒷모습을 보며 멍해져서는 붕어처럼 눈을 깜박거렸다.

"변……하셨네?"

그러다 이리 갸웃, 저리 갸웃거렸다.

"아니, 원래부터 저랬던 것 같기도."

*   *   *

마을 밭에서는 농부들의 손길이 분주했다.

"형님, 최근에 들었는데요, 과거에 특급 살수였다면서요? 그렇게 안 봤는데 엄청 놀랬어요."

독요파 두목 거쾌가 손을 부지런히 놀리며 말했다.

"다 옛날 일이지."

적영이 대답했다.

전직 살수였다가 동해에서는 선장이 되었다가 사신으로 마교에 가서 생을 달리할 뻔했던 적영은 가까스로 해독되어 중문촌에서 현직 농부가 되어 있었다.

"사람 많이 죽였겠어요?"

이번엔 호문천이 물었다.

"거참 옛날 일을 자꾸……."

"운백 형님에게 얼마나 맞았어요?"

"말도 못 해. 굉장했어."

적영이 고개를 절레절레 저었다.

거쾌가 위로했다.

"그래도 살아 있는 게 대단하신 거예요. 살수나 뭐 이런 류를 형님이 질색하시잖아요. 막 뇌수 터뜨리고, 썰고, 묻어 버리고."

"그, 그렇지."

적영이 핼쑥해져 식은땀을 흘렸다.

"이놈들아, 일 안 하고 뭘 그렇게 노닥거려! 오늘 돌잔치인데 해 질 때까지 마무리해야 제시간에 갈 수 있어, 이 건달 새끼들아!"

전직 천하파 두목이었다가 농부로 직업을 바꾼 괴완동이 호통쳤다.

네 사람의 손길이 급 바빠졌다.

"숙부님!"

능운백이었다.

"바쁜데 왜 왔냐!"

"이것 좀 보세요."

서책을 건네자 괴완동이 보고는 곧바로 웃겨 죽겠다는 듯 배꼽을 잡고 밭을 뒹굴었다.

너무 웃어 대니 능운백이 도리어 떨떠름해졌다.

"거 좀 심하게 웃으시는 거 아닙니까?"

"으하하하, 미안하다, 미안해. 어떤 놈인지 언제 면상 한번

보러 가자. 너는 그렇다 쳐도 형님에게 노망이라니 죽여 버리
고 싶네. 흐흐흐……."

"하하, 그건 좀 그렇죠."

　　　　　*　　　*　　　*

어느덧 해가 저물어 갔다.

산 정상에서 아장이 입을 뻐끔거렸다. 소리는 나지 않았는
데 꾸준히 하는 것이 마치 입 운동을 하는 것처럼 보였다.

"아장, 시간 다 됐어. 손님들이 쏟아지고 있으니까 얼른
와!"

아두의 목소리였다.

모습은 보이지 않았다.

"슝슝!"

짧게 답한 순간 아장은 사라졌다.

"앗, 깜짝이야."

아두가 화들짝 놀랐다.

어느새 아장이 눈앞에 나타난 것이다.

"슝슝."

아장이 놀라게 한 걸 미안해했다.

"헤헤, 괜찮아, 아장."

그때 제갈영이 다가왔다.

그녀는 마치 하늘에서 방금 내려온 선녀처럼 눈부시게 아름다웠다.

"우리 서방님 여기 계셨네?"

"슝슝!"

아장이 미소 지었다.

"손님들이 오시니 함께 맞이해요."

"슝슝!"

저녁 시간이 가까워지며 각 처에서 손님들이 모여들었다. 구파일방과 십대세가의 주요 인사들이 도착해 아장과 제갈영에게 축하 인사를 건네고, 또 능운백을 향해 깍듯이 예의를 갖췄다. 연이어 마교 교주 등헌과 극락마군이 도착하면서 오랜만의 해후에 한참이나 이야기꽃을 피웠다. 아두와 아삼에게 등헌은 마교 교주가 아닌 여전히 개친구여서 말마다 개친구라 칭했지만 등헌이며 극락마군이며 그저 껄껄거릴 따름이었다.

*　　*　　*

잔칫상은 성대하기 이를 데 없었다.

제일 앞쪽 상석은 크고 기다란 식탁에 의자를 배치했는데 칠십여 석가량이었고, 그 아래로는 돗자리를 깔고 상을 놓아 삼삼오오 앉아서 먹을 수 있도록 자리가 마련되었다. 하지만 어느 상이든 산해진미로 가득한 건 마찬가지였다.

"자, 다들 자리합시다."

제갈가주의 말에 모두 자리를 찾아 착석했다.

상석에 친지들, 친우, 마을 어르신들이 앉았고, 돗자리 쪽의 하석은 구파일방과 절세고수들이 차지했다. 무림문파 중 마을 사람들과 함께 상석을 차지한 것은 마교가 유일했다.

먼저 촌장이 축사를 읊었다.

"오늘 손씨 집안에……."

적발노괴가 어린 삼괴를 발견한 곳은 손씨 집성촌이었기에 원래 삼괴의 이름은 손두, 손삼, 손장이라고 할 수 있었다.

촌장의 축사는 지루하게 이어졌다. 그러자 이내 마을 사람들이 고기랑 음식들 언제 먹냐며 작작 좀 하시라고 타박하였고, 간신히 끝을 맺었다.

차례로 덕담이 이어졌다.

소림 장문인 방요는 자신의 순서가 되자 온갖 미사여구를 총동원해 축하 인사를 건넸고, 또 돌잔치와는 관계도 없는 능운백을 극찬양했다. 능운백은 공포 그 자체로 언제 어떻게 미쳐 날뛸지 모르는 데다, 동해삼선의 후인에게 절대적인 명령을 내릴 수 있는 적발노괴의 주군인 것이다. 그런 방요를 보며 아삼이 아두에게 '완전히 내시 다 됐네'라고 속삭였다.

식사를 하는 중에 손유의 돌잡이가 진행되었다.

붓, 서책, 목검, 실, 쌀, 은전 등이 놓였다.

손유는 붓과 목검을 잡았다.

손자가 문무를 겸비할 것이라며 제갈가주가 좋아 어쩔 줄 몰라 했다. 술잔이 오가며 잔치가 무르익었다. 화기애애한 분위기 아래 노랫소리와 웃음소리가 뒤섞여 시간이 얼마나 지났는지 모를 지경이었다.

그때 아장이 손유를 안아 들고 자리에서 일어섰다.

모두가 아장을 주목하면서 일순간에 고요해졌다.

"아……빠! 아……빠!"

손유가 손을 휘저으며 옹알거렸다.

아장이 손유를 사랑스럽게 바라봤다.

꿀꺽.

몇몇이 마른침을 삼켰다.

모두는 지금 무슨 일이 일어나려는지 알고 있었다. 동해삼선의 후인이 아들의 돌을 맞아 드디어 슝슝이 아닌 제대로 된 말을 하려는 것이다. 경천동지할 무공을 지녔기에 언젠가는 말을 할 수 있을 것이라고 생각했는데 바로 오늘인 셈이었다.

아장이 입을 벌렸다.

모두 응원하는 마음이 된 터라 그에 동화되어 자신들도 모르게 따라서 입을 벌렸다.

아장이 입을 오므렸다 벌렸다 했다.

소리는 나지 않았다.

아장은 한참을 소리 없이 입을 놀렸다.

모두들 자기 일처럼 애간장이 타들어 갔다. 자신들이 말을 못 하다가 첫 마디를 꺼내는 사람처럼 입을 오물오물대면서 안타까워했다.

아장이 결심한 듯 입을 크게 벌렸다.

모두가 손에 힘을 주었다.

나올 때가 됐다. 임박했음을 직감할 수 있었다.

아장이 입을 열었다.

"슝슝슝……."

아장의 얼굴이 순식간에 어두워졌다.

기대에 들떠 있던 모두도, 굳어 버렸다. 그 누구도 숨을 내뱉지 못하고 손가락조차 움직일 수가 없었다. 움직이면 안 될 것 같았다. 위로의 말은, 꺼낼 엄두가 나지 않았다. 시간이 멈춰 버린 것 같았다.

동해삼선의 후인이 끝내 말을 못 하는 것이다.

오직 손유만이 방실대면서 슝슝거릴 뿐이었다.

모두가 정지해 버린 그때, 능운백이 벌떡 일어났다.

"하하하하! 모두 잔을 들어 봅시다."

제발 누군가가 아무 말이라도 해 주길 바랐던 터였다.

일제히 잔을 들어 올렸다.

"손유의 밝은 장래를 위해, 슝슝슝!"

능운백이 크게 외쳤다.

"슝슝슝!"

일제히 입을 모아 슝슝거렸다. 그제야 멈춘 시간이 돌아왔다. 곁에서 제갈영이 아장의 손을 잡고 미소를 머금었다. 아장도 마주 보며 웃음 지었다.

*   *   *

돌잔치의 여운이 잦아든 늦은 밤, 풍화객잔은 과거 생사를 함께했던 이들이 모여 이야기꽃을 피우느라 소란스러웠다.

"어머니, 소인은 괴물이 되겠습니다! 무슨 일이 있어도 괴물이 되겠습니다—"

능운백이 등헌을 놀렸고, 등헌이 어깨를 으쓱했다.

"진짜 괴물이 가짜 괴물을 놀리는군."

풍화객잔의 주인 오규가 맞장구쳤다.

"하아, 운백이 괴물이 맞긴 하지요. 이 객잔에서 귀문방주 아들놈을 반토막내고, 호위하던 놈들은 목을 꺾고 의자 파편으로 관통해 죽이는데…… 와아, 정말이지 우리 마을에 괴물이 있었네, 싶더란 말이지요."

아두와 아삼도 가담했다.

"운백 이 개놈은 소림에서 독충들에게 명령해서는 코로 입으로 막 기어들어 가게 한 것만 봐도 제정신이 아니야."

"맞아. 당문 가주가 독충을 얼마나 많이 삼켰는지 배불뚝

이가 됐잖아."

이어 한마디씩 하면서 이야기는 시간 가는 줄 모르고 이어
졌다. 술잔이 넘실거리는 와중에 능운백은 평온함을 즐기며
독충의 시야에 의식을 넘겼다. 마을 뒷산에서 아장이 물끄러
미 달을 올려다보고 있었다.

"슝슝······."

아장의 음성에선 우울함이 가득 배어나왔다. 아장은 바다
를 걸어서 건너고, 하늘을 날 수도 있지만 말을 하는 것이 세
상 그 무엇보다 어려운 것이다. 아장은 모든 말들을 다 하고
싶은 건 아닐 것이다. 그저 한 마디, 다른 욕심 없이, 그저 한
마디를 일생에 단 한 번이라도 들려주고 싶을 것이다.

'사랑한다'는 말.

아장이 고개를 숙인 채 눈물을 흘린다. 툭, 툭, 눈물이 발
밑으로 떨어졌다. 그러다 아장이 순간 놀란 눈이 되어 고개를
들었다.

능운백은 다른 시야로 손유가 깨어나 손발을 버둥대며 당
장이라도 울음을 터뜨릴 기세로 칭얼거리는 것을 볼 수 있었
다.

"이잉, 이잉······."

순간 아장은 손유 앞에 모습을 드러냈다.

버둥거리는 손유를 아장이 조심스럽게 안아 품 안에 넣었
다.

"이이잉……."

아장이 손유의 볼을 매만지고 그녀를 태우며 어르고 달랜다.

"괜찮아, 아빠가 왔어."

손유가 금세 방실거렸다.

아장도 흐뭇하게 웃었다.

"사랑한다, 내 아들. 사랑해."

아장은 그저 한없이 사랑을 담은 눈으로 손유의 볼에 입을 맞춰 간다. 아장은 스스로 말을 할 수 있게 된 걸 알아차리지 못한 모습이었다.

능운백은 절로 미소가 떠올랐다. 이 기쁜 소식을 어찌 혼자만 알고 있을 수 있으랴. 능운백은 술잔을 들고 자리에서 일어났다.

"자, 다들 잠시만요. 모두들 잔을 채우세요."

모두 잔을 채우며 무슨 말일지를 기대하며 능운백을 주목했다.

"그러니까……."

능운백이 뜸을 들였다. 한순간 얼굴에 꿈꾸는 듯한 표정이 떠올랐다.

"이놈아, 말할 것 잊어버렸으면 아무 말이나 해!"

괴완동이 타박했다.

능운백이 넋 나간 얼굴로 입을 열었다.

"숙부님, 꽃이 피었어요. 그 사이로 아름다운 아가씨가 걸어 나오고 있어요."

모두 눈이 휘둥그레졌다.

"마불도?"

"청은 아가씨?"

"아가씨가 나온 거야!"

능운백이 그 자리에서 순식간에 사라지고, 이어 모두들 환호성을 내지르며 대장간을 향해 내달렸다.

〈마인정전 완〉

武

무당전생

정원 신무협 장편소설

ORIENTAL FANTASY STORY & ADVENTURE

문피아 골든 베스트 1위, 소문난 명품 무협!

환생은 했지만 재능도, 기연도 없다.
폭력과 죽음이 난무하는 무림에서 믿을 건 오직 전생의 기억.

무당파 사대제자 진양. 그가 가는 길을 주목하라!

dream
books
드림북스

권이백 신무협 장편소설

ORIENTAL FANTASY STORY & ADVENTURE

독공의 대가

짜임새 있는 전개,
유쾌한 이야기로 독자들을 사로잡다!

사냥꾼이자 독인, 두 가지 정체성을 지닌 소년 왕정.
전대미문인 그의 독공지로(毒功之路)에 주목하라!

dream
books
드림북스

魔劍王

나민채 퓨전무협 장편소설

FUSION ORIENTAL FANTASY STORY

마검왕

『죽지 않는 무림지존』, 『천지를 먹다』
베스트 셀러 작가 나민채의 신작!

강호와 현실을 자유롭게 넘나들며 벌이는 스펙터클한 퓨전 무협

강호의 마교 소교주, 현실의 고등학생이라는 두개의 삶.
나를 다른 세상으로 부른 흑천마검에는 놀라운 비밀이 숨어 있다!

dream books
드림북스

박정수 판타지 장편소설
FANTASYSTORY & ADVENTURE

뱀파이어
무림에 가다

인간으로서 숨 쉬는 법을 잊었으나 잊지 않으려는 자,
핏줄의 계보를 거슬러 어둠의 일족이 된 자,
붉은 눈의 그림자이며, 아현이라 불리는 자,
그가 무림으로 돌아왔다!

핏빛 눈동자로 연주하는
공포의 선율, 죽음의 송가!

뱀파이어로서 다시 무림에 발을 들인 그날에도
다만 운명은, 찬연히 빛날 따름이었다.

★
dream
books
드림북스

『규토대제』, 『흡혈왕 바하문트』의 베스트 작가!
쥬논 판타지 장편소설
Shapiro
샤피로
쥬논 판타지 장편소설
FANTASYSTORY & ADVENTURE
불사의 비밀을 좇는
샤피로의 처절한 싸움이 시작된다!
잃어버린 기억을 찾아,
자신의 광기어린 복수를 이루기 위해!
매일 밤 사내는 흑고양이의 심장을 가진 샤피로가 되어
죽음과 환상의 경계를 넘나든다.
dream books
드림북스

수라왕

이대성 신무협 장편소설

NAVER 웹소설 인기 무협 『수라왕』,
책으로 다시 돌아오다.

산법에 뛰어난 재능을 지닌 명석한 소년, 초류향.
진리를 깨우치고 숫자로 세상을 보게 된 소년,
그가 강호에 첫발을 내딛는다.

인물들의 외전과 뒷이야기를 정리한 설정집 수록!

★
dream
books
드림북스

시니어 신무협 장편소설
ORIENTAL FANTASYSTORY & ADVENTURE

일보신권

문피아 골든 베스트 1위, 그 빛나는 영광!
시니어 신무협 장편소설

천하를 놀라게 한 파격적인 소림무공,
그 비밀은 배고픔과 절제!

이제 무공도 근검절약의 시대,
최소한의 움직임으로 최대의 효과를 얻는다!

dream
books
드림북스

천라
검형

한성수 신무협 장편소설

『태극검해』, 『절대검해』의 작가 한성수 신무협 장편소설!

『천라검형』
하늘을 뒤덮는 검의 형상!

나의 무공의 근원은 하나의 검로(劍路)이다.

dream
books
드림북스

오렌 퓨전판타지 장편소설

FUSION FANTASY STORY & ADVENTURE

환야의 역사상 최강의 마왕,
모두가 그를 일컬어 마제(魔帝)라 불렀다.

幻野魔帝
환야의 마제

dream
books
드림북스